大是文化

신이 쉼표를 넣은 곳에 마침표를 찍지 말라 인도 우화

神加了逗號的地方，別忙著改成句點

印度寓言集，比伊索寓言引人頓悟、比1001夜欲罷不能的惑然開朗處方。

連續五年登上韓國暢銷榜冠軍作家

柳時和——著

賴姵瑜———譯

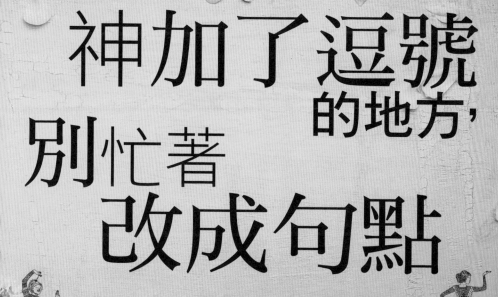

推薦序　找回更完整的自我／吳娟瑜……007

作者的話　故事，就像是為真理注入生命的呼吸……013

第一章　如果我不飛，總有一天，生活會強迫我飛……021

讓不飛的老鷹飛上天／學習不是背誦，要實踐／花與小石子／雕刻家與死亡使者／誰才是招來霉運的人？／名醫的病由誰來治？

第二章　花若盛開，蝴蝶自來……047

木炭籃的啟示／九九俱樂部／生命公平嗎？／悟道者與少女／花開就知曉／不用拐杖走路的怪物／閻羅王的四封信

Contents

第三章　不幸的分量，每個人其實都一樣……071

歡喜承擔時，任何東西都不是包袱／心情好與心情不好的語言／成為聖人的盜賊／上師的祈禱與詛咒／感動神祇的吟唱／第一百零一個問題的解答／請帶一根針到天堂來找我

第四章　憨直信念的巨大力量……097

今天就是最好的吉日／見則如見，思則如思／白檀香與木炭／鏡子映出的你和我／大驚小怪的騷動／戰勝死神的人／眾神送的黃金袋／寬恕的必要元素／吸引力法則／這笨蛋，竟是南瓜／本性是無法長久隱瞞的

第五章　生活原本就不會按照我們的計畫展開……139
戰神敗北的理由／誰更聰明／心咒的力量／神加了逗號的地方，別畫下句點／你有全心全力支持你的某人嗎？／活在當下，天國並不遙遠

第六章　你走過的地方，一定會留下痕跡……169
生活是憑著各自的力量過的／藏寶石的地方／鉛筆的教誨／神會保護幼鳥嗎？／最厲害的處方／善人與惡人，誰決定？／左手遮杯的理由／禿鷹們後來怎麼了？／你的兒子與我的山羊的差別／提前煩惱女兒嫁妝的男子

第七章　不要傷害別人，但要保護自己……207
眼盲之人才可以看得到的東西／蛇的誤解／礫石與岩石／修道僧與蠍子／國王與學者／兩隻鳥／別把駱駝綁在你身上／濕婆、死婆

Contents

第八章　逃避命運，反而撞個正著……………237

國王的人生課／常識與知識／名為導遊的人也會迷路／一杯水的價值／生活的優先順序／關於紋身／差點以五粒柳丁賣了自己的男子／改變命運的方法／想像中的牛挑起的問題／是毒還是藥？

第九章　只向做好準備的人給建議……………271

燕雀與猴子／戰勝黑暗的方法／你為了什麼而戰／識路的人與走那條路的人／力量的泉源／聖水該往哪個方向撒？／說真話的方法／向眾多事物表達感謝／不落網的鵪鶉／成牛成驢的兩名梵學士／辛苦的職業／掛在床上的刀

第十章　只要帶著靈魂旅行，總有一天會找到真理……311
生命的價值／不要跟蠢蛋吵架／不趁現在，更待何時／你在向誰打招呼？／傑出的弓箭手／問題其實從一開始就不存在／猴子與鞋子／引水／別追隨人，要追隨他走的路
第十一章　當我們分享故事，心靈也變得自由……347
態度不分人事物／傾心聆聽／花樹／不說故事之罪
結　語　我只負責說故事，意義在你的心裡……373

推薦序

找回更完整的自我

國際演說家暨情緒溝通專家／吳娟瑜

一位揹起行囊在世界各地旅行的詩人，我們能想像他內心承載多少「能」與「不能」、「愛」與「不愛」、「要」與「不要」嗎？

本書作者文學家柳時和走在現代科技和古老文明之間，走進人類的爭名奪利和返璞歸真之中，他帶領我們在神話、寓言和軼事的探索裡，走出迷惑，遠離矛盾，找回更完整的自我。

作者宛如一個良知的存在，不批判、不建議，所有人生的答案在他的字裡行間，在他一呼一吸的冥思裡，他讓我們這些讀者有了更深層的生命探索。

本書收集約一百則寓言故事，這些作者提到的印度「Truth」、「Story」，在口耳相傳之世代交替裡，或許不是那麼真實，不見得那麼完整，但是，在作者咀嚼和反芻後，他以文學手筆，加上全知觀點的視角，把每則簡而易懂的「發生」，不再只是停在真實，而是進入真理的高度，也因是真理，所以有去蕪存菁的憬悟，也有令人會心一笑的驚喜。

書中還有不少「對照」的比喻，例如：石頭 vs. 寶石、花 vs. 小石子、玻璃杯水 vs. 湖水、木炭 vs. 白檀香木、石頭 vs. 黃金、射箭的人 vs. 內心中箭的人、絆腳石 vs. 岩石，以及價格 vs. 價值等，就是因為「不一樣」，兩相比較之下，「一念之間」峰迴路轉的醒覺，讓我們佩服印度哲人的代代相傳，留下千錘百鍊的真理；更敬仰作者為這些古老故事批上心靈成長的外衣，帶領我們找到自我撫慰的喜悅。

小心點！整本書內還有不少惡魔的化身，可愛的小鹿、慈眉善目的假道僧、貪心的狐狸，和不聲不響的蛇等，他們的出現就像人類潛意識裡的貪欲、邪念和誘惑。

我們可能被包裹的糖衣所騙，被美妙的語言所迷惑，被溫柔的擁抱所挾持，直到考驗的最後一刻才能幡然體悟，明白所以。

作者有一句話說得很好：「說故事是作家的本分，但是，從本書收錄的所有故事中，重新發現主題，則是你的工作。」

「你」，當然就是指我們這些讀者。

「為所有故事重新發現主題」，對身為閱讀者的我們從未想過——居然有作者要求讀者重新發現主題，這豈不是強人所難嗎？

思索數日，我想到一個妙方和大家分享！

不錯！就是分享這兩個字，我們可以為每個寓言故事找到「個人的新主題」，在臉書抒發對本書裡某情節的看法；在朋友間談天說地時，請問他們聯想了什麼；在兒女床邊故事細說時，注意童言童語的反應；當然，在我們的心靈札記裡，記載每則故事引發的省思，也可以找到新的主題。

如同本書結語提到男孩「正中靶心」的祕訣，我們可以在中箭之地，才加上圓圈，也就是說，只要把本書裡的故事說出來、寫下來、分享出去，這時「靶心已現」，接著，將醞釀出源源不斷的影響力，你想給多少人如此福氣，你就畫出多大的圓圈吧！

沒錯！用文學筆法重新創作印度寓言故事，這是作者的熱情和智慧，然而，從每一則故事去發現新的主題，則是我們的收穫。

讓我們一起進入寓言故事的探索吧！你一定可以找回更完整的自我，弄懂生命的真諦，相信也跟我一樣，每看完一篇就驚呼：「啊！原來如此！」

一群人夜裡行走在布滿石頭的路上。

這時，天上傳來的聲音說著：「撿石頭的人都會後悔，不撿石頭也會後悔」。

人們無法理解，怎麼可能有這種事？撿不撿石頭都會後悔！

因此，有的人撿了石頭，有的人沒有撿。

早晨到家時，他們看到石頭變成寶石。

沒撿石頭的人開始後悔自己沒撿。撿了石頭的人後悔自己沒有撿更多。

施展魔術般的說故事人、賢臣與愚王、自以為是的學者、聖人與盜賊、人類與動物，輪番上陣各顯特色，展開猶如寶石一般的故事。

作者的話

故事，就像是為真理注入生命的呼吸

我想一輩子收集故事，很棒的故事，並把它們放在包包裡拎著走，適時再送給認真傾聽的耳朵。因為我想看沉浸在魔法中的眼神。我想將故事的種子，撒到每一個人的耳朵裡。

——瑪麗亞姆．瑪吉迪（Maryam Madjidi），伊朗裔法國小說家

很久以前，我正煩惱著如何寫作時，印度上師告訴我一個故事。

某個村莊住了兩名女子。一名女子長相貌美又會打扮，所到之處總是人們注目的焦點，任何人都想與她聊聊天，向她問東問西，側耳聆聽她說話；另一名女子同樣擁有富含魅力的一面，但人們未能察覺她的存在，家貧如洗的她，沒有任何人關心。

衣著寒酸的女子，只能寂寞的望著身穿華服的美麗女子受眾人矚目的模樣。其實，她想與人們分享的事情也很多。

有一天，貧窮女子鼓起勇氣，趨前與美麗女子攀談：「我想拜託一件事，您能幫忙嗎？」美麗女子親切問道：「您需要什麼協助？」貧窮女子稍微遲疑，然後說：「您不但擁有美貌，又穿著漂亮衣裳，所以受到眾人矚目。反觀我一身窮酸舊衣，誰也不關心。請問是否可以與您商借一天衣服，同您一起上街？這樣的話，關注您而走近的人也會注意到我，我就可以與人們分享自己的才能。」

美麗女子欣然接受她的請求，第二天，兩人穿著漂亮迷人的衣裳，相偕走上街。與平日一樣，人們紛紛停下腳步稱讚美麗女子，同時，他們也注意到旁邊穿著漂亮衣裳的貧窮女子。

美麗女子與貧窮女子一起邊走邊聊，她向貧窮女子提出許多問題，對於貧窮女子想與世人說話的想法深覺有趣。而且，她發現這名女子極有智慧。從此之後，兩人成為形影不離的摯友，直到今日，兩人依舊相伴行走世界。

衣著寒酸的女子，名字是「真理」（truth）；受眾人喜愛、衣著迷人的女子，名字是「故事」（story）。**故事，就像是為真理注入生命的呼吸，而真理，也像是為故**

事注入生命的呼吸。因此，兩者合稱為真理故事（true story）。

講完上述例子之後，上師說道：「你呢，就是你的故事。你的故事必須融入你想向世人訴說的真理，如果你直接主張真理，人們不會感興趣，只會認為你是固執又倔強的人，請以你獨樹一格的故事為你的真理披上故事的外衣。此時，真理有了說服力，人們自然會側耳傾聽。為了做到這樣，首先，你必須體驗生活，因為，故事是從經驗而來的。」

我不想當一名編織故事的作家，而是收集故事的作家，收集用質樸文字傳達人間與生活洞察的各種故事。我個人認為，自己非常幸運，初次赴印度遇見的靈性上師總是把真理的教誨融入各式各樣的故事中。

數萬名求道者從全世界遠道而來，就是為了聽他說故事。他一邊解開生活的疑問線團，在理出一條故事線之後，另一條故事線往往又接著出現。

本書與其說是印度寓言集，精確來說，「來自印度的故事集」更貼切。嚴格來講，我不是這些寓言故事的作者，口耳相傳每個故事與記載紙上的印度人、重新詮釋故事的人，他們才是作者。我只不過是一名編者，或是我原本想成為的故事收集者。

印度是一個寓言與故事的國度，寓言的起源可以上溯到古印度。人類遺產中最龐大的史詩《摩訶婆羅多》（*Mahabharata*）和《羅摩衍那》（*Ramayana*），皆是故事之集大成。

西元前五世紀左右，國王敦請學識淵博的婆羅門教導不成材的王子們。婆羅門為了教導王子們活出智慧人生的方法，把自西元前一千五百年起流傳下來、歷經長久歲月檢驗的眾多寓言，集結彙編成《五卷書》（*Panchatantra*）。這部最古老的寓言集裡，蘊含了理解人間的方法、找尋可信任依賴之摯友的方法、憑著機智與智慧克服困難的方法，還有一邊應付偽善和騙術，一邊過著安寧和諧生活的故事。

《五卷書》裡頭有個故事。一名男子在市場買了一頭小山羊，他把小山羊扛在肩上，返家途中經過鄰近的林間小路時，三名村裡的混混密謀，打算把小山羊搶走。一名混混在樹後方等候，他向男子搭訕道：「您好，不過，您為何肩上扛著一隻狗走呢？」男子說：「這不是狗，是山羊。您看不出來嗎？」混混佯裝隨口說：「把狗當山羊，看樣子是被騙才買的呀。」

在另一棵樹下等候的二號混混，也向男子說相同的話：「您好，您把一隻漂亮的小狗扛在肩上走啊。」男子回道：「這不是狗，是山羊。」二號混混也佯裝隨口說道：「居然把狗當成山羊，一定是傻傻受騙買的。」

而在林子盡頭等候的三號混混說道：「您是從哪裡弄來一隻小狗，扛在肩上走啊？」同樣的話聽了又聽，男子的信心大大動搖。最後，他把自己肩上扛的小山羊當成狗，直接丟棄於路上之後跑掉。就這樣，小山羊被混混們據為己有。

這個寓言要說的是，一個人不相信自己的判斷力，光聽別人的建議就信心動搖，終至失去自己擁有的東西。

其實，如眾所周知，包含《五卷書》在內的許多印度寓言皆透過阿拉伯譯者、希臘譯者和吉普賽人傳入西方，遂成《伊索寓言》的基礎原型。十七世紀《寓言》（*Fables*）的作者拉封丹（Jean de La Fontaine）曾經告白：「我受惠於印度寓言作家皮爾佩（Pilpay）[1]最多。」因而有此一說，認為世界上所有故事的始祖是印度。

即使時代變遷，還是有東西遺留下來。寓言提醒我們生活中什麼更珍貴，讓我們理解人類的本性，從而引導我們以充滿驚奇的眼光看世界。旅行的魔法師在小溪裡發現寶石，途中他遇見飢腸轆轆的旅人，遂打開包袱，與旅人分享食物。

旅人看見寶石，請求魔法師將寶石給他。魔法師毫不猶豫給了他，旅人覺得自己

1 編纂《五卷書》的作家。

很幸運，興高采烈的離開了。

如果這是寶石，就等於可以一輩子不愁吃穿。不過，幾天之後，旅人折回把寶石還給魔法師，他說：「雖然知道這顆寶石價值不菲，但我想到，您還有更貴重的東西可以給我。讓您能夠爽快出讓寶石的東西，請把那給我吧。」

關於寶石，另外還有一個寓言。一名遊客進入一家大型寶石商店，他仔細端詳展示櫃裡的一顆顆寶石。翡翠色祖母綠、赤色紅寶石、無色透明卻美麗絕倫的鑽石等，陳列在玻璃展示櫃裡，個個耀眼奪目。但是，在眾多華麗的寶石當中，一顆毫無光澤、看起來黑漆漆的一顆石頭映入眼簾。

「這顆石頭不像其他寶石，一點也不美啊。」遊客發現寶石商把這顆平凡的石頭放在耀眼的寶石旁，如此吃驚大喊道。這時候，寶石商微笑說：「請等一下。」寶石商把那顆石頭從展示櫃取出，包拳握在掌中。過一會兒，他把手張開，給遊客看石頭，令人驚訝的是，石頭變成一顆寶石，帶著無法形容的彩光。

看到如此變化，遊客表示驚嘆，覺得很神祕，寶石商說明：「這是所謂『敏感型寶石』的蛋白石。它會隨著人的體溫改變色光。只要好好握在手裡，就能讓寶石美麗發光。」**要讓看起來平凡無奇的一顆石頭變成寶石，必須做的不是把它放在地上，而**

是好好握在手中，明白它是珍貴的寶石。

我們每個人都是獨特的故事，內心珍藏著如寶石般故事的人，比起抱持理論或主張的人，更具實實在在的人性。只要故事不被遺忘，我們也不會死亡。曾經聽過靈性上師有一回用大黃蜂的故事為例：

「有一次，大黃蜂飛呀飛，看見打開的蜂蜜罐便興奮的跳進蜂蜜罐裡大飽口福。飛出蜂蜜罐後，這隻大黃蜂告訴其他蜜蜂發生了什麼事，過程中，幾滴蜂蜜還從牠的口中濺到其他蜜蜂身上。其他蜜蜂感到不可置信，居然因為一隻大黃蜂的熱情與行動，牠們也獲得蜂蜜。同樣的，當我們深切熱愛某個東西時，就會想將它與所有人分享，這是非常自然的事。」

我想成為那隻大黃蜂。我想把在如蜂蜜罐般的書房裡、在印度古老書店裡掩面品味的諸多故事，滿心歡喜的告訴大家，就像從口中濺出甜滋滋的蜂蜜滴一樣。這大概是名為作家的大黃蜂，孜孜不倦所扮演的角色吧。

為真理披上故事的外衣，這是印度故事的特徵。施展魔術般的說書人、賢臣與愚王、自以為是的學者、聖人與盜賊、人類與動物，輪番上陣各顯特色，展開猶如寶石一般的故事。

我在名為「印度寓言」的大框架下所收集的寓言、故事、神話與真實故事，皆蘊含著關於人世與生活的真理。一如我的做法，你在談論心中的真理時，這些故事將可作為絕佳的隱喻外衣。而且，一如我的經歷，這些故事將會為你開啟內心的智慧，原因在於，優秀的說故事人往往也是善於聆聽之人。

第一章

如果我不飛，總有一天，生活會強迫我飛

01 讓不飛的老鷹飛上天

一位國王收到很特別的禮物，該禮物是兩隻生平見過最美麗的老鷹，牠們是鄰國君主贈送的，象徵兩國友好。

老鷹背部灰色泛青，強而有力的翅膀下方，黑白羽毛柔軟包覆著身體。威嚴懾人的目光、不可一世的姿態，令賞玩老鷹的國王深深著迷，絲毫沒有意識到時間流逝。生平至今，他從未見過如此氣宇軒昂的鳥。

最後，為了讓兩隻猛禽獲得相匹配的訓練，國王決定把牠們託付給國內實力最堅強的馴鷹師。

國王期待看到世上最英姿威武的鳥，苦等了兩、三個月。就在他開始失去耐性時，馴鷹師前來向他報告說，一隻老鷹的訓練情形極佳，發展程度驚人，牠左右展開巨大的美麗翅膀，就能威風凜凜的飛越山野。還能夠無限度的向上直衝，甚至在萬里無雲的日子也能飛到看不見身影，就連狂風暴雨都無法阻撓牠飛上天的意志或毅力。

國王目睹鳥兒飛翔的模樣，留下無法言喻的深刻印象。聚集在王宮庭院的群眾，看見老鷹的美麗姿態和翱翔蒼空的優雅，喝采掌聲不絕於耳。但是，馴鷹師對於人們的熱烈反應，無法全然感到喜悅。原因在於，還有另一隻。他向國王報告，另一隻完全不想飛，開始訓練的第一天，牠就落坐在樹枝上，一動也不動。

用盡各種辦法，那隻老鷹連展開翅膀都不肯嘗試，不管馴鷹師再怎麼命令、哀求、挑釁，牠對飛翔始終無動於衷。國王驚訝的追問原因，但最想要知道原因的人，正是馴鷹師自己。身為實力派馴鷹師，他頭一回感到如此無力，不論面對自己或國王，都無法抬起頭來。

國王明白馴鷹師已經竭盡全力，為了讓珍貴的神俊老鷹能夠飛上天，他將全國知名的鳥類專家全都喚入宮中，甚至連鳥類心理學家、巫師都成為座上賓。不過，再怎麼嘗試，老鷹還是不肯飛。

專家們解釋道，這隻老鷹突然來到一個新環境，似乎精神受到衝擊；也有人主張這是因為鷹媽媽曾將牠打落鳥巢之下，幼時心理深深受創所致。不管使用任何治療方法，或者在食物中混入餵食鎮靜劑，老鷹還是聞風不動。

哲學家主張，時間到了，鳥自然就會飛；神職人員舉行宗教儀式，即使默誦了咒語和祈禱文，老鷹依然沒有任何反應變化。面對永無止境的診斷與處方，國王已經心生厭倦，他向首席大臣說，或許解決這個問題需要的不是賢士良彥，而是熟習動物與大自然本性、擁有相關智慧之人，才會知曉問題的解答。大臣收到國王的指示，遂動身走訪境內各地，探尋符合所言的人物。

數日之後，國王看見第二隻老鷹凜然展開翅膀，悠悠在王宮上方高空飛翔的光景，內心激動不已。原本緊抓樹枝不肯飛翔的模樣，已經消失得無影無蹤，現在牠正優雅展翅享受著滑降與飛升。氣宇軒昂的姿態，與第一隻老鷹並無兩樣。

國王在王宮寬敞的花園裡望著老鷹飛翔，簡直不敢相信自己的眼睛，因此，他立刻傳喚大臣，請他把實現此一奇蹟的賢士帶來。稍後，大臣與賢士一起現身。但是，大臣帶到國王面前的人，竟然是一名平凡農夫。

國王驚訝問道：「你是如何讓老鷹飛的？」農夫說：「做法非常簡單。」國王再次問道：「你說做法非常簡單，這是什麼意思？所有專家和馴鷹師嘗試這麼久都失敗，你是如何成功做到？」農夫回答：「我做的事很單純，只是把老鷹坐落的樹枝剪掉而已。」

現在我緊抓著的樹枝是什麼？牽絆著我，讓我無法飛高的東西是什麼？為了飛揚到新的層次，何時把樹枝剪掉呢？

如果不飛，總有一天，生活會強迫我飛，甚至不惜折斷我坐落的樹枝。那我是自己剪斷樹枝呢，還是等著樹枝被折斷呢？

02 學習不是背誦，要實踐

這是關於古代史詩《摩訶婆羅多》中主人翁之一堅戰（Yudhisthira）的幼年故事。未來將繼承王位的堅戰，偕同四個弟弟與眾多堂兄弟，一起在古魯學堂（gurukul）[2]接受私人指導。有一天，監督管理教師的古魯（guru）[3]前來檢驗少年們的課業進度，古魯問學生們學到哪裡，堅戰的弟弟們認真的在古魯面前搬出自己學習的內容。

輪到堅戰時，古魯向他提出一樣的問題。隨後，堅戰打開初級讀本，絲毫不感羞愧，明朗的回答：「我學會認字，現在學完第一句。」古魯驚訝問道：「這就是全部？沒有學別的東西？」

此時，堅戰感到有些遲疑並說道：「或許，第二句也……。」古魯生氣了，因為他原本期待身為老大的堅戰會比任何人都更專心致志，勉力習得高深知識與偉大智慧，見堅戰如蝸牛般的緩慢進度，著實出乎意料。

古魯命令堅戰立刻從座位起身，他是堅信「孩子不打不成器」的人，秉持孩子越打越成材的教育哲學，古魯毫不留情的用藤條抽打堅戰。

雖然古魯揮舞藤條狠狠猛打，甚至到了殘忍的地步，堅戰的臉色卻異常平和。他明朗的表情，與挨打之前沒有兩樣。即使古魯自己打到筋疲力盡，堅戰的臉上還是不見憤怒、恐懼或委屈之類的情緒。看到堅戰這般面容，古魯的內心也逐漸鎮靜下來。

古魯心想：「這名少年是未來統治整個印度的人，一句話就能把我罷免，早晚得以將我治罪，他為什麼如此平和？即使遭到嚴厲痛打，卻絲毫不感憤怒。每次我嚴厲管教其他手足時，他們氣憤之餘，甚至會搶走藤條，反過來打我。但是，這名少年完全不生氣，依然保持開朗，沉著冷靜。」

這時候，古魯的視線落到堅戰說他學好的第一個句子。印度的初級教科書不是從狗或貓之類的字詞開始，而是從人生箴言開始。用梵文寫成的書，在教完字母之後，接著第一句寫道：「不生氣。莫激動。勿失理性。」然後，第二句是：「訴說真實，

2 弟子們與師傅一起生活，研習學問與智慧的古代印度學校制度。
3 靈性上師。

無論何時，只說真話。」

少年說他學完了第一個句子，然後略帶遲疑的說他學完了第二句。現在，古魯重新審視第一句：「不生氣。莫激動。勿失理性。」

他再次望著少年的面容。不過，古魯一眼瞅向少年，另一眼盯著句子看。剎那之間，句子的意涵如閃電般掠過他的心際。少年的面容，正訴說著句子的含義。少年的面容，就是「不生氣」一句的化身。沉著冷靜、明朗純真的少年臉龐，將「不生氣」一句的含義完全傳達至上師的內心。

古魯領悟到，偏離本質的是自己，自己只是嘴上習得句子的含義。現在，古魯明白這個句子不是用來宣揚的，它是活生生的句子，隨時都能付諸實踐。一名少年真正學好了第一句，反觀自己卻沒有學好，內心對此深感羞愧。

對於少年來說，**學習意味的不是機械式的記誦理解，而是付諸實踐、領悟感受、知行合一**。對他而言，這才是學習的真諦。

古魯放下手上的藤條。然後，他把堅戰扶起來，緊緊摟住他，親吻他的額頭。他對自己的無知與不足感到羞愧無比，上前向堅戰說：「恭喜你至少真正學好一句，雖然只是經書中的一句，恭喜你確實把它學好。我連自己沒學好這一句都不曉得，動不動就發脾氣，容易情緒激動，失去應有的冷靜與理性。不管任何事，都可能惹我生氣，請憐憫我吧。你比我懂得更多，你比我學得更多。」

聽完古魯的話，堅戰說：「不，我同樣沒有完全學好這一句，心中還是會感受到一絲絲的委屈和憤怒上湧。在挨打的五分鐘內，心裡不時有一股怒氣；聽到稱讚時，內心又再次動搖，想隱藏自己的軟弱。要說完全學好第一句，其實仍有不足。」

正因如此，少年在說自己學好第二句「無論何時，只說真話」的那一刻，他是有點猶豫的。因為說自己完美的學好第一句，距離事實還有些距離。

或許，單憑這兩句便足矣。如同歷史所證明，堅戰之後把第一個和第二個句子實踐在生活裡，即使成為訶斯提那普爾（Hastinapur）王國[4]的國王，他也沒有忘記這兩個句子。

我學好的一個句子是什麼？它不是腦中默記的知識，而是實際有所體悟而在生活中付諸實踐嗎？將世界與我相連結的真正知識究竟為何？

4 大史詩《摩訶婆羅多》中出現的俱盧族（Kurus）首都，位於恆河上游。

03 花與小石子

一名薩杜（sadhu）[5]坐在恆河堤岸，深深沉浸於冥想之中。早晨旭日升起，映著一片火紅的背景，鳥兒成群飛過天際，河岸對面的沙灘上，牧牛人一邊高聲喝斥，一邊把水牛都趕過來。猴子們在前來聖浴者的衣物間東翻西找，看看有無機會偷個水果。薩杜除了一條髒兮兮的念珠項鍊之外，身上沒有任何東西，猴子們也對他興趣缺缺。在這裡進行冥想，感覺無比祥和。

位在薩杜座位的不遠處，有個多比瓦拉（dhobi wallah）[6]每日早晨洗衣服的地方。這一天，多比瓦拉同樣從一大清早，就把衣物、棉被等受託待洗之物，成堆馱在驢子背上，到了洗衣場，東西卸放在地上便開始工作。

他每次把粗略抹上肥皂的衣物捲起來，向岸邊平坦的石頭拍打時，發出的爆裂聲迴盪於萬里晴空。接著，衣物用水沖洗後，晾在河畔以兩根長桿臨時搭架的繩索上。

這樣來不及吃早餐就已經上工大半天的多比瓦拉，想要暫時喝杯奶茶（chai）[7]喘口氣。但是，他擔心在河岸邊啃草的驢子，正在煩惱之際，他發現閒閒無事坐在堤岸的薩杜，便大聲說道：「我去喝杯奶茶，回來之前，拜託您顧一下驢子。」

之後，不管薩杜是否聽到，他就逕自上河堤，往小巷的奶茶店走去。過了一會兒，重返河畔的多比瓦拉四處張望，只見已晾乾的衣物飄啊飄，卻怎麼也看不到驢子的蹤影，他驚惶失措的走向薩杜，高聲問道：「我的驢子哪裡去了？」

聽見多比瓦拉的吆喝聲，薩杜睜眼問道：「究竟什麼事要這樣大吼大叫？」多比瓦拉再次扯嗓門喊道：「你問什麼事？我拜託你幫忙顧一下驢子，現在驢子不見了。我的驢子哪裡去了？」薩杜感到荒唐可笑，以鄙視的口吻說道：「在你的眼裡，我看起來像是幫你顧驢子的人嗎？沒瞧見我是追隨神的神聖薩杜嗎？」

聽到薩杜說話的口氣，多比瓦拉火氣冒上來，絲毫不退讓：「你坐在這裡閒閒沒

5 印度教的流浪苦行僧。
6 印度屬於賤民種姓的洗衣工。
7 茶、牛奶與香辛料一起混煮的印度式紅茶。

事的時候，我就拜託你幫忙看驢子了啊。」遭到羞辱的薩杜，怒火往上衝到長髮盤繞的頭頂：「你說什麼？你說我閒閒沒事？」

就這樣，兩人之間爆發激烈爭執。先是薩杜用力推多比瓦拉，多比瓦拉閃身躲開，害薩杜往前傾摔了一跤。兩人不停對罵，爭相對空拳打腳踢。

這場架很快就由一方取得優勢。長期從事洗衣工作而練出肌肉的多比瓦拉，旋即成功壓制了飲食不規律、整個人瘦如竹竿的薩杜。薩杜奮力掙扎，仍無法逃脫，他大聲呼喊神的名字，請祂出手相助。但不管怎麼喊，神都沒有回應。

瞬時之間，不只人群圍觀，連猴子也蜂擁聚在樹上看熱鬧。直到好幾個人上前，拉開雙方勸架，打鬥才勉強收場。多比瓦拉回頭去找驢子，臉上瘀血的薩杜一副鬱鬱寡歡的樣子，坐著向神祈禱。這時候，神出現在他的眼前。

一見到神，薩杜哭喊說道：「真高興看到祢出現。不過，剛才我被賤民洗衣工揮拳毆打時，如此焦急呼喚祢的名字，為何祢不現身幫我呢？我長年累月奉獻給祢，為什麼祢遺忘了我，讓我在眾人眼前遭受羞辱？」

神說道：「我的子民啊，你呼喚我的時候，我立刻就趕來。但是，到了一看，兩人同樣互相揮舞拳頭，廝打滾在地上，分不出來誰是苦行僧，誰是洗衣工。兩人充滿憤怒和報復之心，彼此毫無差別。因此，我想了一下，決定放任不管兩名在打架的洗衣工，讓你們自己解決問題。」

這個世界總是不乏你爭我吵。花與小石子為了彼此的暖心程度不同而相互對罵，但這時候，誰是花、誰是小石子，連神也無法區分兩者的差異。**若是認定自己是花、對方是小石子，就會忘了我們全都是花，成為互丟石頭的人。**現在，我正與誰爭吵？

04 雕刻家與死亡使者

很久以前，城市裡住了一位著名的雕刻家。他的雕刻造詣卓越超群，無論是禽鳥畜獸或人體像，作品看來猶如實體出現眼前，連情感與表情也細膩呈現，任何時候都給人栩栩如生的感覺。

由於獲得眾多評論家的認可，獨占多個藝術團體頒發的獎項，雕刻家對於自身成就感到驕傲自豪。他常自信的說，他的雕刻作品接近完美，任何人都無法發現缺陷。

不過，隨著歲月增長，他意識到自己逐漸衰老虛弱。儘管擁有高度的名譽與聲望，只要想到死亡，內心就感到不安。他與一般人無異，絕不願走向死亡。

今天，人們可能會因為心臟麻痺等病症而猝死，但在黃金時代，死亡不是突如其來的現象。在那個時代，閻羅王派遣的使者為了帶走靈魂，往往會親自探訪臨死的人。因此，人們能夠充分察覺到自己在世的時間何時結束，死亡近在咫尺。

慣於擁有名聲財富的雕刻家，想到死亡就憂心忡忡。他光是想像再也無法享受愜意的生活，將會失去累積至今的一切，內心就極度恐懼。因此，他擬定了一個矇騙死亡使者的計畫。

他按照自身的模樣精心仿製了一百個雕像。雕像的身型、外表、臉龐與表情都與自己一模一樣，連皺紋都活生生的刻出來。如果雕刻家站在其中，究竟哪個是人、哪個是雕刻作品，連家人都難以區分。他把這些雕像滿滿立在自家客廳。

時候到了，死亡使者準時來取雕刻家的靈魂。雕刻家的屋內滿滿立著外觀一模一樣的一百零一個雕像，每個雕像又都活靈活現，遇見如此光景，使者整個人慌了。他只是來取一個人的靈魂，但這裡卻有一百零一個長相一樣的人，死亡使者昏頭轉向，不知所措，只能無功而返。

見到空手歸來的使者，閻羅王大發雷霆。使者戰戰兢兢的說明，親赴前去的房子裡不單只有一個人，他遇見了一百零一個與雕刻家長相一模一樣的人，所以無法決定應該帶誰回來。他怕自己失手帶錯靈魂，只能空手而回。閻羅王命令使者立即再次前去，取回雕刻家的靈魂。

雕刻家有預感，死亡使者會再度回來，遂在客廳重新立起一百個雕像，並且藏身其中。使者下定決心，這次絕對要把雕刻家的靈魂帶走。若是又鎩羽而歸，陰間秩序出了亂子，閻羅王一定會對自己施以嚴懲。

使者知道，雕刻家為了混淆視聽，正隱身在雕像群之中，摒住呼吸，一動也不動，這點無庸置疑。雖然使者逐一確認每座雕像，但眼前的一百零一個雕像，精美程度以假亂真，完全找不出究竟雕刻家位於其中何處。

就在他不得不再度放棄，打算離開的瞬間，死亡使者突然靈機一動，高聲說道：「雕刻家啊，毫無疑問，你是一名技藝絕倫的雕刻家。不過，你製作的雕像中，一個有明顯缺陷，不能說是完美作品，連三流藝術家的作品也算不上。」

原本躲著的雕刻家，聽見死亡使者奚落自己的作品，忍不住發怒喊道：「我比三流藝術家都不如？你說我的作品哪裡有問題？」死亡使者掐住雕刻家的脖子，喊道：「捉到了！」然後就把他的靈魂帶走。

雕像群面對奚落不為所動，但雕刻家聽到一丁點譏評，就自我內心受創，終究淪至遭死亡使者發現的下場。

追求完美固然好，但從自我完成的觀點來看，最重要的莫過於摒除自我。人們對我做什麼事，那是他們的業（karma）；我對此如何反應，則成了自身的業。

05 誰才是招來霉運的人？

克里希納錢德拉（Krishnachandra）國王是孟加拉地區的統治者，他曾經力抗蒙兀兒帝國到底，因此聞名遐邇。而且，他是很懂藝術且積極支持的君主。不過，與所有人一樣，他不是一個完美的人，他極度迷信一件事，令周圍的人心驚膽戰度日。

他的迷信是他相信早晨睜眼後第一個遇見的臉孔，那個人會左右自己當日一整天的運氣。因此，如果當天諸事順利，他會給予帶來好運的人獎賞；但是，萬一發生倒楣的事，或者事情無法如願，他會懲罰那個他認定一身晦氣的人，到施以重罰也毫不手軟。

由於當時並非科學時代，這一類的迷信很流行。而且，面對伊斯蘭侵略者與英國殖民地政府的雙重夾擊，不安的政治局勢使一些稀奇古怪的迷信加劇。但不管怎樣，擁有莫大權力的國王如此迷信，對人們的影響著實不小。

知道國王有這樣奇怪的迷信，王宮內的人都不願意在早晨第一個與國王碰面。雖然運氣好的話，可能獲得幾枚金幣、一頭母牛或一塊地作為賞賜，但弄不好可是會挨板子，甚至被驅逐出境。沒有人想特意冒這種險。

不過，早晨必須面對國王的人，主要是侍從、護衛隊、王妃、後宮或前來商談重要國事的大臣們，所以一般人不必太擔心。他們都是國王重要的親信，國王對待他們也不成問題。

王宮裡有幾名弄臣，理髮師階級出身的高帕爾（Gopal Bhar）是其中一位。高帕爾機智風趣的妙語和出乎意料的舉動，經常惹人哈哈大笑。有時候會把每個人都要得團團轉，甚至有本事把國王愚弄成傻瓜。雖然他的滑稽行徑惹人生氣，但大家都很喜歡他。就連國王，只要遇見他，就會忘卻複雜的政治局勢而變得心情愉悅。無論是什麼情況，高帕爾都有反轉局面的臨機應變能力，所以他不畏懼國王的喜怒無常。

早晨時，所有人都躲著自己，國王感到有點落寞。所以，有時他會獨自出宮散步，逛到河堤或附近的果園，偶爾也到市場走走。國王的迷信全國上下盡知，因此，第一個與國王偶遇的人在驚怯之餘，還得整天提心吊膽，不知道自己究竟會得到獎賞，還是受到處罰。

弄臣高帕爾天性從容自在，習慣睡到很晚才起床。但是，那天不知怎麼的，一大清早就醒來，他覺得飢腸轆轆，突然很想吃鮮魚，於是就往河邊的漁夫家走去。他知道，每天清晨，漁夫都會捕魚回來。但碰巧那天，眾漁夫們不曉得躲到哪裡去，一個人影也沒看到。不過，他發現了正在河堤散步的國王。

國王見到高帕爾，驚訝問道：「高帕爾！你這平時日上三竿都還在睡覺的人，今天怎麼會這麼早起？」高帕爾說道：「早上好，陛下。是的，我通常很晚才起床，今天早上突然想試試我的運氣，所以一早就來到河邊。」

國王問道：「我不懂你的意思。你怎麼會說在河邊試試自己的運氣呢？」巧舌如簧的高帕爾說道：「因為我知道在這裡，我會先遇見陛下，而非他人。」國王驚訝的問：「這你怎麼會知道？」

高帕爾接著說：「就是所謂的直覺？任何人都有這種時候，很難用言語來說明。無論如何，我確信今天一整天都會運氣很好。因為我今天第一個遇見的面容，不是別人，而是帶來好運的陛下。」國王喜孜孜的說：「當然是這樣。」

兩人相偕走向王宮，途中國王突然想起什麼似的說道：「不過，高帕爾，希望你別忘記，其實你是我今天第一個遇見的人。看看今天一整天我過得如何。究竟你是帶來好運的人，還是招來霉運的人，晚上將見分曉。我會據此給你獎賞或處罰。」

高帕爾恭敬的說道：「當然，問題會是陛下與我之中，誰是帶來較多好運的人。」國王皺起眉頭問道：「這話到底什麼意思？你這樣說話，豈非有失分寸？」

高帕爾雙手合十說道：「我只不過是個弄臣。弄臣的話，不必看得過於嚴肅。」走沒多久，兩人抵達王宮。途中遇見的每個人，看見國王身旁的高帕爾，都慶幸自己不是國王在當日早晨第一個遇見的人，如釋重負的鬆了一口氣。

國王召喚高帕爾入宮，指示他出席即將與大臣們一起召開的朝會。高帕爾愛說笑話逗樂大家，所以國王特意要他參加此一嚴肅場合。

朝會開始之前，王室的理髮師先入內。每天早上視朝之前，國王習慣先刮鬍子，理髮師一見高帕爾就向神致謝，慶幸當天國王第一個遇見的人不是自己。實際上，為了逃避該職務，王室理髮師們總是互相推諉。

「陛下，刮鬍子的時間到了。」理髮師說完話，國王斜身側坐。「請，現在可以刮鬍子了。」

同時，國王向高帕爾詢問昨晚參加的婚禮餐宴如何。高帕爾像平時一樣插科打諢，生動描繪婚禮餐宴的爆笑場面，讓護衛隊和侍從們都笑了出來，連國王也忍不住噴笑。這時候，理髮師也笑了，但手持的刮鬍刀一滑，劃破國王的臉頰。

國王流血的瞬間，人們亂成一團。侍從跑進來止血，護衛隊壓制理髮師。雖然血立刻止住，理髮師嚇得全身發抖。讓國王臉上流血，這絕對不是輕罪，肯定會被賜死或永遠驅逐出境。

所有人都驚惶失措，只有一個人例外。高帕爾依然保持笑容。氣到七竅生煙的國王怒喊道：「高帕爾，不准笑。你忘了今天早上我第一個遇見的人是你嗎？」高帕爾答道：「是的，陛下。而且我今天早上第一個遇見的人是陛下。」

國王不耐煩的問道：「那有什麼重要？我現在說的是你今天的運氣。你是我目前為止遇過最晦氣、最不吉祥的人。今天我第一個看見的是你，一回宮就流血！現在我正在想如何處罰你。」高帕爾故意裝出一臉驚訝，大聲哭喊：「您說處罰？」國王說道：「當然！我生平從來不曾像今天這樣流血。所以，不必想太久，賜你死刑最為恰當。讓國王流血的人，死有餘辜。」

高帕爾雙手舉向天空，哀求道：「這樣處理完全不公平！」國王蹙眉問道：「什麼不公平？」高帕爾說道：「因為這樣的話，比我帶來更多霉運的人是陛下。」國王吼道：「你怎麼膽敢這樣說？你挑戰王權，應當受死兩次。」

高帕爾毅然以對：「因為那是事實，所以我敢斗膽上言。」仍然怒氣沖天的國王感到好奇：「這怎麼說？」高帕爾說道：「無可否認，我是個倒楣的人。今天早上陛下第一個遇見的人是我，害陛下臉上受了點皮肉傷。但是，我今天早上第一個遇見的人也是陛下，卻害我丟了小命。我們兩人之中是誰比較不吉利，是誰帶來較多的霉運，還需要從我口中說出來嗎？」

國王頓時啞口無言，接著馬上爆出一陣大笑。「高帕爾，你說得對。再怎麼受傷流血，哪能與斷頭相比。是啊，比你更倒楣的人，的確是我。你讓我領悟到自己有多愚蠢，竟然相信這種迷信。你正確的指出了問題核心。」然後高帕爾說道：「陛下，這樣的話，您是不是應該賜給我拉斯古拉（rasgulla）之類的禮物？我從早上到現在，什麼東西也沒吃，餓到快要倒下去了。」

國王再次爆出大笑，說道：「好主意，我們全部一起來吃拉斯古拉吧。」國王當場囑咐幾箱拉斯古拉，高帕爾、理髮師和護衛隊全都盡情享用拉斯古拉。

印度人每天飲用牛奶，為了防止牛奶在炎熱天氣下酸壞，他們會將牛奶煮滾，再做成各種甜滋滋的乳製品。其中之一是拉斯古拉，為一種手製奶豆腐乳酪球，質地如海綿般柔軟而富有彈性。它是孟加拉地方的代表性甜點，在印度大陸全區廣受喜愛，常用於婚禮、生日、節慶招待賓客。拜訪印度人家庭時，如果買拉斯古拉前去，將會受到熱烈歡迎。在印度旅行卻沒有吃過拉斯古拉的話，不知道是否屬於運氣差的人。

我們很容易有認定某人是掃把星的偏見。但是，誰知道自己是不是比那個人更倒楣的人呢？與其自我中心的對人品頭論足、囿於自我偏見的生活，每天早上一起享用甜滋滋的拉斯古拉不是更幸福嗎？

06 名醫的病由誰來治？

妙聞（Sushruta）是印度醫學之父暨外科手術先驅，在西元前六世紀左右，成為人類最早主刀整型手術和移植手術的外科醫師。當時，對犯罪者有割鼻的刑罰，妙聞取下割鼻者他處的皮膚，成功接合到鼻子部位。

妙聞聲名顯赫，連大史詩《摩訶婆羅多》都載有他的名字。同時，他又是名聞遐邇的內科醫師，以百病皆能妙手回春著稱。他還曾經成功進行腦部手術和白內障手術，被譽為印度的希波克拉底[8]（Hippocrates）。他寫在椰子樹葉上的著述《妙聞集》[9]（*Susruta Samhita*）是阿育吠陀（Ayurveda）[10]的基本教科書。

「妙聞，您不是普通人，肯定是眾神之醫檀梵陀匣（Dhanvantari）[11]的化身沒錯！」許多人如此驚嘆，但妙聞以平靜的語調說道：「任何醫生都擁有與我相同程度的醫學知識。我的治療有效，全是因為人們信任我，這一切，只能說是神的恩寵。」

他的實力、知識、智慧和謙遜，令人深深感動。周圍的每一個村莊和城市，受他奇蹟般治病的人都不止一、兩位。有一天，妙聞自身患病而飽受劇咳所苦，即使歷經數月，咳嗽的症狀依舊難以緩解。

一名朋友說道：「需要藥草的話，請說。我們會找來給你。」妙聞只是報以微笑。另一個朋友又說道：「不是有人說，醫術再高超的醫生，也治不了自己的病。所以，不妨讓阿育什曼診治看看如何？」

「我本來也正在考慮這麼做。」

阿育什曼是赫赫有名的治療師，妙聞也久仰他的大名。因此，當天他與幾個朋友一起去見阿育什曼。

但是，走了一整天，妙聞一行人抵達阿育什曼的家，卻只聽見人們說無法看到他。阿育什曼生病超過一個月，所以去求診另一名良醫貝迪亞曼。貝迪亞曼居住的城

8 古希臘伯里克利時代的醫師，後世普遍認為其為醫學史上傑出人物之一。
9 《妙聞集》記載了解剖學、心臟病、皮膚病、眼疾、婦科疾病、耳鼻喉科等各種疾病和治療方法。
10 使用草本植物與藥草的印度傳統醫學。
11 印度教醫學之神。

市，需要走一整天才能到。

妙聞心想：「最好我也去找貝迪亞曼。毫無疑問，他是我們之中最傑出的醫生。」一行人在路旁客棧投宿一晚，隔日一大清早又再上路。直到日落之時，才終於抵達城市。不過，令人訝異的是，市場巷弄裡人們全都面容哀戚。走近貝迪亞曼的家，越來越多群眾聚集，其中許多人流著淚。

「貝迪亞曼的病人中，哪位德高望重的人過世了嗎？」妙聞問。

眾人回答：「不是病人，而是貝迪亞曼醫生去世。他已臥病在床半個月，原本預定明天去看醫術精湛的妙聞醫生，接受其診治，卻溘然與世長辭。因此，我們全都深感惋惜而痛哭。」

妙聞雙手合十，上舉額前，向辭世的偉大靈魂致敬。然後他轉身走向歸途。同行的朋友們以意味深長的眼神望著他。妙聞點點頭說道：「我們走吧。別擔心，我很快就會好起來。」同行的人問道：「如何好起來？」

妙聞說明：「雖然所有人都相信我，我卻對自己信心不足。現在，我重新獲得自信。信任自己、內心充滿對於治療力量的信賴，這才是最佳良藥！我現在充分得以治療自己。」

第二章

花若盛開，蝴蝶自來

01 木炭籃的啟示

老農夫與小孫子倆住在山中農場。老農夫每天一早起床，就會讀幾頁廚房餐桌上的古老經典《薄伽梵歌》（*Bhagavad Gita*）[12]。

孫子想要像爺爺一樣，於是任何事都跟著做。爺爺在田裡農作，他也亦步亦趨跟著；爺爺照料動物時，他也模仿爺爺的行動。雖然他年紀小，大部分的工作還是笨手笨腳，但少年仍然不放棄，繼續跟著爺爺做。爺爺讀《薄伽梵歌》時也一樣，他就坐在爺爺身旁一起讀。

有一天，孫子問道：「爺爺，我像爺爺一樣，每天認真的讀《薄伽梵歌》。但是，大部分的內容還是不懂，即使我認為我懂了，書蓋起來就立刻忘光。所以，對我來說，讀《薄伽梵歌》有意義嗎？」

正在把木炭投入暖爐的爺爺，回頭望向孫子，然後遞上放在暖爐旁邊的小竹籃，說道：「你提這個木炭籃去河邊，盛滿整籃水回來。」少年按照爺爺的吩咐，走下河岸。但是，盛水之後，只走幾步路，水就全部從籃子的縫隙漏光了。

他告訴爺爺實情，把空籃子拿給爺爺看，爺爺放聲大笑，接著請少年再次前往河邊，他說道：「因為籃子會漏水，所以必須跑再快一點，才能把水帶回來。」

少年又走下河岸，盛滿一籃水就迅速快跑。但在跑到門口之前，籃子又是空的。他一邊喘氣，一邊告訴爺爺說用籃子搬水根本是不可能的任務，打算帶著水桶去。老人說道：「用水桶打水不是我想要的，我想要的是用籃子盛滿水。你現在似乎還沒盡全力跑。」

老人走出門外，少年照他說的再試第三次。少年再度走下河岸，但已經知道自己要達到目標其實是不可能的。即使他手提著籃子前往，仍然無法理解為什麼爺爺要自己做這件事。單憑兩隻手，沒有辦法把籃子的縫隙全都堵住。爺爺怎麼會說要用籃子盛水回來呢？因此，他下定決心，這次要確實秀給爺爺看，不管跑得再快，回到家之

12 黑天（Krishna，又譯作奎師那、克里希納）向戰場臨陣的門徒阿周那（Arjuna，又名阿朱那、有修）講述生死的指南書。

前，水都會從籃子漏光。

爺爺站在門前，少年按照爺爺所說的，把籃子盛滿河水，接著氣喘吁吁的跑回來。回到爺爺站的地方時，少年手提的籃子又是空的，水已經全部漏出。

少年一邊喘氣，一邊說：「爺爺，您看見了嗎？不管怎麼做都沒用！」老人用充滿慈愛的眼神望著小孫子，和藹的問道：「你認為做這件事毫無意義嗎？這樣的話，你仔細看看籃子。」

少年聽爺爺的話，仔細端詳籃子。這是平日用來搬木炭的籃子。少年察覺到，現在籃子與一開始完全不一樣。原本總是被木炭弄得髒兮兮的籃子，不知何時變得乾乾淨淨，內外都在陽光映射下閃閃發亮。因為這段期間，少年只想著籃子裡剩下的水，完全沒有注意到籃子本身。

爺爺說道：「這與你讀《薄伽梵歌》的時候，道理是一樣的，你可能內容看不懂，讀過也記不住，經典內容或許會從內心的縫隙溜走。但是，這麼做會讓你的內外慢慢發生變化。持之以恆的修行或冥想，正是我們在生活中所做的。」

02 九九俱樂部

某個國家曾有位國王，雖然比任何人都富有，生活比任何人安逸舒適，卻不覺得幸福也不感到滿足，連他自己也不明白箇中理由。有一天，國王與臣子喬裝後一起視察境內，在水田邊看到務農的一家人。表面看來，他們是穿著破舊衣裳的貧窮人家，不過，他們邊下田邊歡樂高歌。在稍事歇息的點心時刻，即使只有一丁點食物，他們你餵我、我餵你，彼此感到幸福。

握有絕對權力卻感到鬱悶不幸的國王向臣子問道：「為什麼他們那麼幸福？他們擁有幸福的祕密是什麼？」賢明的臣子說道：「理由很簡單，因為他們還沒有加入九九俱樂部。」國王驚訝問道：「九九俱樂部？那是什麼？」臣子說道：「陛下給我九十九枚金幣的話，我會告訴您什麼是九九俱樂部。」

臣子收下國王賜予的一袋九十九枚金幣，第二天大清早就把整袋金幣放在農夫家門前。正要出門幹活的農夫發現意外的袋子，便把袋子提回家中，打開一看嚇一跳，裡頭竟然滿是金幣！

農夫高聲歡呼，手顫抖的開始數起金幣。但是，重數了好幾次，金幣都是九十九枚。農夫無法理解，他走出門外，仔細尋遍四周，還是沒看見最後一枚金幣。

「為什麼是九十九枚？最後一枚是怎麼回事？應該是一百枚才對，不可能是九十九枚啊。」

他大聲喚太太來數金幣，太太數了，同樣也是九十九枚金幣。這次，他叫兒子數：「你趕快數數看。」兒子數了，數目依然不變。農夫下定決心。他要補上一枚金幣，湊成一百枚。他向家人宣告，從現在開始要更努力工作、更節省，在最短時間內把一枚金幣補齊。他說，唯有如此，全家才能享受幸福的生活。

從那天起，他們的生活變得不一樣。比起以往，他們加倍投入工作，甚至沒有餘裕互相關照或一起唱歌，反而盡說一些傷害彼此的話。他們失去睡眠與幸福，遞補的全是欲望與不滿。

這樣晝夜不分的工作之後，有一天，農夫的太太心生疑惑。神給了九十九枚金幣，為什麼還得像以前一樣穿著破衣爛衫，做牛做馬般拚命？翌日，她瞞著丈夫，掏出三枚金幣，買下村裡最貴、最漂亮的衣料和高跟鞋，然後拎回家。

農夫對沒有金錢概念的太太大發雷霆，對於金幣減少到九十六個，內心感到絕望。他催促家人打起精神，不然的話，永遠無法集到一百枚金幣。

這次是兒子偷偷取出三枚金幣，他與這段期間因工作而無法會面的朋友們一起吃喝整夜，把金幣全部用完才回來。

由於家人的現實意識薄弱，金幣不知不覺已經減少到九十三枚。陷入絕望與剝奪感的農夫，對於家人的督促和訓誡有加無減。

一個月後，國王與臣子再次赴村子探看農夫一家人。現在，他們失去歌聲，性格變得粗暴，不再關懷彼此。一眼就能看出他們是不幸纏身的窮人。

國王問道：「究竟他們發生了什麼事？」臣子說道：「現在，他們正式加入九九俱樂部。他們的目標是補上一枚金幣，躋身一百俱樂部。九九俱樂部聚集的是本身富裕卻從不滿足的人、具備充分幸福條件也仍舊感到不幸的人。就在他們相信只有再多一枚金幣才會幸福的瞬間，他們再也無法感受幸福。」

那天之後，國王不再感到不幸。

03 生命公平嗎？

一名農夫做完農事回家時，聽到某處傳來呻吟聲：「救救我。」他環顧四周，什麼也沒有，因此，他繼續往前走，卻又聽到同樣的聲音：「救、救救我。」

仔細靠近一看，原來是一條蛇被大石頭壓住，動彈不得。蛇被困住很長一段時間，又累又倦，筋疲力盡，看起來像是快死了一樣。雖然農夫不怎麼喜歡蛇，但出於憐憫之心，還是幫忙把石頭搬開。

蛇立刻爬出來，向農夫說道：「謝謝您救了我。」就在農夫說出「謝什麼，當然應該這麼做」的瞬間，蛇迅速纏住農夫的脖子，並說：「好餓，我得把你吃了。」

農夫說道：「等一下！我才剛救你一命，現在你要捉我來吃？這不公平吧。」蛇說道：「生命原本就不公平。最重要的是，我肚子非常餓。」農夫問道：「生命不公平的話，就沒有認真活下去的意義，不是嗎？」蛇說道：「你也活了一把年紀，應該很清楚生命不公平才是。」

不過，蛇經過短暫考慮之後，念在農夫救過自己，因此決定給他機會。條件是農夫要向三種動物詢問生命公平嗎？只要有一隻動物回答公平，蛇就會把農夫放開。

脖子被蛇纏住的農夫橫越原野，去尋找三隻動物。最先遇到的動物是母牛，農夫向母牛問道：「你認為生命公平嗎？」牛說道：「哞、哞。人們隨時都餵我吃美味的草，真是棒。不過，我也每天提供牛奶啊，萬一我老了，再也擠不出牛奶，你們還會餵我吃嗎？不會啊，是把我捉來吃，對吧？生命不公平啊。」農夫臉色變白，蛇發出「嘿嘿嘿」的聲音，迅速吐了一下舌頭。

第二隻見到的動物是雞。農夫問牠：「生命公平嗎？」雞答道：「咕咕咕，不公平。人們給我飼料，幫我蓋雞舍，讓我免受其他野獸威脅。但是，我也每天提供雞蛋啊。你問我生命公平嗎？到了擺酒席的日子，我是第一個得伸出脖子待宰的啊。」

農夫臉色越來越白，蛇發出「嘿嘿嘿」的聲音，舌頭一伸一縮，提醒現在機會只剩一次。脖子被蛇纏住的農夫穿過原野，去尋找最後一隻動物。

他恰好遇見在那裡閒晃的驢子。農夫說明自己所處的情況，驢子說道：「你說你救了蛇一命，蛇卻要捉你來吃嗎？我只不過是隻驢子，不清楚生命是否不公平。不過，我曾經向媽媽問過相同的問題。你知道那時候媽媽說什麼嗎？她說，不管生命究竟公不公平，你都可以跳舞。」

「你說跳舞？」農夫問道。「跳舞？」蛇也問道。「對，說的是跳舞。」說到這兒，驢子開始彎腰跳起舞來。那舞步太好笑，母牛也開始扭動大屁股，跳起舞來；雞也肢體僵硬的單腳亂揮，跳起舞來；配合節拍，農夫也跳起舞來；蛇再也忍不住，舌頭一伸一縮，跟著跳起舞來。

在蛇跳舞而鬆開身體之際，農夫迅速把蛇從脖子拉開逃走。同時，他向跑來身旁的驢子說道：「你說得對，不管生命公不公平，我們都可以跳舞！」

04 悟道者與少女

某一天，佛陀正要前往北印度某個城市宣說佛法，路上遇見一名十五歲的少女。她問：「請問您是開悟得道，達終極境界的那位？我也聽聞消息，知道您要來這裡宣揚教理。」

佛陀回答是的，少女繼續說道：「您是否可以等我到了之後，再開始佛法問答？現在我正要送餐去給田裡工作的父親，送完之後，我會以最快的速度趕去。請您別忘了，務必等我。」

佛陀微笑應允，繼續往城內走去。終於來到佛法問答的時間，聽眾有國王、城市的嘉賓、哲學家和看熱鬧的人，人山人海，擁擠得寸步難行。不過，佛陀並未開始佛法問答，只是望著路旁。

時間不斷流逝，等不及的元老們問道：「您在等候某人嗎？重要的人全都出席了，請趕快開始佛法問答吧。」佛陀說道：「我等的人還沒來，我必須等候。」

然後他繼續望著路旁。終於，少女氣喘吁吁的抵達。

「我來遲了。不過，我說好會來的，對吧？而且，我本來就知道您會遵守約定。從聽說您要前來的瞬間，我就期待著相見。我是在比現在年幼許多的時候，頭一回聽到您的名字，光是聽到名字，我的心就怦怦跳。從那時候起，我就在等候您！」

佛陀向少女說道：「妳的等候不是徒勞無益的。把我吸引到這個城市來的就是妳。」然後，佛陀才開始佛法問答。佛法問答結束之後，站到佛陀面前，表示有意成為弟子的人，少女是唯一一位。雖然全城的人聆聽講道，但除了少女之外，沒有一人為追求真理而追隨佛陀。

少女說道：「請您收我為弟子。我已經等很久了，現在我想追隨您。」佛陀說道：「妳一個人回去的話，住的村子離這裡太遠，天色也已經暗下來，所以，我收妳入門為弟子。我現在老了，沒有辦法再來這個地方。」

當天就寢之時，首席弟子阿難（Ananda）向佛陀問道：「師父，我有一個疑問。請問您去某個場所時，是因為感覺到那裡像磁鐵一樣吸引師父，所以才去的嗎？」佛陀答道：「阿難，你說得對。那是我選擇旅行場所的方式。有人殷切想見我時，那顆殷切的心會傳達給我，若是如此，我必須往那個方向去。」

打從心底深處想見的人，有朝一日會見到面。這樣的人會無意識的相互吸引。他們的相見，不是兩個自我，而是兩個靈魂的相會。

05 花開就知曉

一位上師有四名弟子，全是擁有自我判斷力與卓越學識的年輕人。派遣他們入世之前，上師決定先讓他們去旅行，教導他們開悟之道。上師派他們各自輪流前往遠方的梨樹見一位古魯，回來再述說自己在旅程中看到的東西。

雖然四名弟子不清楚上師的用意，但都按照上師的話，各自在不同季節旅行。

第一個弟子在冬天前去，他看見梨樹在凜冽風雪中，沒有任何葉子，只剩光禿禿的樹幹，樹皮裡直到中心部分都已乾枯。弟子歸來，向上師說明梨樹又彎又醜，看起來毫無用處，完全無法感受到暗示成長的生命力量，看起來沒辦法熬過嚴酷冬日。

三個月後於春天前去，觀察過梨樹後返回的第二個弟子，無法苟同此一看法。他見到的梨樹，每一枝條都冒出綠油油的新芽。根部不斷汲取生命之水，彷彿陷入春天與愛的無聲肢體動作，每個幼芽牢牢緊握春天的氣息。只是，梨樹沒有結任何果實，弟子主張梨樹只是觀賞用，沒有實際價值。

第三個弟子在初夏前去看樹。迎接他的梨樹完全被白花覆蓋，根部緊緊抓著土壤，環抱雄蕊與雌蕊的花朵散發甜蜜芳香。受到群花盛放世界的吸引，蜜蜂和鳥之類各式各樣的森林生命聚集而來。弟子說這是他至今見過最優雅美麗的樹。不過，他補充說明，樹上結的果實太苦，無法食用，看起來不是對人類有用的樹。

最後去旅行的第四個弟子，對於其他人的評價都不同意。他在秋天見到梨樹，親眼目睹枝條上彎垂著金黃色的果實，果實是在日晒與風吹雨淋之下賦予自己信任的結果。弟子摘下一顆果實帶回來，他說梨樹將陽光與雨水化為糖分，達成結實累累的煉金術，令他深深感動。所以，他想讓所有人都能品嘗豐美多汁的果實。

上師喚來四名弟子，告訴他們每個人的意見都沒有錯，但整體來說不正確。原因是每個人所看到的不過是梨樹的一個季節。

上師說道：「藉由這次旅行，我想讓你們學習到，千萬別貿然判斷自己與他人。因此，別自我受限或阻絕，讓生活時時刻刻充滿新鮮感。你們對於梨樹狀態的觀察非常入微，但再怎麼樣也只是對應一個季節。無論樹木或人，都不能單憑一季的模樣、單憑一面之緣就判斷整體。此舉即使公允，仍有失智慧。因為樹木與人都必須經歷每個季節之後，才能結出果實。

「同樣的，不能只用最艱困的時節來判斷自己的人生，若不能承受一個季節的痛苦，就會喪失其他季節帶來的喜悅。如果只是歷經冬天，便認為生命沒有意義而斷然放棄，你將會錯過春天的約定、夏天的美好，還有秋天的結實。」

當樹木被冰雪覆蓋而失去一切，枝條光禿禿而只聞風聲颯颯，單憑如此無法判斷自己的一生；在脆弱幼苗萌芽之際，千萬別忽視脆弱抱持的期待。因為我們懷抱每個季節，在不同季節中不斷旅行。我們知道樹木不會永遠停留在一個季節，唯有撐過冬天，它才會開花結實。

印度有一句格言：「花開就知曉」。意思是說，即使現在無法開口、不加解釋自己的未來，有朝一日待我開花時，人們自然看得見。對於自己現在的模樣，對於自己度過的季節，實無必要向他人說明，一切只要向自己證明，而非他人。時光荏苒，一旦結出果實，人們自然就知曉。

不說外頭的季節，現在的我，活在哪一個季節呢？

06 不用拐杖走路的怪物

國王前往森林打獵，追逐獵物時，不慎連人帶馬一同墜落滿是岩石的懸崖。護衛隊匆忙趕來，國王保住了性命，腿卻嚴重負傷。名醫們費盡心血，最後國王還是有一腿殘廢。別無他法，國王只能依賴拐杖，但他不願承認自己的殘疾。身為最高權勢，他不想在臣子與人民面前表現出軟弱的樣貌，因此，他向全國頒布一道法令。

「從今天起，全體國民都必須拄拐杖行走。違者處以死刑。」

自翌日起，這個王國成為史無前例的拐杖國。為了遮掩國王的身體障礙，任何人都必須拄拐杖行走，老人與孩子也不例外，任何人皆被嚴格禁止以雙腳觸地。

一開始有幾個進步派青年與反抗勢力拒絕使用拐杖，他們皆遭處決或驅逐。警察與軍隊也在接受特殊訓練後，成為世界上最強勁的拐杖部隊。國家引以自豪的選美大賽參賽者也都拄著五顏六色的拐杖出場，獲得鼓掌喝采。

為確保子女的安全與成功，從嬰兒期開始，父母就教孩子拄拐杖的方法，而非教孩子學步；學校也特別向學生灌輸拐杖的歷史與重要性。甚至有專家研究拐杖而取得學位，他們還出面強調拐杖的價值和歷史性。現在，無拐杖下用雙腿走路，成了危險的欲望。洩漏此一欲望的人會被關到精神病院，或者被貼上現實不適應者的標籤。現在，拐杖化成為所有人的一部分。

不幸的是，國王活了很長的時間。隨著歲月流逝和時代變遷，人類能夠自由用雙腿走路的事實，所有人都忘得一乾二淨。人們拄拐杖站著耕種、做飯、跳舞，甚至表演高難度技能的拐杖達人也出現了。年輕時不用拐杖生活的老人們，不再回想這些記憶，避免毀掉子孫後代的人生。

更不幸的是，國王駕崩之後，情況根本沒有好轉。從小習慣使用拐杖的人們，甚至沒有想過用雙腿走路。即使認為拐杖是後天的枷鎖，並非與生俱來，因此試圖擺脫拐杖的束縛，卻因為腿部已經變得虛弱無力，只會跌倒淪為眾人的笑柄。

現在，即便國內不再強制拄枴杖，光要不用拐杖站直，本身就很困難。眾人認為這是人類不可避免的條件。

對於國王之後繼任的統治者而言，這也是一項有利條件。拄拐杖的人民，統治起來比什麼都容易。因為在外部強行管制之前，他們已經先自我設限，放棄自由。儘管國王死後，強制的法令自然隨之廢止，但是，如果有人說要不依賴拐杖生活，依然遭人譏為不切實際的妄想。

另一方面，就在國王打獵途中墜落懸崖之地點的不遠處，住著一名男子。他很早就領悟到拐杖的無理與愚昧，便潛入森林居住。雖然生活窮困又危險四伏，但換來充分保障行走樂趣的生活。

他的幸福是不借助拐杖，漫步森林。對他而言，這就是快樂本身，就是神的祝福。認識到拐杖的虛幻，感受到用雙腿正常行走的喜悅，這使他與世隔絕。只有在進城購買生活必需品時，他才使用拐杖，國王一死，他立刻將拐杖扔入火中燒了。

人們看到他用雙腳自由行走，認為他是來蠱惑世界的人物。他的自由自在，對於習於枷鎖的人來說是不言而喻的威脅。拄拐杖的人們明白表現敵意或強迫他使用拐杖。但是，他並不介意，反而感到同情。男子知道，導致他們如此的原因，並非是已經廢止的國王命令，而是深植他們內心的成見。他們習慣拐杖之後，變得無法想像不用拐杖的生活。

有一天，幾名年輕人來到這位賢者的住處。他們拄著髒兮兮的拐杖，藉以支撐自己虛弱無力的下肢與肺活量，他們向男子請求：「請教導我們如何用雙腿走路。我們想要像您一樣自由行走生活。」

男子說道：「我不是一個通曉特殊真理或祕訣的人，只是一個拋下拐杖、用雙腿行走的人，僅只如此而已。你們也可以像我一樣放下拐杖就行了。這是很容易又簡單的事，實在沒有什麼要向我學的。」

年輕人再次說道：「擺脫拐杖誠非易事。現在，我們與拐杖合為一體，不可能一瞬間就能自由。拜託您收我們為弟子，我們想要從拐杖的虛構與幻想中掙脫出來。」

看到這群年輕人的熱切目光，他再也無法拒絕下去。但是，能教的事並不多，就是現在立刻放下拐杖、別再依賴拐杖、不用拐杖而只用雙腿自由行走，也就是恢復人類原本的樣貌，全部僅此而已。還有，他能做的是直接示範。

數個月間，這群年輕人們向他學習如何走路。某些弟子認真聽取他說的話，並且詳細記錄下來。在這段期間，漸漸有越來越多的人離家來到森林，成為他的弟子。他們實踐苦行與禁慾，練習不用拐杖走路，有的人還制定戒律與教理。

直到賢者辭世，已有數萬名追隨者習得「解脫拐杖的方法」。他的一生添加傳聞軼事後被寫成書，他的話語被奉為圭臬。在他死後，人們進一步開發出擺脫拐杖的特殊修練法和祈禱文，他生前居住的森林小屋更成為朝聖必訪之地。遵循這一切的人，甚至獲得應許，將在死後世界得到回報。這回報不是別的，就是「來生不用拐杖、自由行走的生活」。

剩下的一個謎團是，眾多追隨者之中，除了早期幾個人以外，很難找到拋下拐杖自由行走的人。他們每週召開祈禱會，誦讀經文，讚揚拐杖教創始人，但還是像以前一樣拄著拐杖。在群眾前方宣教的領導者也同樣拄著拐杖。

反而是沒有加入這個群體的人當中，越來越多的人領悟到拐杖的愚蠢，當場丟棄拐杖而獲得自由。不過，拐杖教的追隨者們主張，唯有他們教理與指導，才能實現真正的自由。他們認為最重要的聖物是收藏在黃金玻璃館中，賢者扔在火中燒剩的枴杖殘骸。

07 閻羅王的四封信

一位名字是艾米瑞塔（Amrita）[13]的男子活在世上，他活著最害怕的事是死亡。為了躲避死亡，他實行禁慾生活，認真向死神閻羅王祈禱。他從早到晚誦唸閻羅王的名字，沒有漏掉任何必要儀式。閻羅王感受到他的態度謙遜，心情大好，決定送他預見未來之眼作為禮物。

閻羅王說道：「我只能來帶走即將臨死之人或已死亡者。不過，你的誠心令我感動。因此，我會在你還在世的時候，給你預知能力。」艾米瑞塔說道：「這樣的話，我想拜託一件事。如果死亡不可避免，在我得死的時候，起碼事先寄信給我。讓我能夠在撒手人寰之前，為妻兒做好適當的財產安排。而且，我想向神敬獻必要儀式，冥想為來生做好準備。」

「我一定會這樣做。不過，你一收到我寄的信，就得立即開始準備。」說完這些話，閻羅王就消失不見。

此後，數年歲月流逝。艾米瑞塔的頭髮漸漸皤然斑白，但是他把死亡拋在腦後，一面忙碌工作，一面過著追逐世間歡愉的生活。他沒有任何心境變化，只是很高興還沒有收到死神的來信。幾名僧侶勸他及早開始過宗教生活，但他認為剩下的時間還很多，不僅充耳不聞，反而還中止過去的禁慾生活和冥想。他覺得最重要的是過著自己心滿意足的生活。

再過幾年光陰，艾米瑞塔有一、兩顆牙齒開始晃動。僧侶們再次提醒他生命的盡頭即將來臨。但是，由於閻羅王尚未來信，他依然不太在意，還是盡情玩樂過生活。

隨著歲月流逝，艾米瑞塔的視力日漸模糊。不過，他很慶幸閻羅王還沒有寄信來，生活中依然不停左顧右盼，尋找眼前的感官享受。

再過幾年，艾米瑞塔已老態畢現，彎腰駝背，不拄拐杖的話，連走路都有困難。他的皮膚滿布老人斑與皺紋。有一天，他突然中風癱瘓，人們都說他的病況危急。

不過，艾米瑞塔還沒有收到閻羅王任何來信，還是一如既往，並未回頭檢視自己

13 梵文為「不滅」之意。

的生活。終於，命運的時刻來臨，死神閻羅王進入房中。艾米瑞塔嚇得六神無主。

閻羅王呼喚他：「朋友，現在走吧。你飽受病痛折磨，今天我來帶你走。」艾米瑞塔惶恐的顫抖說道：「您不講信義，違背了與我的重要約定。您明明答應我，來帶我之前會先寄信，不是嗎？現在突然出現說要帶我走，您是滿口謊言的大騙子。」

閻羅王說道：「艾米瑞塔，你不同以往，縱情感官度日。這樣你怎麼能夠察覺到我寄的信呢？我不是只寄一封，而是寄了四封。不過，任何一封，你都視而不見。」

艾米瑞塔完全摸不著頭緒：「您說寄了四封信？我一封也沒收到。這樣的話，一定是信差出錯，忘了送信。」

閻羅王說道：「朋友，難道你以為我會用紙筆寫信給你？不是的，我把你的身體當紙，把身體變化當筆來寫信。而且，信差沒有遺忘，確實遞了信。送信的信差是『時間』。幾年前，你的頭髮變得花白，那是我寄的第一封信；你忽略了那封信。牙齒動搖是我寄的第二封信；在你視力下降時，我寄了第三封信；在你身體癱瘓時，我寄了第四封信。任何一封信，你都視若無睹。現在，身為神定律法的執行者，我只能帶你走，別無選擇。好，快跟我來，現在是你離開的時候了。」

直到此刻，艾米瑞塔才明白，只能乖乖走向閻羅王指引的地方。

第三章

不幸的分量，每個人其實都一樣

01

歡喜承擔時，任何東西都不是包袱

一名修行者一手拄著拐杖，另一手提著卡曼達魯（Kamandalu）[14]獨自上山。他正在首次前往新駐寺院的路上。

寺院位於山頂。山又陡又高，頂著熾熱陽光，每一步都舉步維艱。

正午的熱氣騰騰，加上濕度高，修行者的全身大汗淋漓。甚至連裝了沒幾樣個人物品的包袱，都沉甸甸的壓在肩膀上。因此，每次發現樹蔭，他就得坐下歇口氣。

雖然他年紀不怎麼大，也不是個意志薄弱的新手修行者，但有某個東西壓在心口，使步伐變得沉重。那是什麼，他不得而知。

修行者沉浸於思考，走到了半山腰，由於強風從四面八方吹來，所以他在歷經漫長歲月而扭曲、彎折的小樹下暫時駐足，並放下包袱，倚靠在岩石上。

他深呼吸，俯瞰下方時，從樹林間隙瞥見一名少女。少女背上用襁褓揹著一個孩子，沿著陡峭的山路往上走。雖然她年紀小、個子矮，臉上卻毫無倦容。這麼說並非意指她走得不辛苦。氣喘吁吁，頭髮被汗水濕透，這完全顯示了少女的當前狀態。儘管如此，她的臉上笑容依舊燦爛。一邊哼著山歌，一邊沿山路向上走，看起來非常愉快。

起初還在想會不會是自己看錯，但少女一閃一閃的黑眼珠發出明亮光芒。

少女走近修行者坐的地方，微笑向他行禮。修行者揮手示意她來旁邊稍作休息。

乍一看，少女身軀嬌小，衣衫襤褸，是個窮人家的孩子。

動了憐憫之心的修行者說道：「烈日炎炎，山坡陡峭，妳還揹個包袱，一定很辛苦。樹蔭下休息一下再走吧。」少女表情驚訝，仰頭望向修行者，說道：「我不是揹著包袱走。這孩子是我可愛的弟弟，不是包袱。所以，對我來說，他一點也不重。我不覺得弟弟是包袱。」

然後，少女再次哼著歌，揹著孩子，沿著烈日曝晒的山路向上走。

望著少女漸漸遠去的身影，修行者沉默無語，肅然起敬。女孩的話就是真理本

14 印度修道僧提著走的圓筒形水壺。

身。歡喜承擔時，任何東西都不是包袱。縱使在烈日下登山也是如此。揹著悸動與幸福上山的是少女；揹著沉重包袱走上坡路的，則是修行者自身。壓在他身上的沉重感為何，疑惑於是解開。

02

心情好與心情不好的語言

有一天，一名陌生的異邦人獨自前來拜訪孟加拉地區的統治者——克里希納錢德拉國王。這名男子頭上戴著大頭巾，留著捲曲的八字鬍，一站到國王面前，便宣稱自己富有學識，通曉多種語言。

察覺到國王對自己的好奇心，他接著炫耀自己對於《薄伽梵歌》和《奧義書》（*Upanishads*）等多部經典的淵博知識，以及高調展示自己的古梵語實力。聽其言談，他也是個在占星學方面擁有專業知識的人。

克里希納錢德拉是一位偏愛與支持知識分子的國王，他駁斥疑心臣子們的嫉妒目光，當場封異邦人為官。

不出幾天，異邦人已經切實證明自己博學多聞且通曉眾多語言的事實。他會根據討論主題旁徵博引，展現見地不凡的邏輯思考能力，而且他的英語、法語、西班牙語、德語等多國語言皆運用自如。他對已知事實的記憶力，也令所有人嘆為觀止。

不過，異邦人有一點非常可疑。如果問及他的家庭或出生地，他總是轉移話題，或者只是捻捻鬍鬚，完全不透露。單憑衣著或腔調，很難貿然判斷他的國籍。他的行為又相當幹練且國際化。

整個王宮都對這名異邦人很感興趣，爭相猜測他的出身，究竟原本來自哪個王國的哪個地區。特別是忌妒他能力的大臣們，懷疑這個陌生人突然出現在王宮，真正原因可能別有蹊蹺，紛紛在國王耳邊竊竊私語。甚至有人懷疑他會不會是掌控北印度全境之伊斯蘭政府的間諜。

厭倦這些竊竊私語的國王，指示大臣們停止沒有根據的毀謗，要他們直接去打探異邦人的出身背景。但是，此人嫻熟兵法，謀略高超，大臣們用盡各種方法，都無法成功查明他的真實身分。

任何嘗試皆徒勞無功，國王遂召喚素以鬼點子出名的宮廷弄臣高帕爾。

國王指示：「高帕爾，宮中這些大臣個個自以為是，意見特別多，但要他們打聽出新任大臣是哪個地區出身，卻全都鎩羽而歸。這明明是一件很簡單的事啊。所以，由你去探一探此人的真實身分吧。」

高帕爾想了一下，回答道：「只要給我一天的時間，我會按照您的指示，查明他的出身底細。」

高帕爾隨即尋找異邦人的行蹤，得知他次日將會出席宮中會議一事。因此，在他來之前，高帕爾先去王宮入口處，躲在大柱子後方。

過了一會兒，異邦人出現在正門，往宮內走進來。此刻，高帕爾從柱子後面跳出來，以全速撞上他的身體，害他跌了個四腳朝天。

原本戴著粉紅色頭巾、捻著八字鬍優雅現身，卻突然摔倒在地，於是異邦人忍不住對高帕爾破口大罵。

他用地方方言吆喝道：「這白痴傢伙是瞎了嗎？還是發神經？沒看到有人來嗎？」高帕爾微笑說道：「我只是想知道您出身哪裡，現在我知道了。聽您的口音，應該是奧里薩邦（Orissa）[15]出身。因為人們在生氣、情緒激動或非常緊急的時候，會不自覺露出本性或用自己原本的語言說話。」

異邦人啞口無言。高帕爾去見國王，向國王稟報這段期間藏為祕密的異邦人出

15 與東印度孟加拉地區接壤的土邦。

身，並且述說查明事實的過程。國王放聲大笑，稱讚高帕爾的過人機智。

我們會裝得自己懂很多的樣子，一舉一動表現出知性、有教養、幹練的形象。但在這背後，我們的本性是什麼？原本的語言是什麼？我們在生氣、不高興、不喜歡時的語言，與感到幸福、滿足、心情好時的語言有多麼不同？

03 成為聖人的盜賊

一名住在北印度密札浦（Mirzapur）的男子，出生於盜賊世家，懂的只有偷東西而已。一天晚上，他去鄰村，翻過有錢人家的牆。但在東西得手之前，他就被屋主發現，屋主高喊：「酬兒（chor）！酬兒！」[16]，他嚇一跳，立刻拔腿就跑。屋主和村民拿著棍子追上去，盜賊想到被捉只有死路一條，因此卯足全力拚命跑。

追過兩、三個村子，追擊戰仍然持續，直到盜賊跳進附近的叢林裡才中斷。在一片漆黑中，盜賊遭樹枝和灌木叢撕扯，已經衣不蔽體。他鞋子掉了，頭髮也凌亂不堪。這座叢林以眼鏡蛇和毒蟲聞名，有的苦行修道僧也為求得高超靈力而來到此地。

男子徹夜穿越森林，繼續往前走，破曉時走到叢林對面的村子。他筋疲力盡，癱

16 印度語「小偷！小偷！」之意。

坐在一棵榕樹下。稍微喘口氣後，疲倦的身軀倚靠在粗厚樹根上，他閉上眼睛，驚險萬分的一夜就這樣過去了。

不久後，出門擠山羊奶的少女發現，榕樹下坐著一名披頭散髮且半裸的聖人。聰明的少女立刻意識到，他是結束苦行才走出叢林的人。因此，她將剛擠的山羊奶獻給聖人，以表尊敬。

打了個小盹後，聽到人聲動靜而受驚嚇的男子馬上端正姿勢，假裝沉浸於冥想。回到家後，少女把消息告訴父母，聽說偉大的聖人來到村子，人們紛紛聚到樹下。他們把額頭貼在男子的腳上請求祝福，並且獻上金錢與飲食。

男子雖然驚慌，依然閉著眼，動也不動。目前的情況是，如果這些人察覺自己的真實身分，搞不好會丟掉性命。因此，他更努力佯裝自己是沉浸於冥想的聖人，人們奉上的金錢與飲食，他連看都不看一眼。人們見到那副模樣，更確信他的聖賢身分。

象徵「永生」的榕樹是印度人認為最神聖的樹種之一。每個村子都有大榕樹，印度教徒每年數次禁食時，都會在榕樹下祈禱。老樹的樹幹懸著氣根，氣根碰觸地面時又會生根。此氣根會支持樹木從該處再向旁側伸展，榕樹正是如此不可思議的樹木。有的榕樹有數百個氣根，枝椏伸展的領域可能達到四百公尺。印度人相信它是神聖的樹，因此無論伸展多寬，都不會截斷樹枝。

榕樹下的男子睜開眼睛，觀察自己遇到的新狀況。在那之前的盜賊生活一直處於不安與緊張，所得比起勞苦，其實微不足道。單看前一晚，沒有任何收穫，只能在逃跑時任荊棘撕扯。儘管新開啟的生活一樣帶著些許不安，但比起過去的生活，感覺上明顯更舒適、更吸引人。只要閉上眼睛坐著，金錢與食物就自動落袋。

一穿上人們供奉的橘色長袍，任何人都不會懷疑他不是聖人。他連講經說法都不必，只要按照傳統模仿「茂尼薩杜」（mauni sadhu，意指靜默修道者）即可。

領悟到新生存法的男子，決心投入這一行。現在他與過去的盜賊身分相距遙遠，而且他也不想重操舊業。人們對於來到自己村子的偉大聖人竭盡至誠，消息傳遍附近的村子，越來越多的人來此接受祝福。

他對降臨自己身上的好運一直高興不起來。想到只要一不慎曝光自己的真實身分，現有的一切將會化為烏有，他就片刻不敢分神。幸好他作賊很長一段時間，懂得如何機警保持清醒。不錯失任何細微動靜的警覺，正是他的專長。就像小偷一樣，他敏銳的意識到自己的每一個行動。他的這些特質，也是出色的修行者必須具備的。

男子殫精竭慮，不讓別人發現自己鄙薄的精神世界。他怕闔起的眼皮向上翻露，不敢滾動眼珠；不管人們提出任何問題，他都平靜的微笑以答。靜默聖人的名聲從村子傳到全國。甚至連企業家、權貴、名人聞士都前來尋求祝福與靜默的指點。

但是，男子並沒有忘記自己原本是盜賊且出身卑賤的事實。為了不再重返底層生活，他只能使出渾身解數，模仿聖人，這是唯一的出路。現在，他對鮮花與財物之類的東西漠不關心，畢竟這攸關生死。他不再側身躺下，滿足於解決最低限度的生理慾望，聽到不知是否為假聖人、甚至「盜賊」的譏諷言語，他也沒有動搖，泰然自若。看到他在任何情況都不失慈悲的微笑，人們深深感到震撼。

聚集在盜賊腳下的人們，可能是一行愚蠢的人。但是，某個東西開始一點一滴充實男子的內心。那東西不只是偽裝聖人的矯飾。隨著陽光、雲霧、雨季的一陣陣驟雨，多年過去了，榕樹的氣根長得更長了，呈現比以往更神聖的色彩。

多年來如此傾力扮演聖人的結果是，男子真正成為聖人。焦慮消失了，內心變得沉靜，對於生存的恐懼也沒了。他再也不必模仿聖人。因為他的存在本身已經改變。他從漫長的無知與黑暗中覺醒，開始嘗試新的存在。盜賊不見了，剩下的是「和平聖人」。這件事，後來成為榕樹珍藏的一個傳說。

我這輩子扮演什麼角色呢？現在該來看看自己扮演的是什麼。

04 上師的祈禱與詛咒

黑天[16]與門徒阿周那一起在叢林裡旅行。隨著夜幕低垂，他們開始尋找歇宿之處，野外森林可不是過夜的安全場所。

他們用盡九牛二虎之力，費了很長一段時間才走出茂密的叢林。兩人筋疲力盡，幾乎就要放棄，幸好就在此時，一棟巨大豪宅映入眼簾。瞥一眼就能看出，這是有錢人住的房子，距離也不遠，因此，兩人使盡最後剩下的力氣，往那棟房子走去。然後，他們敲了前門。

門是用非常厚重的木材製成，他們懷疑屋裡的人是否聽得見敲門聲。試了老半天，終於有人開門，出現在兩名疲憊旅人面前的是擺出一副高傲姿態的屋主。

16 毗濕奴（Vishnu）神化身的崇拜人物。

黑天與阿周那拜託屋主讓他們留宿一晚，並允諾天一亮就離開。男子上下打量了一晌後斷然拒絕，像對待乞丐般揮了揮手。兩人疲倦不堪，連挪動一步都很困難。

但屋主堅決說道：「如果向陌生人施仁行善，就不會有現在的我。請想像一下，如果我的運氣得分給每一個敲我家大門的人，那我會變成什麼樣子呢？」

阿周那向男子央求了好幾次，保證不會惹事，終於得以在屋內一隅過夜。

早晨離開屋子之前，黑天向屋主祝福說道：「您說的話是對的，財富當然需要更多財富，雖然您已經是富人，但在我的祝福下，您會獲得更多財富。」

離開富人的房子之後，他們又走了一整天，到了傍晚，拖著疲憊的步伐，他們又開始尋找另一個下榻宿所。幸運的是，沒走多久，他們就發現了一幢小屋。那是一間看起來年久失修的窩棚，幾乎快要倒塌，連門都破了半邊。

這次在他們走近敲門之前，男主人就出來迎接他們。兩人在破爛的門前請求住宿一晚，窮人欣然歡迎他們入內。

在他們上床睡覺之前，男子還用家裡現有的幾樣食材，幫他們準備了簡單的晚餐，並且從生活在窩棚一邊的老母牛擠些牛奶招待他們。為了幫母牛禦寒擋雨，保護牠不受野生動物的攻擊，農夫全家人與牛一起住在屋內。對於這家人來說，母牛與破舊窩棚就是全部的資產。

次日早晨，黑天離開時，他為男主人賜福祈願說道：「願這間窩棚很快失火，母牛生病死掉！」

阿周那聽到上師的祈願，非常錯愕。他知道上師是神的化身，他的話語會如實成真。**如此無禮的富人，上師祈禱祝他能夠擁有更多財富；對於熱情招待他們的貧苦男子，上師的祈願卻近乎詛咒，究竟是什麼原因？**

看出阿周那的心中充滿疑惑，黑天說道：「我這麼做是為了兩人好。富人沉迷於財富。我決定給他更多的財富，來滿足他的物質欲望。他擁有越多財富，就會越孤獨。有一天，當他意識到錢買不到真正的幸福時，將會流下眼淚。唯有如此，他才會回頭審視自己的生活，開始感到後悔，並渴望更有意義、更具永恆價值的東西。」

阿周那接著再問及窮人的情形，黑天微笑說道：「那名心地善良的親切男子，不可以繼續讓他待在快要倒塌的偏僻窩棚，依靠老母牛過著貧困的生活。雖然他認為沒有其他可能性，但阻礙可能性的正是那窩棚和母牛。他必須放棄這些，才能踏入社會，重新開始。他拒絕新挑戰，一心懸在目前的卑微生活時，破壞現狀是神的工作。如此一來，他不得不離開那個地方，嘗試新的生活，所以那麼做是真正為他好。」

05

感動神祇的吟唱

在北印度北方邦（Uttar Pradesh）的聖城沃林達文（Vrindavan），四處建有大大小小供奉黑天的寺廟。黑天是毗濕奴神的化身，他的童年在此度過，所以這裡連童話城堡般的十層規模寺院都有。

十六世紀末用紅色砂岩搭建的幾座寺廟，更被譽為北部印度教建築中最具特色的廟宇。

該城有一座黑天神廟，晚上由夜間警衛守護。警衛的任務是，守護神廟內供奉之黑天神像頭上用浮雕裝飾的寶石。他徹夜守備神廟時，經常高聲吟唱「拜讚」（bhajan）[17]，藉以驅走睡意。

一天晚上，神職人員偶然經過神廟前方，聽見那裡傳出五音不全的刺耳吟唱。身為印度傳統音樂專家暨聲樂家，他衝進寺廟，怒斥喝道：「立刻停止發出噪音！你那五音不全的該死歌聲，破壞了神廟的沉謐寂靜！你不知道黑天神這時候在歇息嗎？你馬上消失，別再出現。」

警衛大受刺激，立即離開神廟，不久後，神職人員也怒氣消退。過了一會兒，他意識到自己太過急躁。現在除了自己之外，沒有人能夠守衛神廟。因此，他決定站在這裡守夜，直到次日早晨覓得新警衛為止。

他坐在警衛椅上守夜，還不到半小時，從寺廟內的黑天神殿傳來沉重的腳步聲。他檢查神殿的門，門是緊緊鎖上的，先前也沒有人從他的面前走過入內。

神職人員把耳朵貼在門上，觀察裡頭的動靜。可疑的腳步聲依舊持續。他臆測說不定是聰明的小偷發現了另一個通道而闖入其中，於是他趕緊打開門鎖，跑進神殿裡一看，竟然是黑天神像在神殿裡走來走去。

神職人員心想，這是多麼有福氣的夜晚！黑天神諳知自己修行高、功德高，所以在他面前顯靈現身。

他在神像前方屈膝跪下，呼嘯喊道：「噢，神啊！您為什麼出現在敝人面前

17 敬獻神祉之歌。

呢？」黑天神像怒斥道：「我沒辦法睡覺啊！每天晚上唱催眠曲給我聽的人，你把他趕到哪裡去了？」

神職人員瞬間驚慌失措，但隨即理好思緒，說道：「我唱歌給您聽。我是任何寺院祭拜都會邀請的傑出音樂家。」

神職人員急忙去側房拿坦普拉來演奏，開始唱起夜晚的拉格旋律。當然，比起警衛吟唱的拜讚，這曲子的水準顯然更高。他的演奏完美，嗓音音程準確。

聽不到幾小節，黑天神像就揮揮手，示意要他停止。

「我聽這樣的音樂，已經聽了數十世紀，而且我還唱得比你好。我想聽的不是這樣的歌，而是夜間警衛唱的。過去十五年來一直聽他唱歌，所以只有他唱的歌，才能讓我入睡。」

神職人員說道：「但，他是個音痴。音準不對，歌聲又尖銳。實在與這座高貴的神廟格格不入。為了讓神能夠靜靜的休息，就由我來獻上坦普拉的演奏。」

黑天神像吆喝道：「別再折騰我了，快把警衛喚來！他不是用像你一樣訓練有素的精緻嗓音來唱歌，而是用對我的赤誠真心來唱歌的人。就是你，把我心目中的最佳歌手趕走了。」

陷入恐懼的神職人員急忙跑去警衛的家。他曾經巡迴每個城市表演，在無數聽眾面前歌唱。但一直到現在，他才隱約感受到警衛尖銳破音的歌聲中蘊含某種真實性。

警衛重返神廟，一開始唱歌，黑天神像就一臉滿足的回到自己的位置，舒舒服服的入睡。

真實的情感，任何人都能感受到。在一呼一吸之間，蘊含靈魂、用心吟唱的歌會傳到哪裡去呢？不只傳到人心，還傳到了石頭製作的神像耳中。

06 第一百零一個問題的解答

有一名弟子總是不斷抱怨人生與世界。他主張：「人無法擺脫問題和痛苦。」同時主張造成不幸的原因，除了生老病死不用說，還有不滿、憤怒、遭遇障礙等許多因素。因此，他面對任何事情都鬱鬱寡歡，絲毫不感幸福。

上師見此，有一天叫他帶來一杯水，放入一把鹽，然後要他喝。接著問道：「水的味道如何？」弟子皺著眉頭說：「太鹹了，不能喝。」

這次，上師帶他到附近的清澈湖畔，同樣在湖上撒一把鹽，然後要他嘗一口湖水。接著再問他水的味道如何。

弟子微笑說道：「很爽口。」上師問：「有鹽味嗎？」弟子回答：「沒有。」

上師握著弟子的手說道：「你明白其中的區別嗎？不幸的分量，每個人都差不多。但不幸放的地方不同，大小幅度也不一樣。請成為一池湖水，而非玻璃杯。」

鹽的量雖然一樣，但容納的心究竟有多寬闊，鹹味程度隨之有所不同。

有一個古老的故事。一名農夫來找賢者。農夫聽說賢者的名聲，期待賢者能夠幫他解決自己的問題。

農夫說道：「我很喜歡種田，但是，有時候雨水不足，把莊稼收成毀掉，去年我差點就餓死了；今年又因為雨下得太多，害我很擔心。所以，我正在考慮是否要放棄農作。」

賢者耐心的聽男子說話。「我的妻子是個好女人，我真的很愛她。但有時候她太囉嗦，我覺得很累。我也有孩子，每個都長大了，但有時對身為爸爸的我很不尊重，而且總是違背我的期望……。」

賢者不發一語，農夫繼續說道：「最近我新蓋一棟房子。房子寬敞又舒適，但冬天比其他房子冷。所以我滿後悔的，想說是不是該蓋小一點，才方便管理。」

男子就這樣一一列出自己的問題。終於說完之後，他等賢者回答，相信賢者能夠為他解決這些問題。

但賢者說道：「我幫不了你。」男子驚訝問道：「您說什麼？」

賢者說道：「任何人都有各自的一百個問題。面對這些問題，我們是沒轍的。即使認真努力可以解決一、兩個問題，但別的問題又會取而代之。譬如，我們最後都會失去摯愛的人、都會年老，有朝一日都會死。關於這類問題，任何人都束手無策。」

男子生氣抗議道：「我聽說您是偉大的上師，相信您能幫助我才來訪。如果任何問題都無法解決，那您的教誨有何意義？」

賢者說道：「的確是有一個方法。你無法從一百個問題中跳脫出來，這就是你自身的第一百零一個問題，只要解決這第一百零一個問題就可以了。」

男子問道：「您說第一百零一個問題？意思是一百個問題不夠，我還要再多一個問題嗎？」

賢者說道：「沒錯，你的第一百零一個問題，就是希望生活中沒有任何問題的心態，還有在任何事情上都找出問題的心態。如果你可以意識到這種心態、擺脫這種心態，便能從一百個問題中得到解放。心靈的平和由此開始。」

07 請帶一根針到天堂來找我

拉合爾（Lahore）[18]附近的村子裡，住了一個名叫杜尼燦得的富商。他從小到大，聽了許多有關聖人那奈克（Nanak）[19]的事蹟。

那奈克從年輕時就愛旅行，什麼東西也沒帶就跋涉數千公里。在重要的四次旅行中，他與靈性詩人卡比兒（Kabir）等多位上師會面，因此，三十歲就獲得重大的宗教開悟。

聽說這位偉大的聖人來訪拉合爾的消息，杜尼燦得二話不說前去見他。

一大清早，已有許多人聚集等著聆聽聖人教誨。上午講經說法結束之後，杜尼燦

18 原本隸屬於印度旁遮普邦（Punjab），現在成為巴基斯坦領土的歷史名城。

19 錫克教創始人，力抗印度教不平等的種姓制度與婆羅門人的宗教壟斷。

得走向那奈克，邀請他共進午餐。沒想到，聖人欣然接受了他的邀請。

聖人抵達自己家時，杜尼燦得心情雀躍，感到非常幸福。他體貼的服侍偉大的宗教聖人，誠心款待他享用午餐。事實上，杜尼燦得是個自命不凡又愛裝腔作勢的人。

聖人那奈克一開始吃飯，他就說道：「我家裡有很多價格不斐的餐具，只有特別的客人來訪時才擺出來。這些碗在拉合爾可沒有，在德里也不知是否買得到，所有人都很羨慕我。」

聖人沒有任何反應，繼續用餐。

杜尼燦得再說道：「用完餐後，帶您去觀賞我擁有的動物。全部都是難得一見的最佳品種，很想讓您看看。」

聖人依然一言不發，只專心吃飯。

杜尼燦得再說道：「如您所見，我家有的神像皆是無價之寶。每一個都鍍上黃金，用貴重的寶石裝飾。」

聖人一直保持沉默。終於，用完午餐之後，聖人給杜尼燦得一根針。

杜尼燦得問道：「這是做什麼用？」聖人那奈克說道：「你死的話，帶著這根針來天堂找我。」

杜尼燦得驚訝問道：「但是，請問聖人，死了之後，如何能夠帶走這根針？」

聖人那奈克望著他一會兒，然後說道：「既然你知道死的時候，任何東西都帶不走，那累積這麼多的資產，究竟有何必要？而且，你能引以為榮的東西，又是什麼？只有對他人的關愛，在你去世之後還能跟著你。杜尼燦得，現在是開始累積這方面的時候，就算只累積一部分也好，任何時候都不嫌遲。」

第四章

憨直信念的巨大力量

01 今天就是最好的吉日

北印度的阿約提亞（Ayodhya）原為古代拘薩羅（Kosala）王國的首都，曾經是非常發達的城市。古代吠陀經（*Vedas*）描述阿約提亞為「由神建造的城市，如天國般繁榮昌盛之地」。

阿約提亞是《羅摩衍那》主人翁羅摩（Rama）的出生地。《羅摩衍那》從統治阿約提亞的十車王（Dasharatha）展開故事。

十車王在打仗時，宛如十名戰士搭乘十臺戰車作戰，因此得十車王之名。他是連神與惡魔打仗時，都會請他出手襄助的優秀戰士，卻沒有繼承王位的兒子。因此，他獻祭向神祈求生子，結果與三名王妃生下四個王子，其中包括長男羅摩。

國王、王妃與兒子們在阿約提亞過著幸福平和的日子。直到有一天，十車王照鏡子時發現自己戴的王冠稍微傾斜，而傾斜的王冠是暗示必須傳讓王位或退位的徵兆。

苦思之後，國王決定將王位傳給繼承人，自身則於老年投入冥想。

他向王后珂薩麗雅（Kausalya）說道：「我們在這個王國該做的都做了。現在我們退位，把國家交給長男羅摩王子吧。」

身為羅摩母親的珂薩麗雅王后也表示同意：「您是有智慧又判斷力絕佳的人，我會遵循您的意願。羅摩的加冕儀式就盡快舉行吧。不過，您得先問問賢者瓦什斯特（Vashishta）何時是最適合兒子登基的日子。」

國王立刻召喚賢者，向他請教：「請您指點何時是為羅摩舉行加冕儀式的良辰吉日。」占星學大師瓦什斯特說道：「傳王位之類的重要事件沒有特定吉日。請今日傳王位吧。羅摩王子戴上王冠的瞬間，就是最佳良辰最佳吉日。」

國王說道：「您說得沒錯。我也同意您說的，羅摩登基成為國王的那一刻，就是最佳的良辰吉日。但是，若要讓阿約提亞國王的登基儀式能夠像樣的盛大舉辦，我得預做準備，畢竟邀請鄰國諸王前來參加登基儀式是我的職責。」

賢者再說道：「吉日的概念是為了讓人們別推遲該做的事，因此才說：『今天正好就是做這件事的吉日。』今天不做的話，誰也不知道明天會發生什麼事。請您即刻舉行羅摩王子的登基儀式吧。」

但國王說：「我懂您的意思。那請給我一天時間，明天舉行登基儀式吧。」

後來發生了什麼事，讀過《羅摩衍那》的人都知道。雖然國王打算在「明天」舉行，但羅摩王子的登基儀式推遲了十四年之久，國王甚至未能親眼看到登基儀式就與世長辭。這是沒有聽從賢者忠告「明天」不存在的結果。

在《羅摩衍那》中，這件事記錄如下：當天，十車王將阿約提亞的街道裝飾得美輪美奐，同時邀請了鄰國諸王。但是，當天晚上，向來不忮不求的二王妃吉迦伊（Kaikeyi）纏著國王，她提起國王結婚時曾應允自己任意兩個願望的承諾，執意要求國王將王位傳給自己的親生兒子婆羅多（Bharata），並且將羅摩王子放逐叢林十四年。雖然國王後悔曾經做出這樣的承諾，但為時已晚，無法違背約定。

知道這件事之後，羅摩接受命運，與妻子悉多（Sita）一同前往叢林。長子無辜遭到放逐之後，十車王悲痛欲絕，不久就撒手人寰。後來，歷經滄桑的羅摩，時隔十四年才重返阿約提亞，登上王位。

延遲一天而發生這些「跌宕起伏的事變」，這就是史詩《羅摩衍那》的內容。《羅摩衍那》的作者告訴我們，對我們來說，最重要的一天不是別的，「正是今天」。由於延遲一日而無法完成的事情，在我們的人生中何其多呢？

02

見則如見，思則如思

孟買附近的海岸住了一位名叫婆醯・陀流知利耶（Bahiya Daruciriya）的漁夫。人們以為他是心靈純潔的聖人隱士，但他的真實生活卻與之相去甚遠，他得以蒙騙眾人是有原因的。

一回他搭船出海捕魚，遇上巨大風浪，其他漁夫全部喪生，只有他抓住木板，拚命游泳回到陸地。他爬上陸地，全身赤裸，遂用岸邊撿到的樹皮遮蓋部分身體，便去乞討食物。

印度有裸身修行的傳統，因此，人們見到他赤裸行走，都說高尚的聖人來了，奉上食物，供他棲身之處。

婆醯不曾冥想修行，也不曾讀過經書。但他知道，如果穿上衣服，就無法受到聖人級的款待，還得重回艱苦的漁夫生活，所以他謝絕人們贈送的衣服，繼續堅持只穿樹皮為衣。因此，人們對他更加崇敬，喚他為「陀流知利耶」，意思是「穿樹皮的人」。

原本他生性謙遜，但當人們都視他為聖人，他自然也不時有此心念：「說不定我真的已經成為擺脫一切的自在人。一無所有，就這般赤裸的活下去。」

當然，他本人自知內心依然留有不純正的一面，但仍決定好好享受上天賦予的自在生活。直到有一天，他遇見一名真正的求道者，原本遊手好閒的生活就此中斷。求道者很快看出婆醯的虛假人生，勸他趁還來得及，應致力成為真正的修行者。

因虛假人生而感到不自在的婆醯，聽到求道者的真誠指點，下定決心悔過自新，並且遵從求道者所示，前去拜訪正在舍衛城（Shravasti）布教的靈性上師。

從西印度孟買到東印度舍衛城的距離，今日搭乘火車也要耗費數十小時。婆醯一刻不歇，漫長的路程只用數日就走完。其速度與耐力超乎想像，書中甚至記載說是天上的眾神將他舉起，讓他在空中移動。

婆醯在早晨抵達舍衛城，立即前往偉大上師所處的森林。但那裡的弟子說道：「上師現在去村子化緣。您看似遠道而來，請在這裡歇息稍待，上師很快就會來。」

婆醯搖頭說道：「我等不了，我沒有時間等待。不知上師何時會仙逝，也不知自己何時會死。因此，我一刻未歇來到這裡。等見到上師，我再休息，請告訴我他往哪個方向走。」

弟子告訴他上師的去向，婆醯一刻也不耽擱，立刻奔往該處。那裡有名修道者正挨家挨戶討食物，婆醯感受到修道者周圍的平和靜穆，一眼看出他是靈性開悟之人。

於是，婆醯走上前去，向他躬身行大禮，然後說道：「聽說您已經達到完全自在的境界，請您為我指點修道之路。」

上師說道：「現在時地不宜，我正在化緣中，請到我的住處等待。我趕快化緣完就回去見你。」婆醯搖頭說道：「不行，我等不了。誰知道我們兩人當中誰會先死。因此，請您現在就教我通往大自在之路。」

上師微笑再說道：「現在不是時候。現在這時間我必須化緣。」婆醯不放棄：「沒有下一刻。誰知道有何不測在等著您、等著我。所以非現在不可，請您即刻為我開示真理。」

婆醯懇求三次之後，上師明白他求法心切。但是，若要站在路中間傳授真理，只能把真理全部壓縮成幾句話。

上師說道：「婆醯啊，那你必須這麼做。見則如見，聞則如聞，思則如思，知則如知。意思是說，觀看時，應只專注觀看；聆聽時，應只專注聆聽；思考時，應只專注思考；體知時，應只專注體知。別把內心帶入其中，就不會被任何事物動搖。不夾私心雜念，便能終結痛苦，邁向解脫自在。」

此話的意思是，**別帶入「我」的解釋與判斷，直接專注於觀看、聆聽、思考和體知世界。觀者的自我消失，全神貫注觀看，內心就不會被外在事物動搖。**

熱切渴望自在的婆醯，把這幾句教誨深深銘記心中，接著坐在路旁，陷入深沉冥想。幾分鐘後，他擺脫執著，完全從煩惱中解脫出來。上師離開當地後不久，婆醯即遭懷著小犢的母牛撞死。這是佛教經典《自說經》（*Udana*）記載的真實故事，故事中的上師正是佛陀。佛陀得知婆醯往生，遂請弟子們為婆醯收屍火葬，並在當地建一座小塔。

佛陀說道：「各位修士，婆醯是一名智者。他修行遵從真理，不與我爭辯真理。他的心靈在死前已入涅槃，得到解脫自在。」

婆醯不是佛陀弟子，亦非僧侶，更未謹守戒律。儘管如此，他還是領受一次教誨就開悟，對此抱持懷疑態度的人，認為這是因為他前生修行良久才有可能。不過，正如心理學者阿爾弗雷德．阿德勒（Alfred Adler）曾經說過，真正的變化來自一次大澈大悟，勝於百遍的決心與承諾。

「汝見唯如見，汝則非在其處；汝聞唯如聞，汝則非在其處。」佛陀給漁夫婆醯的金玉良言，在今日的冥想修行也經常引用。一旦「我」這名詮釋者介入所見所聞，便開始產生歪曲，創造出虛構世界。這名詮釋者相信的世界將不再如實所見，而是經過自己的詮釋。此時，我們與一棵樹、一朵花、一個人的距離已益發遙遠。

03 白檀香與木炭

國王進入茂密蒼鬱的森林深處打獵。但跑了一整天，不僅沒找到好獵物，還在森林裡迷了路，遠遠落單的國王，獨自一人徘徊尋找離開叢林地帶的出路。

在極度疲倦飢餓而難以再前行的當下，一間窩棚映入眼簾。他使盡剩下的力氣，走近窩棚一看，一名土著住在裡頭。國王非常開心，敲了敲門，向土著討水和食物。

土著是一名親切善良的男子。他引領國王進入自己的小窩棚，讓他坐在自製的木椅上。他先拿野生水果與水給國王，然後悉心做菜招待。原本又飢又渴的國王，狼吞虎嚥的吃完之後，舒服躺下，一下子就睡著了。

國王醒來之後，精神飽滿，恢復活力。他向土著一再致謝，同時向他詢問返回王宮的路，且在離別前說道：「我是國王，對你的親切款待，我銘感在心。為了表示感謝，我想賜給你一座本王擁有的白檀香林。過幾天請來王宮，我會指示官員把所有權移交給你。」

幾天之後，土著來到王宮，國王按照承諾把白檀香林的所有權轉讓給他。

土著不知道白檀香木的特性、重要性或價值。在他的眼中，那只是一種普通樹木。他砍下白檀香木，用火燒成木炭。然後把木炭拿到市場上去賣，藉以餬口。此一做法持續了很長一段時間。最後，除了一棵白檀香木之外，其他全都消失變成木炭。

他砍下最後一棵樹的那天，開始下雨了。雨持續下了好幾天，木頭全被雨水浸濕，所以土著無法作成木炭。因此，他決定這回直接把木頭拿去賣。

他捆了幾束白檀香樹枝，朝王宮前方的市場走去。當他一放下柴捆，整個市場瀰漫白檀香的香氣。許多人受到白檀香柴捆的迷人香氣吸引，紛紛圍了過來。市場裡的人都感到非常新奇，想要購買白檀香。

很快的，土著就以可觀的高價賣掉全部的白檀香木柴捆，賺進一大筆錢，完全無法與販售木炭時相比，雖然木炭其實是用相同的木頭製作。他現在才意識到自己把昂貴的白檀香做成木炭再賤價賣出的愚蠢，但為時已晚。他對自己的無知之舉感到極為後悔，不過，再怎麼自責也已於事無補。

白檀香木原產於印度，帶有沉謐清香，是以眾神喜愛聞名的珍貴香木，自古以來就用於東西方的神聖儀式。因此，印度人相信白檀香的香氣源自天界。

憑著販售自己維生的我們，是否也是白檀香木呢？

04 鏡子映出的你和我

北印度北方邦的坎普爾（Kanpur）[20]住了一位賢明的上師。他有一名全心全意追隨久年的弟子，上師也像對待孩子一樣看重弟子，傳授他人生真理和知識。

弟子真的很想追隨上師的腳步。對他而言，上師就是世界本身，他帶著崇敬的心遵從上師的指示。隨著歲月日增，他在上師的指導下投入冥想練習，下定決心成為如上師般的存在。

但與其他人無異，門徒不是完美的存在。左右自我的情感與想法經常會分散他的專注力，隨著知識增長，無可避免變得越來越自以為是。老師看出弟子這項弱點，等待機會糾正它。

20 梵文意為「智慧之村」。

有一天，上師來到弟子的房間，向他說道：「你做得很好，所以我想送給你一個特別的禮物。」他說著話，遞給弟子一面鏡子。弟子感到詫異：「上師，這是很特別的東西嗎？看起來只是一面鏡子而已。」

上師回答道：「這不是普通的鏡子。這鏡子映出的不是外在可見的事物，而是內在。而且，這面鏡子還會呈現出主人的內心與獨有的感受。現在，你走向世間，明智的使用這面鏡子吧。」

雖然有些驚訝，弟子仍向上師致謝，他拿著禮物，前往故鄉家中。路上他一直想：「家人會高興見到我嗎？我不在家的時候，他們想見我嗎？對他們而言，我是什麼樣的存在呢？」

不過，由於內心波瀾動盪，第二天他就回來了。一見到上師，弟子就把鏡子還給他，並問：「您為什麼給我這種東西？這不是禮物，而是一種詛咒！它帶給我的只有痛苦，沒有喜悅。請您收回去，我不想要這樣的鏡子。」

上師問道：「發生什麼事嗎？為什麼內心如此受傷？」

弟子回說：「這面鏡子一點用也沒有。昨天我帶著鏡子回家，看著鏡子裡映照的家人，但鏡子映出的只有家人們關於「我」的自私想法。父親只希望我趕快謀職，賺錢回家。鏡子裡映出的母親想法也沒有太大不同。所以，我離家去見朋友，鏡子裡反射出他們的內心，盡充滿了對於其他朋友的嫉妒與羨慕。我又起身離開，前去拜訪每一位認識的人，但依然只看見他們以自我為中心的想法與負面情感，摧毀著他們的生活。這面鏡子只帶給我悲傷。拜託您把它收回去。我不想擁有它！」

上師原本就確知會發生這種情況，他把鏡子又再遞給弟子，並且問道：「記得我向你說過，請你明智的使用這份特別的禮物嗎？」弟子說道：「是的，我記得。」上師再問道：「所以你那麼做了嗎？」

弟子力圖了解上師的言下之意，他陷入沉默。過一會兒，上師說：「你拿著這鏡子，全在映照其他人。但其實，這面鏡子應該用於映照自己。映照隱藏在外表之下，你的內心、你的情感與想法。而且，正如我所說的，這面鏡子也會映出你在觀察判斷他人時的內心。你在鏡中看到的他人內心與想法，其實反映的是你的內心與想法。你在世上看到的一切都反映了你的想法。所以，這面鏡子是個特別禮物的理由在此。」

05

大驚小怪的騷動

有一位虔心信奉迦尼薩神（Ganesha）[21]的雕刻家。每年都有許多人在節慶期間購買他製作的神像。

有一回，在迦尼薩節期間，村長委託製作一座三公尺高的迦尼薩神像。雕刻家第一次收到這樣的請託，所以感到非常興奮。

家中每個人都齊心協力，幫忙做這項工作。首先，雕刻家製作模板，完成雕像的外型之後，把它立放在有窗戶的牆壁前面。然後他後退一步，望著神像，不由得對自己的手藝感到自豪。他把工作室的門鎖上，便上床睡覺。

第二天早上，在打開工作室門的瞬間，他嚇的叫出聲來。他非常震驚，發現迦尼薩神像的身軀碎裂，神像從原本的立放之處稍微後傾、倒向地板。

雕刻家嚇壞了，一整夜都在反覆思索究竟發生了什麼事。是因為用了劣質材料嗎？還是準備的混合物太濃或太稀？他尋無解答，再度全神貫注工作，到了晚上，他做好神像，又再鎖上工作室的門，上床睡覺。

次日早晨，他再度發現神像的身軀破裂，內心受到的衝擊無法言語，都快流下眼淚。他喚來全家人，說明這兩天發生的事，也把碎裂的神像身軀拿給家人看。齊力幫忙的家人們同樣感到煩惱。

針對此事，雕刻家的母親向占星學家請教後說道：「兒子啊，你的薩德薩提（Sade Sati）[22]正在進行中，最好向哈努曼神（Hanuman）[23]祈禱，求祂減低薩德薩提的不利影響。」

雕刻家遵照建議向哈努曼神祈禱。雕刻家的兒子靜靜看著父親祈禱的模樣。雕刻家再次固定好迦尼薩神的身軀，隔日早晨再次面對碎裂的神像身。現在，他痛苦得無以言喻。

---

21 源於印度神話，代表智慧與學問的象頭神。
22 土星通過個人星座的七年半期間。在這段期間，屬於該星座的人會經歷多重挑戰。
23 源於印度神話，袪惡解難的猴神。

他的母親向濕婆神（Siva）哀嘆祈禱道：「噢，濕婆神啊！請幫助吾兒擺脫此等痛苦，他的任何罪孽由我受罰吧！」

他的妻子也想為丈夫求救，靜靜的向黑天神祈禱。雕刻家說道：「黑天神啊！為何如此懲罰我？是因為我對做出這麼棒的神像感到自豪嗎？您是在懲罰我的傲慢嗎？還是我製作神像的方法錯了？我很確定自己的手藝，雕刻您神像的方式沒有錯誤。神啊，請保佑我！」

「今天我們向毗濕奴神祈禱，獻上特別的普迦（Puja）[24]。」母親說道。因此，他們舉行了特別的普迦。

晚上，看著這一切的雕刻家兒子說道：「爸爸，今天晚上請在工作室等候，看看會發生什麼事。」

雕刻家認為這是個好主意。因此，所有人入睡之後，雕刻家與兒子倆在昏暗的工作室裡屏息凝神蜷坐，等著看會發生什麼事。

到了大約凌晨兩點左右，他們聽到窗戶那裡好像有什麼聲音，看起來是某個東西從窗戶進來，跳到雕像的身軀上。瞬間，身軀仰翻在地，一分為二。雕刻家與兒子互看對方，露出微笑。因為他們知道了，神像身軀破裂的原因是貓。貓對迦尼薩神像下的老鼠感興趣，於是越過窗戶，首先跳到神像身軀上，然後再跳到地板上，在這個過程中，神像身軀碎裂一地。

現在，雕刻家明白，眾神並非如同他與家人所想的那樣對自己發怒，於是帶著幸福的微笑，把老鼠趕出去。然後，他把窗戶緊緊關上，開始製作新的迦尼薩神像。

究竟要發現原因，合理的解釋問題，還是任由恐懼與負面想法包圍，牽拖出長篇大論，這其實取決於我們自己。

24 印度教的祭拜儀式。

06 戰勝死神的人

某日下午，宮廷的官方活動與會議等一天的日程結束時。屬於般度族（Pandava）的堅戰國王正在與四個弟弟和妻子德羅波蒂（Draupadi）交談，論及很多重要的問題。特別是他們的百名堂兄弟俱盧族（Kaurava）兄弟們正在覬覦他們持有的領土，乃至他們的共同妻子德羅波蒂。他們甚至聽到俱盧兄弟們正在謀劃戰爭的傳聞。

此時，王宮侍衛兵來向他們通報，有兩個蒙受冤屈的人為請求協助而來，他們正在王宮前方等候。

堅戰以好善布施與力謀他人幸福著稱。但是，由於當天日程已經結束，而且他正在進行收場談話，所以他指示侍衛兵：「告訴他們明天再來，屆時我會給予他們所想要的。」侍衛兵收到指示，便離開返回。

堅戰的弟弟怖軍（Bhima）聽見此一對話，從座位上站起來，立刻奔向王宮正門所在之處。那裡掛了一座大鐘。昔日國王們在王宮正門懸掛大鐘，那些遭遇不義或蒙受冤屈的人可以敲鐘秉告國王。或者，若是贏得戰爭或發生重要事件也會敲鐘。

怖軍毫不猶豫，開始使勁敲鐘。想成為摔跤選手的怖軍，身材魁梧，精力充沛，他不斷敲鐘，整個王宮裡震耳欲聾。鐘聲突然響起，引起四處騷動。人們完全沒有聽說任何重大活動或勝利佳績，因此，所有人都蜂擁而來，想要知道發出鐘聲的原因。堅戰也嚇一跳，奔往掛鐘之門。

聚集到王宮門前的群眾包括堅戰在內，怖軍向他們高聲說道：「請大家一起來祝賀！我們剛取得了偉大的勝利。國王堅戰將在未來二十四小時之內，成為比死神更強大的存在。這是世上絕無僅有的巨大勝利。」堅戰慌張的要怖軍立刻解釋清楚。

怖軍說道：「剛才，您請為蒙受冤屈而來見您的人們明天再來，答應屆時會給他們所想要的。此話意味著您到明天為止絕對都不會死。實際上，沒有人能夠預測明天的事。您是根據什麼能夠如此確信明天的事？這不是意味著您的力量比閻羅王還強大，能夠戰勝他的計畫嗎？」

堅戰即刻意識到自己的愚蠢，立馬指示侍衛兵喚回兩人。而且，當場聆聽他們的懇求，為他們解決冤屈事由。這是史詩《摩訶婆羅多》記載的一則軼事。

07 眾神送的黃金袋

濕婆神與妻子雪山神女（Parvati，又名帕爾瓦蒂）居住在喜馬拉雅山脈的岡仁波齊峰，他們會在頂峰一起俯視世界。雪山神女深諳濕婆神的性格嚴謹，總是試圖引出他柔和的一面。由於濕婆神與世事保持距離，時間多以投入冥想為主，因此，雪山神女的職責是觀察世上人們經歷的瑣事點滴，再告訴濕婆神。

雪山神女經常向濕婆神說道：「你對人類的痛苦幾乎毫不關心。漠視他們的祈禱是不對的，世上很多人連吃飯都成問題。」

這一天，雪山神女依舊在俯視人世間時，深刻感受到芸芸眾生遭遇的挑戰，以及人們面對挑戰的各種反應。以人之身活在世上，絕非一件易事。濕婆神拗不過雪山神女的糾纏，同樣順著祂的視線，俯瞰人們必須無止境承受的痛苦經歷。

雪山神女以充滿慈愛的目光觀察人世時，發現一名窮苦男子帶著疲憊的步伐，走在泥土路上。他衣衫襤褸，滿臉愁容，憔悴的像個病人。炎炎烈日使他更為辛苦。他的貧窮潦倒、疲憊困頓、孤苦無依，全部一覽無遺，看似再也活不下去。

充滿憐憫心與同情心的雪山神女，內心受到男子的艱辛生活牽引，遂把頭轉向濕婆神，懇求祂餽贈男子少許財物。

「看看那個不幸男子的苦惱。心地善良的他，生活是如何艱難的熬到今天，我們不能為他做點什麼嗎？在為時已晚之前，不妨扔給他一些黃金，讓他能夠稍減痛苦如何？這樣他會多麼幸福！」

濕婆神聽了雪山神女的話，望了男子一段時間，然後說道：「親愛的夫人，雖然妳希望這樣做，但行不通的。」

雪山神女驚訝問道：「這是什麼意思？你是掌管宇宙的神，為什麼連這麼簡單的事也做不到？」

濕婆神說道：「不管我給什麼東西，他都無法接受。所以，這樣做是無用的。他還沒有準備好接受神的禮物。」

雪山神女怒喊道：「所以你的意思是，連在他走的路前方丟給他一袋黃金，你都做不到？這樣的話，神擁有全知全能的能力是為了什麼？」

濕婆神保持冷靜說道：「我完全可以做到這件事。但是妳應該理解到，這完全是兩回事……。」

不過，雪山神女再也不想聽丈夫說話。祂再次哀求道：「拜託這麼做一次吧。」濕婆神判斷，再繼續勸說雪山女神已無意義，因此點頭答應。然後在男子走的路前方，丟給他滿滿一袋黃金。

這時候，男子繼續沉浸於思考中，走在塵土飛揚的路上。

「今晚哪裡可以覓食？不然又得餓肚子睡覺？這樣不幸的日子得過到什麼時候？」就這樣帶著滿腹苦惱，他繼續走呀走。忽然間，他看到路前方掉了個障礙物。他自言自語嘀咕道：「咦？怎麼會有一塊大石頭掉在這裡，還好先發現，差點就被絆倒了。」男子小心翼翼的繞過黃金袋，繼續走自己的路。

見到此景，濕婆神向感到惋惜的雪山女神說道：「我們眾神常常在人們走的路前丟黃金袋。但是，他們都只是把它當作障礙物或考驗，完全無意打開來看。如果知道那是黃金的話，他們的生活就會有所不同。」

08 寬恕的必要元素

《羅摩衍那》中，由於十車王的二王妃吉迦伊利欲薰心，導致主人翁羅摩王子被放逐到遙遠的叢林十四年。但羅摩不是獨自離開，心愛的妻子悉多與忠誠的弟弟羅什曼那（Lakshman）心甘情願的追隨他離去。

三人在叢林裡生活了好幾年。有一天，正在採集花朵的悉多看見一隻鹿正在蹦蹦跳跳的玩耍。這隻鹿很特別，身上發出金黃色的光芒，還有銀色的斑點，美麗的就像數百顆寶石在閃爍。悉多深深著迷，懇求羅摩與羅什曼那捉住那隻鹿。

羅什曼那說那隻鹿肯定是惡魔偽裝的。羅摩也觀察到這是惡魔要剷除他們的計謀，但他也知道要說服持續苦苦哀求的妻子是不可能的。因此，他告訴弟弟羅什曼那要好好守護悉多，然後自己跑去捉那隻鹿。

過了一會兒，森林裡響起「悉多！救救我！」的叫聲。森林的寂靜馬上吞沒了這個聲音。不久，「羅什曼那，快來幫我！」他們第二次聽到叫聲。羅什曼那與悉多一臉惶恐，面面相覷。

明明聽起來像是羅摩的聲音，但目前為止，羅摩一次也不曾用這種方式求助。勇猛的戰士羅摩真的被困住了嗎？

「羅什曼那，快去幫羅摩。您得救您的哥哥。」悉多擔心說道。

不過，羅什曼那直覺知道哥哥平安無事。那不是方才未留一滴汗就在樹林擊退數千惡魔的羅摩。區區一隻鹿是傷不了羅摩的。

「快點去幫羅摩！這是你的義務。」

悉多幾乎陷於恐慌狀態。只要想到心愛的人處於危險，她整個情緒都爆發了。

「別擔心，哥哥會照顧自己。」羅什曼那凝視著黯黑深處說道。

蛇不聲不響的爬過，各式各樣的有翼生物飛快掠過。

「大嫂無法守護自己。我的義務是保護您。黯黑深處盤踞著各種危險的存在，如果把脆弱的您留在這裡，我逕自離開的話，羅摩絕對不會原諒我的。」

羅什曼那監視著潛伏在黯黑深處的不明之物，如同宮殿侍衛兵一樣走來走去。況且，那裡不是宮殿，只是一間用潮濕泥土和稻草建成的窩棚，任何人都能靠近。

悉多主張：「這裡是我們不熟悉的地方。請你趕快去救哥哥。這是我的命令。我真的感覺到羅摩處在險境。」

悉多強調自己是權高位重的王妃，一再下達命令。靜默中過了幾分鐘。

「拜託幫幫我！沒有人嗎？」他們又聽到喊叫聲。

悉多激動得尖叫：「你哥哥正在向我們求助！怎麼能夠什麼也不做？現在我知道了，你在想著如果羅摩被除掉的話，就能獨自霸占這個王國。」

悉多心裡很清楚這不是事實，羅什曼那為了羅摩，任何事情都願意做。但無論如何，她都想讓羅什曼那採取行動。羅什曼那陷入悲傷，低頭直盯著腳下的土地。從他奉獻一生的人口中聽到這樣的指責，他感到心碎又崩潰。

「拜託你去救哥哥。」悉多再度苦苦哀求。

羅什曼那在大嫂周圍畫了一個圈，告訴她絕對不要越過這條線。這條線有強大的力量，任何禽獸、鬼神、惡魔或人越線進來的話，都會立刻斃命。如此確保大嫂的安全之後，羅什曼那跑去森林找哥哥羅摩。結果，惡魔出現，它喬裝為化緣的修道僧，獨自留守的悉多想布施而走上前去，卻因越了線而遭到綁架。

靈性導師高盧・戈帕爾・達斯（Gaur Gopal Das）在講述此一軼事時，提到了「寬恕」。悉多殘酷的話語如利箭般刺穿羅什曼那的內心，使他受傷。生活中，我們有時扮演悉多的角色，有時扮演羅什曼那的角色。在某些時候是射箭的人，又在某些時候是內心中箭的人。

悉多的話語非但不是事實，如此指責小叔更是不智之舉。不過，如果回頭看當時的情況，就能理解她為何會說出這樣的話。悉多當時陷入巨大混亂，她完全不知道那頭鹿其實是由想要引開羅摩的惡魔喬裝的。因此，想到心愛的丈夫可能正在經歷的痛苦，她的情緒千迴百轉。當我們的情感導致理性變得混淆不清時，同樣任何話都會脫口而出。

我們雖然知道在生氣時，一瞬間的忍耐可以挽救一千次的後悔，但是，當我們遭遇極度痛苦時，就會像失心瘋一樣，只會恣意妄為。因此，當有人傷害我們時，戈帕爾・達斯建議我們應該看看情況的另一面，可以這樣思考：「他是多痛苦才那樣說？他是生活中遭遇多大的混亂，才會對我那樣說？」

當其他人說出傷害你的話語時，應該試圖了解他們目前遭遇什麼情況，使他們說出那番話。此時，憤怒會轉為慈悲。這就是寬恕的必要元素——同理心。

09 吸引力法則

被譽為毗濕奴神化身的黑天，自幼便蒙受親戚殺害的威脅。他的舅舅康薩王（Kamsa）相信算命師說日後黑天會殺死他的預言，想把新生的黑天除掉。因此，黑天一出生就被暗中送到牧牛夫婦那裡，度過窮苦的童年。

成為小王國統治者的西蘇帕拉（Shishupala）是黑天姑姑的兒子，他也認為黑天有損自己的名聲與權力，一生憎惡黑天。姑姑知道黑天的神力，懇求姪子黑天原諒西蘇帕拉做的任何事。

黑天微笑安慰姑姑道：「別擔心。即使西蘇帕拉對我做了不好的事，我也會原諒他一百次。」

西蘇帕拉原本強迫公主與他結婚，黑天在婚禮前救出公主，並且娶她為妻，這令西蘇帕拉怒火沖天。不過，這是在公主的請求下而做的，她不想與邪惡的西蘇帕拉成婚，而且黑天與公主原本就是戀人關係。

有一次，周圍王國的國王受邀參加神聖的宗教儀式，西蘇帕拉也出席了。黑天被選定為儀式的重要貴賓，主管儀式的人為黑天洗腳時，西蘇帕拉面如土色。他強烈抗議，開始向黑天破口大罵。那裡是所有人都在聆聽的場合，西蘇帕拉不斷批評黑天是偷別人奶油的卑賤牧童、是專門把牧羊少女衣服藏起來的無用存在。

靜靜聆聽的黑天說道：「西蘇帕拉，我答應過你的母親會原諒你一百次。目前為止，你已經罵了我九十九次，我都裝作沒聽見忍過去，但別超過一百次。如果越線的話，我會殺死你。」

西蘇帕拉沒有聽進去，又繼續痛罵。就在他第一百零一次憤然吐出侮蔑之語的瞬間，黑天揮出自己的象徵武器圓盤飛鏢，西蘇帕拉喉嚨被切斷，當場死亡。

接下來發生了令人驚訝的事。現場聚集的群眾目睹西蘇帕拉的靈魂脫離屍體，與黑天的靈魂融為一體，每個人都不由感到驚訝。因為只有誠心不斷奉獻的人才能與黑天合而為一，但西蘇帕拉正好相反。荒謬的是，一個不愛神、一直憎惡神的人，竟然與神合為一體。

記載這段軼事的《摩訶婆羅多》作者說明理由如下：西蘇帕拉終其一生，日日夜夜都只想著黑天，內心對黑天充滿憎惡與憤怒。他持續的想著黑天，像是默誦神的名字一樣，持續想起黑天的名字。因此，最後與黑天合而為一。

喜歡而想、討厭而想，這並不重要。不管是投入負面或正面的關注，內心都會把自己引向那個對象，於是最後與那個對象合為一體。

這根據的是吸引力法則，結果西蘇帕拉與自己一直討厭的對象融為一體。

10 這笨蛋，竟是南瓜

南印度喀拉拉邦（Kerala）是有很多蛇出沒的地區，在那裡，被蛇咬已經成為死亡的主因。

多年前，這裡住了一位著名的治療師，專門治療被蛇咬傷的人。他不僅是各種致命蛇毒的專家，而且研究解毒劑方面也開發有成。但是，按照傳統慣例，他們沒有索取任何治療費，也不收病人主動給的錢。儘管如此，為了對救命之恩表示感謝，人們會奉上一些謝禮，多年下來，他也不知不覺得已積攢了不少資產。

治療師的宅邸旁邊住了一名農夫。農夫窮到只能住在用樹枝搭建、再抹上泥土的窩棚，他有個兒子叫科楚拉曼。科楚拉曼有點笨，但自己也想像鄰居一樣，成為一個有名又富有的治療師。因此，有一天他去找治療師的弟子，告訴他自己的抱負，詢問該怎麼做才能成為治療師。

弟子覺得這個傻小子的狂妄野心很有趣，於是告訴他，只要向師傅奉上一點禮物，請師傅收他為徒就行。

「那樣做的話，師傅會教你祕密心咒。你得專注默誦心咒（mantra）的每個音節各十萬遍。」

弟子保證，那樣做的話，他將擁有成為治療師的充分資格，如果向病人撒上默誦過心咒的水或神聖香灰，病人就會痊癒。

科楚拉曼很高興聽到成為治療師如此容易。但有一個問題，他沒有適合的東西可以送給師傅當禮物，家裡沒有任何貴重物品或現金。映入眼簾的只有掛在快要傾塌的窩棚屋頂上的兩顆漂亮南瓜，僅此而已。他決心奉上南瓜看看。

一大清早，科楚拉曼在其他人醒來之前就摘了南瓜，並前往治療師的家。他敲了敲門，治療師正好出來，科楚拉曼隨即把兩顆南瓜放在治療師的腳下，虔敬的雙手合十行禮。

「這是什麼？」治療師指著南瓜，向科楚拉曼問道。

科楚拉曼說道：「我想學習治療蛇咬傷口的心咒。請您務必收我為徒。」

治療師沒好氣的問道：「但為什麼，比棣，庫什曼丹？」

在喀拉拉使用的馬拉雅拉姆語（Malayalam）中，「比棣」為「（這）笨蛋」之意，「庫什曼丹」為「（竟是）南瓜」之意。

雖然科楚拉曼聽不懂治療師在說什麼，但在焦躁不安之餘，他把「比棣，庫什曼丹」一語當作是祕密心咒。然後，由於治療師一臉嚴肅，他心想心咒傳授儀式已經結束，於是謙卑的鞠躬行禮後，便匆匆趕回家。

他立即沐浴齋戒，然後在點亮的油燈前盤腿坐好，按照師傅的弟子所教的，他把六個音節的心咒默誦六十萬遍。默誦完心咒之後，科楚拉曼從位子站起來，堅信自己已經真正成為蛇毒治療師。

在喀拉拉地區，據說治療蛇毒的治療師與蛇互有協議，因此，蛇不會故意咬人，治療師也承諾不出家門治療被蛇咬的人。因此，病人必須帶到醫生那裡進行治療。此外，治療師禁止接受治療費。

但是，不知道此一慣例的科楚拉曼，只要聽說有人被蛇咬傷，就急忙跑去救治病人，並且沒有拒絕任何謝金。他的心咒療法經常奏效，他的名聲漸漸廣為周知，生活也越來越寬裕，轉眼間，他搬到村子的另一區域，蓋了新房子。

事情如此發展之際，該國的國王被蛇咬傷。包括科楚拉曼師傅在內的眾多蛇毒治療師被召入皇宮，但沒有一人能夠治好國王。到了第三天，國王不抱任何希望，他下床躺在地上，準備進行最後的儀式。此時，有人想到科楚拉曼，急忙遣轎把他帶來。

科楚拉曼一到，就為國王診察，然後喚來王室廚師，指示他準備一碗稀飯。問他原因時，他回答說國王已經兩、三天沒吃東西，康復之後肚子會餓，想要找粥吃。在場的治療師都認為科楚拉曼是江湖郎中，嘲笑他說國王已經與死沒有兩樣，準備這稀飯又有何用。

科楚拉曼未被這些竊竊私語所動搖，他擺出治療師的姿勢，坐在位置上，然後要了一碗水。接著，他在水上默誦心咒一百零八遍，然後把水灑在國王的臉上。國王立刻就睜開眼睛。他再次默誦心咒並灑水，這一次，國王開始移動身體。他第三次灑水時，國王從位子上站起來又坐下，然後如同科楚拉曼所預言的要了一碗稀飯。

吃完稀飯之後，國王授予科楚拉曼一對象徵英雄的手鐲，並且餽贈他金幣萬兩和綢緞十匹作為謝禮。然後，在王室樂隊引領和王室禁衛隊護衛之下，用轎子載他回家。其他治療師也跟著隊伍走，他們對於這名年輕蛇毒治療師擁有的不可思議能力感到很好奇。其中包括自己渾然不知就成為科楚拉曼師傅的治療師。

在王宮裡，科楚拉曼忙著治療國王而未能認出師傅，但在回家的路上，他發現師傅在人群中跟隨自己。他立即下轎走向師傅，行禮之後，他把國王賜給他的所有禮物都放到師傅腳下。同時，他說自己的任何人生成就都要歸功於師傅的建議和祝福。

「我的建議？」師傅摸不著頭緒而問道。

「我不記得曾經給你任何建議。我反而打算向你請教使人死而復生的咒文。」

科楚拉曼說道：「我唯一知道的咒文就是您教我的祕密心咒。」

「什麼心咒？」

科楚拉曼貼近師傅耳邊細語道：「比棣庫什曼丹（這笨蛋，竟是南瓜）。」

心咒是透過反覆默誦相信蘊含神祕力量的音節或單字，使人在冥想修行時能夠獲得內心專注力的修練工具。不只修行，生活中憨直純真的信念，有時比其他東西更能發揮巨大力量。即使是「比棣庫什曼丹」也一樣。

11 本性是無法長久隱瞞的

「平凡胡狼的生活好無聊。」午夜時離開樹林而在都市邊緣徘徊的胡狼這麼想。

「真希望我與眾不同。比方說，我的毛色不是那麼平凡又難看的棕色，而是更酷炫的顏色，那該有多好？」

胡狼想得入神，都不知道自己往哪裡去。後來，牠被狂吠的狗群圍攻。狗兒們當場露出銳利的牙齒，作勢要咬他而撲上去。胡狼逃到附近的染色工廠，跳入工廠內的一個大桶子裡躲起來。

桶子裡裝滿了藍色染料。安全甩掉狗群的胡狼，用盡全力想要爬出桶子，但是桶子很滑，怎麼爬也出不來，因此不得不在冰冷的染料桶裡坐上一整夜。

第二天早上，到工廠上班的染色工人看見跑進染料桶裡的胡狼，嚇得說不出話來，一怒之下，便把這隻滴滴答答瀝著藍色染料的動物拉出來，攆出門外。

胡狼覺得自己的處境很可憐，牠越過森林，往洞穴方向走。不久之後，牠遇見大象。大象一看到胡狼，就停下腳步，一直盯著牠看。

胡狼說道：「為什麼盯著我看？」

說完之後，忽然低頭看看自己的胡狼嚇了一大跳，因為牠從鼻子到尾尖，全身都染成藍色。

大象低聲細語問道：「你是哪一種生物啊？」

「藍色生物。」胡狼消沉的呻吟說道，牠低下頭，等著大象放聲大笑。但是大象沒有笑，反而低頭向胡狼恭敬的鞠躬行禮，就繼續走牠的路。

這次，胡狼在森林深處遇見老虎。令人吃驚的是，老虎也向他鞠躬行禮。

胡狼一邊疾步快走，一邊想著：「說不定一身藍色的毛也不是件壞事。我的確看起來與眾不同！」

胡狼一心一意想要炫耀自己的藍色毛，迎風跑了起來。藍色染料一旦黏上，就不容易脫落，因此即使奮力奔跑，毛也不會變回原色。胡狼抵達洞穴時，在其他胡狼之間掀起軒然大波。第一次看到色彩如此神祕的動物，胡狼們個個眼睛瞪得大大的，全都圍到旁邊來問道：「到底怎麼會變成這樣？」

胡狼感到很自豪，露出微笑。牠一直以來都想受到這種關注，因此，牠心裡想：「現在我真的能夠成為一隻優越的胡狼。」

藍胡狼趾高氣昂，挺起胸膛坐下，然後說道：「你們別害怕，聽我說。昨天晚上，森林女神來找我。女神讓我登上森林之王的位子，替我起了庫庫德魯瑪（天堂使者之意）的名字，並且為了標示我是王族，把我一身弄成藍色。祂要我到世間去保護動物眾生。」

庫庫德魯瑪繼續說道：「因為這樣，我降臨這裡，請在我的保護下各自生活。從現在起，這座森林裡的所有動物都必須聽從我的命令。」

胡狼們面面相覷。誰也不曾聽說森林女神，但同樣的，牠們也不曾見過藍胡狼。因此，牠們接受藍胡狼為王。

消息迅速在森林裡傳開。很快的，所有動物都來向新王致敬。猴子們用寬葉幫牠搧風，大象們安穩守護藍胡狼的駐留之地，老虎與獅子們狩獵後帶來晚餐奉上。沒有任何動物意識到庫庫德魯瑪其實就是一隻普通胡狼。

盡受矚目的藍胡狼馬上變得傲慢自大，開始瞧不起其他胡狼。牠不可一世的說道：「現在我沒必要在乎你們這些平凡的存在。有大象和老虎服侍我就好，不需要你們了。」

同時，牠用腳把其他胡狼踢出門。「你們全都從我的王國消失。」胡狼們簡直不敢相信自己的耳朵。藍胡狼再次大喊：「你們快滾，不然，我的老虎群要撲過去了。」

藍胡狼彈指發出命令，老虎們使勁咆哮威脅。胡狼們只得倉皇離開森林。遭到藍胡狼如此對待，逃走的胡狼們感到羞憤不已，牠們站立在原野上。年紀最長的胡狼高聲說道：「我有一個主意。其他動物們之所以隨伺在藍胡狼身旁，是因為牠們沒有察覺到牠只是像我們一樣的胡狼。我知道怎麼做能夠曝露牠的真實身分。」

天色漸漸暗下來，月亮升到高空，胡狼們聚在森林邊緣。

「就是現在！」年長胡狼一喊，胡狼們一齊把鼻子舉到半空中，開始長嚎。

藍胡狼自從開始假扮森林之王以來，再也不曾發出狼嚎。因為用胡狼的聲音嚎叫，實非符合國王身分的舉動。但是現在聽到兄弟們響徹樹林頂端的嚎聲，與生俱來的本能是無法壓抑的。受到莫名魔力誘惑而忘卻自己地位的藍胡狼，仰頭望月，用盡全力嚎叫。

老虎和大象在內的忠誠臣子們聽見胡狼的嚎聲，皆以懷疑的眼神望著藍胡狼。一隻老虎以厭惡的口吻說道：「你簡直就像胡狼在嚎叫。」大象說道：「聽了這話，我眼裡也覺得這位朋友酷似胡狼。」所有動物一齊把視線轉向藍胡狼。

老虎氣憤大喊：「這卑鄙的胡狼欺騙了我們！一直到現在，我們都把這平凡的胡狼當成王！」

所有動物都憤怒的咆哮、吼叫、厲斥、嘶嚎，當場把藍胡狼逐出森林。藍胡狼倉皇逃走，從此無法在任何地方露臉。

就像將毛染色的染料無法掩蓋胡狼的本色一樣，**無法愛自己原本的面貌而追求虛假外表的結果，只會讓人變得更為不幸。本性是無法長久隱瞞的。**此一故事載於世上最古老的寓言集《五卷書》中。

第五章

生活
原本就不會
按照我們的計畫展開

01 戰神敗北的理由

出現在印度教經典中的三名阿修羅，最初是掌管生命與精力的善神，但祂們漸漸受到梵天、毗濕奴和濕婆神排擠，後來被視為與祂們對立的惡神。在印度神話中，這些神與阿修羅們之間的戰爭是重要的故事情節。

這三名阿修羅活在戰爭永不停歇的阿修羅界，企圖成為眾鬼之王，祂們是擁有不可思議力量的無敵戰士，任何人都無法擊敗祂們。

祂們三者合一時，就會變成三個臉孔和六隻手臂，百戰百勝。祂們的臉孔朝向三面，有時還會把一張臉搭在另一張臉上戰鬥。祂們的手臂各自揮舞著不同的武器，手臂還不時增加到八隻，任何對手都會立刻敗北。集體猛撲也無法打贏祂們；數千名士兵進攻，結果也是一樣。

與三名阿修羅對立的戰士頻頻敗北，他們無法理解這種事怎麼可能發生。他們嘗試了各式各樣的戰術：有時集結力量，共同突襲；有時分散兵力，輪番襲擊進攻；有時發明新武器猛烈攻擊；甚至僱用更優秀的司令官。但不管怎麼做都徒勞無功。最後，他們去拜訪賢者，問他怎麼做才能擊敗阿修羅。

賢者對於兵法所知不多，但他是「自我征服技術」的專家。他相信任何問題都是源於內在，無法從外在找到解決方法。因此，他建議必須先找到阿修羅天下無敵的理由，為此需要有人成為阿修羅的親信，就近觀察祂們的行為，細探祂們的真實內在。

儘管藉各種理由把許多人送去阿修羅那裡，但全都不被接納。直到過了幾個月之後，才有一名馬伕未遭懷疑而受到阿修羅的僱用。

馬伕在阿修羅身側照顧馬匹，經過積極努力與歷盡艱辛之後，馬伕得知一項重要事實。不管戰鬥多麼激烈，阿修羅們都不覺得自己的所作所為是一種勞動，甚至不覺得樂在其中。即使取得勝利，也對結果沒有一絲想法。祂們不會耗費情感去享受勝利。展開戰鬥之際，「我這肉身正在戰鬥」的想法是不存在的，祂們根本毫無「我在戰鬥」的想法。

祂們在戰鬥時，完全沉浸於戰鬥本身。「我」不是戰鬥者；「我」完全化為行動本身。戰鬥之人消失了，只剩下戰鬥本身與對手相戰，連插入「我做的」之想法都毫無餘地。這就是無人能夠擊敗他們的勝利祕訣。

阿修羅的祕密曝光之後，賢者告訴戰士們征服阿修羅的方法。他要他們在與阿修羅開始戰鬥之後立刻逃走。喚阿修羅們來戰鬥後，阿修羅一開始進攻，就要像被擊敗一樣節節後退，如同阿修羅贏得勝利一般。

戰士們聚精會神聽完賢者的話，然後他們向阿修羅叫戰，一交戰就立刻逃跑。假裝被擊敗後逃跑，再次交戰又逃跑，如此反覆數次。這樣一來，阿修羅們慢慢自我膨脹，相信自己就是征服者。憑著接二連三的勝利，**他們自負認為自己是比任何人都優越的存在與贏家**。因此，他們變得容易意氣用事、驕傲自滿而曝露弱點，最終遭人輕而易舉的瓦解，從天下無敵的位子退下。

「我做的」或「我很優越」的想法迷住他們而使自己困在名為自我的監獄裡。因為這樣，神的存在變成小小的自我。如此一來，戰勝他們就一點也不難。他們立刻敗北，淪為俘虜。

最後一場戰鬥結束之後，取得勝利的戰士們前去向賢者致謝，因為他是真正的功臣。賢者迎接他們時問道：「現在你們在做什麼？」戰士指揮官說道：「現在不是享受勝利的時刻嗎？」

「這樣的話，請帶走你們拿來的禮物，好好去享受你們的勝利吧。不必謝我，我什麼也沒教你們。」賢者說完就進入窩棚，消失不見。

02 誰更聰明

印度中部查提斯加爾邦（Chhattisgarh）總面積約有一半被森林覆蓋，很多部落土著住在這裡的森林。自古就定居在該地區的人，外貌與風俗和印度人截然不同。他們的生活方式與附近的鄉村也不一樣。農村人們主要務農，但他們更接近森林生活。他們使用自製的工具與器具，編織籃簍，捕獵小動物。他們對於樹叢密林的認識無人能及。森林裡還有各種豐富的礦產資源，例如銅、錳、鑽石等。

這些土著擁有自己獨有的語言、歌謠和舞蹈。他們崇拜大自然的神祉，進行的儀式也與現代人在寺廟或教會進行的儀式不同。他們很純真幼稚，有時候看起來像孩子一樣，所以農村和城市的人都認為他們很容易欺騙。這樣的偏見時而會帶來嚴重的問題，正如一名查提斯加爾邦商人的遭遇。

參帕克．拉爾是離賴布爾（Raipur）[25]不遠處村莊的商人。他做生意賺了很多錢，他的房子是村中最大的宅院。他的店販售米、豆類、香料、肥皂、火柴等日常用品。他在賣東西過秤時，總是全神貫注，連一顆穀粒也不會多放。客人們都很清楚，參帕克・拉爾為人冷酷又斤斤計較，賺取利潤時不帶任何情感，也沒有憐憫之心。

在一個春天的早晨，拉爾坐在陽臺上，聽到一名男子在街上扯嗓大喊：「來買烏鴉喲！肥嫩美味的烏鴉喲！」

拉爾懷疑自己的耳朵。居然有人賣烏鴉！真有人會買烏鴉嗎？他很好奇，從椅子起身，俯瞰街道。

一名打赤膊的男人頭上頂著籃子，正往他家的方向走來。一條髒布繫在腰上，穿著用舊卡車輪胎做成的橡膠拖鞋。掛在土著肩膀上的斧頭，說明他是一名獵人。

當他走近時，拉爾喊他問道：「你在賣什麼東西？」土著回答道：「先生，是烏訝（烏鴉）。」拉爾以下達指示的口吻說道：「拿給我看。」

男子爬上陽臺的樓梯，放下籃子。然後坐在他的身旁，仰頭望著商人，露出燦爛的微笑。

25 查提斯加爾邦的首府。

「請看，這是一隻令人垂涎欲滴的肥美烏鴉。」

拉爾不禁懷疑自己的眼睛。籃子裡裝著一對肥滋滋的灰色雉雞。由於肉質柔嫩，這種鳥特別搶手。雉雞的雙腿被捆著，帶著細小斑點的羽毛，在陽光下閃閃發亮。

「真是個愚蠢的土著。居然把這麼珍貴的鳥叫成烏鴉！」

他如此想著，然後大聲問道：「多少錢？」土著回答：「一對二十盧比。」

「只能付你十五盧比，沒辦法再多給一文錢。」拉爾邊說邊轉身，作勢要返回屋子裡。

這時候，土著男子取出鳥兒，把牠們放上陽臺樓梯的頂端，接著說道：「這位親切又慈悲的先生，就用這個價格買去吧。請快來收下。」

拉爾露出滿意的微笑，再度轉過身來。然後，他仔細數了十五盧比，付給男子。男子笑容滿面的向他致謝，收下這筆錢。

拉爾問道：「你叫什麼名字？」土著男子說道：「納圖。」

拉爾帶著吝嗇的微笑說道：「納圖，快走吧。下次如果捉到雉雞……不，捉到烏鴉的話，再帶來給我吧。」

當天晚上，拉爾在房子中央的方形內院裡用炭爐炙燒野雞。吃素的妻子看到兩隻雛雞，驚訝的瞪大眼睛問：「你說你買牠們花了多少錢？」拉爾開心的笑著說道：「區區小錢十五盧比。」

十天之後，他坐在陽臺的時候，又聽見遠處傳來叫賣聲。

「來買浪可納喲！」男子的頭上擱了一只亮晶晶的銅鍋。這是土著使用的傳統烹飪工具。男子扯嗓大喊：「浪可納啊啊啊！有人要買絕美的浪可納嗎？」

「納圖，過來這裡！」拉爾毫不費力的記起男子的名字，他高喊道：「什麼是浪可納？快拿來這裡給我瞧瞧。」

納圖跑去陽臺，坐在樓梯上，然後把鍋子放在一旁。拉爾仔細觀察鍋子。一眼就能看出這東西非常精美，而且沉甸甸的。雖然曾使用過而有幾處劃痕，但價值堪與古董相媲美。如此古老又有分量的器皿，價格輕易上看一千盧比。

他向土著男子問道：「你稱它為什麼？」

「浪可納，先生。」納圖露出幸福的笑容說道：「這是我母親使用過的舊浪可納。您看看，它還很堅實。」同時，他用手掌噹噹敲了敲這只金屬鍋。

拉爾問道：「價格多少呢？」納圖說道：「先生，只要一百盧比而已。」

「太貴了，你去找別人吧。」拉爾兩側嘴角下垂，搖了搖頭。

「不，這位親切又慈悲的先生！那麼，您出價多少呢？」納圖急匆匆問道。

拉爾用堅定的口氣說道：「八十盧比，不能再多了。」

納圖臉上的微笑消失。不過，他還是提起鍋子，放上數臺階上方的陽臺內側，然後伸出手來。拉爾細數八十盧比，遞給了他。

當天晚上，拉爾向妻子炫耀自己付多少錢買下這只浪可納，一邊說一邊頻頻開懷大笑。妻子翻來覆去檢視這只銅鍋，一再讚嘆它的重量與外觀完美得無懈可擊，然後她說道：「這只鍋子啊，與其說是掏錢買來的東西，彷彿更像一份收到的禮物。」

現在，拉爾每天早上都坐在陽臺上，豎起耳朵，等待土著男子的叫喊聲，這已成為他每天例行的重要活動。他期待著能夠再次用便宜的價格買到好東西。每個來家裡的人，看到浪可納都讚不絕口，認定它的價值不斐。

銅鍋到手不到一週，這一天，拉爾同樣坐在陽臺上等著納圖。他看見納圖從遠處走來。

「拉普拉烏斯！」納圖揮舞雙臂，闊步走來，高聲喊道：「有人要買珍貴無價的拉普拉烏斯嗎？」

拉爾一喊，男子立刻跑來坐在陽臺階梯的那個位子。「你說這次是來賣拉普拉烏斯嗎？拉普拉烏斯是什麼？」

拉爾無法掩飾他的心急而直接詢問，納圖告訴他：「先生，在這裡。這是您生平未曾見過，極其貴重的拉普拉烏斯。」

這時候，納圖解開掛在腰間束布上的小皮袋。然後，他打開袋口，將一撮閃閃發亮的鑽石倒在髒兮兮的手掌上。

拉爾驚訝得說不出話，這些寶石晶瑩剔透，耀眼奪目。大小從豆子到彈珠大不等，總共二十二顆。令人看得口乾舌燥，想要立刻全部據為己有。

拉爾問道：「這鑽……不，這拉普拉烏斯全部多少錢？」

納圖毫不猶豫的說道：「先生，一百萬盧比。」

「你說什麼？一百萬盧比？這是天……。」

拉爾開始討價還價之前，納圖打斷說道：「我也很清楚這是天價。不過，這一次，這個價格一盧比也不能減給您。這拉普拉烏斯全都不是我的，由於它是整個部落共同擁有，賣得的錢必須分給所有人。」

拉爾思索了一會兒。查提斯加爾邦的鑽石礦產，迄今仍有許多尚未開發。土著們對於森林的祕密一清二楚，所以能夠歷時數年收集這些寶石。再者，拉爾從兩次經驗中，清楚知道納圖傻頭傻腦的物品計算方式。如果這個朋友只用區區八十盧比的價格出售價值一千盧比的古董銅鍋，你能想像他用一百萬盧比出售的東西，究竟真正值多少錢嗎？商人專注在心中暗算，頭頂幾乎冒出煙來。

最後，拉爾做出決定。

「好，我要買你全部的拉普拉烏斯。但是我必須籌錢，請給我時間，等我到傍晚。同時，千萬別把東西賣給其他人。」

「這位親切又慈悲的先生！您這個人真是好的沒話說。我先去拜訪妻子的親戚，黃昏時再回來。」土著說完就離開了。

當天下午，拉爾把自己所有的錢都湊成一堆，賣掉妻子的珠寶，向兄弟姐妹借錢，直到納圖現身前幾分鐘才籌到一百萬盧比。一見這筆鉅款，這些鑽石看起來也比早上更加璀璨，只用燈光照射也耀眼奪目。

拉爾算好寶石的數量，再次檢查狀態之後就付款。土著男子用腰間束布把錢包好，連同斧頭扛在肩上，遂消失在黑漆漆的森林中。

第二天，拉爾拿鑽石到城裡賣。珠寶商一一仔細審視，搖了搖頭說道：「雖然它們閃閃發亮，但不是鑽石，是玻璃。它們只是鑽石碎片。」

拉爾不敢相信自己的耳朵。他大聲叫珠寶商再次確認，但玻璃碎片並未變成鑽石。這些假鑽石竟然讓他傾家蕩產！他一直以為是自己騙倒土著男子，但實際上，真正設下聰明圈套的是納圖。

查提斯加爾邦人講述此一軼事，並且傳唱下面這首歌：

他買了佯裝說是烏鴉的雉雞，
然後又買了浪可納銅鍋。
但是，拉普拉烏斯玻璃珠害他一敗塗地，
寬敞的房子、美麗的內院，都無法撫慰他的心窩。

03 心咒的力量

心咒是反覆唸誦相信具有力量的特定單字或音節，藉以調心與提升專注力，終而進入覺醒狀態的一種冥想修行方式。心咒也被翻譯成「真言」，意思是真實的話語，在各種靈性傳統中成為一種實踐方式。

「懇請陛下准許我休假六個月。」一名大臣俯首說道。國王詢問：「你打算帶家人去遠方度假嗎？」大臣說道：「不是的，陛下。」國王再次問道：「那麼是要去朝聖嗎？」

大臣答：「不是朝聖，但我要去一個神聖的地方，與偉大的上師一起生活與學習。」國王好奇問道：「那是什麼？」大臣答道：「我想學習一種特定的心咒。」

國王笑著說道：「學心咒學六個月？又不是背誦所有印度教經典，為什麼學一個心咒需要這麼久的時間？而且，你不是以記憶力絕佳出名嗎？」

大臣正色說道：「雖然我想學習的心咒很單純，但寓意深邃。」

「那是什麼心咒？」

大臣回答國王的問題：「著名的伽耶特黎（Gayatri）真言，也就是太陽神咒。」伽耶特黎被認為是為眾生開悟的祈禱，在印度默誦的無數心咒中，與唵南無溼婆耶（Om Namah Shivaya）真言雙雙最負盛名，是個祈求療癒身心，助人淨化與解脫的心咒。大家都知道，反覆默誦此一心咒，將可消除現下的痛苦和無知，並獲得智慧。

在蘊含古印度哲學核心的《梨俱吠陀》（*Rigveda*）中，它是最神聖的咒文。國王想了一下說道：「這個問題，我明天再決定。」

次日早晨，大臣在王宮的庭院遇見國王時，不知為何，國王的目光顯得炯炯有神，意氣飛揚。見到大臣走來，國王停下腳步，在接受大臣行禮之前，便開始高聲背誦伽耶特黎真言：「Om, Bhur Bhuvah Svaha, Tat Savitur Varenyam……。」

然後說道：「如何？婆羅門祭司寫給我伽耶特黎真言，背誦它花不到幾分鐘，你為什麼說學習這麼簡單的心咒需要六個月的時間呢？你是在開玩笑吧，還是別有意圖而說謊呢？」

大臣用平靜的語氣說道：「很抱歉這樣說，但陛下尚未習得心咒。」國王慌張問道：「是漏字嗎？還是發音有問題？」

「不，陛下。您沒有漏字，也不是發音不正確。但您還是尚未習得心咒。」

國王再次高聲唸誦伽耶特黎真言，以嚴肅的語氣說道：「現在能夠確認我已經學好心咒了嗎？」大臣說道：「很抱歉，陛下距離習得此一心咒還很遠。」

感到莫名其妙的國王說道：「難不成是在一夜之間，你的腦袋出了問題嗎？」

「但願不是如此。」

「那麼，你是想要把我搞瘋嗎？」

「臣下毫無此心。」

國王要求：「那麼，你說我還沒學好這個心咒，證明給我看。你想召喚任何學者或神職人員都可以。我會在他的面前，重新唸誦一次給他聽。」

大臣說道：「不需要召喚任何權威人士。我在這裡就能證明給您看。但是，我的言行舉止可能看起來很無禮，請陛下務必擔待。」

國王不耐的說道：「你不管怎麼做都行，快點證明給我看。」

大臣環顧四周，兩名侍衛兵在樹下站崗。大臣大聲喊他們，他們以為有什麼事而走上前來。

大臣說道：「可以拿繩子給我嗎？」

他倆其中一人跑去拿了一條粗繩子回來。

大臣命令道：「好，現在用這條繩子把國王緊緊綁在那棵樹上。」

侍衛兵不敢相信自己的耳朵，他們驚訝無比，輪番看了看國王與大臣。

大臣再次命令道：「你們沒聽到我說的話嗎？不是說了請你們把國王綁在樹上？快點綁啊。」

現在國王確定大臣真的腦筋變不正常，遂向侍衛兵命令道：「立刻把大臣綁在那棵樹上！」

國王一下命令，侍衛兵立刻跑去制住大臣。大臣未做任何抵抗，乖乖讓自己被綁到樹上，然後微笑向國王說道：「陛下，現在您明白我演這場戲的用意嗎？」

摸不著頭緒的國王問道：「你希望我了解什麼？」

「陛下與我使用相同的詞語，向同一組侍衛兵下達相同的命令。但我說的話毫無效力，反之，陛下的話立即生效。」

隱約理解大臣話語的國王問道：「所以呢？」

大臣說道：「陛下說的話語背後帶有強力的權威，但我說的話沒有。心咒也是一樣。單單背住詞詞短句是不夠的。要讓它具有效力，必須領悟背後的力量才行。因此，這需要專注的修練與紀律。唯有如此，才能真正掌握心咒的力量和意義。」

侍衛兵解開繩索時，國王面紅耳赤的擁抱大臣，向他致歉。他現在理解單純知識與真知之間的差異。

04 神加了逗號的地方，別畫下句點

這是英國人殖民統治印度時期發生的事。

繼印度落入掌中，殖民事業安穩之後，英國人在加爾各答的外城，建造了印度第一座高爾夫球場，取名為「皇家加爾各答」，藉以忘卻令人頭疼的殖民地生活，享受閒暇時光的娛樂消遣。

這是一座景致優美的高爾夫球場，綠色草坪修整維護得很好。但很快的，事實顯示這未必是個好構想，問題在於群居此地的猴子們。

每當人們在打高爾夫球時，猴子們總對高爾夫球表現出無比興趣，也在比賽參一腳。高爾夫球手把球打飛到球場內時，猴子們會從樹上爬下來，迅速跑過球場撿起球。牠們經常拿著高爾夫球把玩後，把球扔在意想不到的地方就逃走。這會導致比賽延誤或無效，使高爾夫球手之間發生爭執。因此，每次比賽只能從原點重新開始。

這是預料不到的障礙。最初，高爾夫球場的經營者曾多次試圖控制猴子們。首先，他們在高爾夫球場周圍設置超高圍欄，但這並不足以阻擋身為爬樹高手的猴子。他們也曾用香蕉和蘋果等水果來吸引猴子到其他森林，但猴子們肚子一餓，就會帶領森林中的其他猴群一起重返高爾夫球場。

他們也曾經試著用槍聲驅趕猴子，但猴子一般不會受騙。他們也曾經設下陷阱活捉猴子，但捉了一隻又出現另一隻，要捉住這麼多的猴子，並將牠們移動到遙遠的地方，實務上是不可能的事。

他們最終領悟到，任何方法都對付不了這群聰明伶俐的猴子。好不容易得以盡情打高爾夫的英國人們感到絕望。看到人們對於小小的高爾夫球如此痴迷，猴子們感到更興奮，把球丟來丟去，邊跑邊開心叫著。

為猴子干擾大傷腦筋的英國人，最後訂下了只適用於這座高爾夫球場的特別規則：「比賽從猴子丟下球的地方再開始。」

這是一個再明智不過的決定。與其為了猴子造成的阻礙，氣沖沖的放棄比賽，不如接受現況，創造新的規則。

結果，在皇家加爾各答高爾夫球場上，高爾夫球手們更能享受打球的樂趣。有時候，原本畫出優美軌跡後安全落在球道的球，被猴子撿起來扔進長草區；相反的情形也會發生。猴子這個出乎意料的變數，使得原本比賽落後的人取得勝利，使占上風而得意自滿的人扼腕嘆息。另外還有球打歪亂飛，卻被猴子拾起一丟進洞的幸運兒。多虧猴子，比賽的過程更加有趣。

「從猴子丟下球的地方再開始。」

人們很快就領悟到，生活中發生的事，與在這個特別的高爾夫球場中發生的事，其實沒有特別不同。有好運氣也有壞運氣。**人生遊戲的結果，是不可能完全控制的。**

生活沒有義務如我們所願進行。火車誤點，車子在泥濘路上拋錨；面試時程出錯，大好計畫泡湯；在球打得正順的時候，突然猴子跳出來，把進洞的球扔到遠處，使一切努力付諸流水。這時候，我們感到絕望，怨自己、怨他人，怪罪命運，甚至以自己不適合這場比賽為由而決意放棄。

然而，生活本就不會按照我們的計畫，反而是驚奇的事時時可能發生。正如某位小說家所寫的，**當你認為事情不會比現在更糟的時候，又變得更糟；而當你認為事情無法變得更好的時候，又變得更好，這就是人生。神加了逗號的地方，別畫下句點。**

每趟行程，長尾猴都會突然出現，把高爾夫球扔到意想不到的地方。雖然看似不公平，但人生競賽正是如此。

這時候，我們要做的事情是從猴子丟落球的地方再開始。說不定那地方是最好的起點。誰知道看似隨機而定的地方，其實正是神的旨意所在？在印度神話中，猴子就是神的差役。

05 你有全心全力支持你的某人嗎？

與古希臘長篇史詩《伊里亞德》（*Iliad*）與《奧德賽》（*Odyssey*）相媲美的印度民族史詩《摩訶婆羅多》，是以西元前十世紀發生的實際事件為背景，歷經長久歲月所完成的作品。「人生的任何問題，解答都在《摩訶婆羅多》裡。」如同此言，《摩訶婆羅多》記載了有關人與神、生與死、善與惡的內容，分量超出《伊里亞德》與《奧德賽》總和的十倍。

《摩訶婆羅多》的中心故事始於統治今日德里周圍地區的訶斯提那普爾王國，講述王族親戚之間展開的王位爭奪戰。國王有兩個兒子，哥哥天生眼瞎，因此由弟弟繼承王位。哥哥持國（Dhritarashtra）生有百子，即俱盧族；弟弟般度（Pandu）生有五子，即般度族。

待兩名兄弟的兒子們長大成人後，「長子繼承王位」的原則隨即出現衝突。般度一駕崩，俱盧族兄弟們便主張自己的父親原本是長子，因此應由他們繼承王位；般度族兄弟們則不願退讓，認為先王是自己的父親，因此他們擁有繼承王位的資格。

元老與王族親戚們共同決議將王國一分為二來治理，分給般度族兄弟的國土是由蛇群掌控的荒野地帶，但般度族兄弟們沒有絲毫不滿，他們前往當地，用盡全力把那裡建設成美輪美奐的城市。過去的沙漠之地，不久就變成富饒而美麗的王國。

俱盧族兄弟們心生妒忌，計畫將他們剷除，般度族兄弟們中他們的計，在骰子遊戲中失去包含王國在內的一切。而且按照打賭條件，他們被逐出王國，必須漂泊流浪十二年，經歷各種試煉。

最後，訂定的流放時間結束，般度族兄弟歸來的時候到了，俱盧族兄弟的長子難敵（Duryodhana）再次感到危機意識，遂向兄弟們說道：「堂兄弟們回來的時候，他們肯定會試圖報仇，找回王位，我們得通力合作，把他們弄走。」

五名般度族兄弟在周邊王國有朋友，因此，很快就知曉堂兄弟們的邪惡計畫。難敵在聚集壓倒性的眾多軍隊期間，數名國王集合起來協助般度族兄弟。雙方集結了最大量的同盟軍，專注全心備戰。因為這不是單純的數字戰，而是攸關生死問題之戰。

最後，兩方在德里附近的俱盧之野（Kurukshetra）駐軍。就在戰事將至的幾天前，般度族兄弟中的老三阿周那去找自己的表哥兼師傅黑天，向他請求協助。正好，敵軍將領難敵也來找黑天，拜託他加入自己的陣營。黑天被奉為毗濕奴神的化身，雖然不是國王，但擁有一萬名訓練有素的士兵。

黑天知道兩個人都來了，於是躺在木床上假寐。難敵進入他的房間，看到微笑睡著的黑天，決定坐在地上等候。不過，眼見黑天的腳朝著他，心裡不太高興。

「他不是國王，只是一名放牛的牧童。而我才是偉大的國王，為什麼必須坐在他的腳下？」

於是他移到黑天的床邊坐下。

這時候，阿周那走進來坐在難敵一開始坐的位子上。黑天的腳朝著他，阿周那將之視為祝福之意[26]。

過了一會兒，黑天假裝睡醒，看見坐在自己腳底下的阿周那，黑天說道：「哦，你來啦。」阿周那說道：「是的，我來了。」

在兩人繼續交談之前，難敵在後方乾咳一聲，讓黑天知道自己的存在。黑天雖然

26 在印度，遇見長者或靈性上師時，會用頭去貼對方的腳。

全都知道，卻裝作嚇一跳：「哦，難敵，連你也來？是什麼風把你們兩人吹來？」

兩人說是為了在戰鬥中得到他的協助而來，黑天說道：「你們全都是我的親戚，我不能幫助一方卻不理另一方。所以，這樣做吧，我給一方我的一萬名士兵，然後給另一方我自己。但是，我不會拿武器上場，只以駕戰車的馬伕身分參加。」

然後，黑天說道：「我讓阿周那先選，因為我睡醒的時候，先看到阿周那。」難敵抗議道：「是我先來的！」

黑天說道：「就算那樣又如何？我的眼睛先看到的是阿周那。阿周那，選你想要的。」阿周那說道：「我想選您，黑天。士兵並不重要。我們兄弟只希望您與我們在一起。」

黑天再次說道：「我不會參加戰鬥，不會為你們而戰，只是加入你們，與你們在一起。」阿周那說道：「您不做任何事也沒關係，只要與我們在一起就好。」

難敵鬆了一口氣。雖然他原本就知道般度族兄弟是傻子，但沒有想到竟然會選擇一個人，而不是一萬名訓練有素的士兵。而且，這個人還不拿武器一起作戰，只以馬伕的身分參加。這是多麼愚蠢的選擇？難敵嘲笑阿周那一番，然後率領黑天的士兵，心情愉悅的回營。

他告訴自己的兄弟們：「勝利是我們的！」黑天向阿周那說道：「我不會參加戰鬥，為什麼選擇我呢？」

阿周那說道：「即使您什麼也沒做，單單您的存在就足夠了。」

這個選擇改變了一切。黑天按照承諾，僅以阿周那的馬伕與顧問身分參加。在十八日間展開的大戰中，難敵的兄弟與士兵們全部被殲滅，般度族兄弟在黑天的支持之下取得勝利。

神話告訴我們，只要有一個人全心全力支持你，願意成為你的馬伕，彷彿延續前世般**一直站在你這一邊不變，那麼任何困難你都能夠克服**。你是誰的那一個人？或者誰是你的那一個人？

06 活在當下，天國並不遙遠

聖人那羅陀（Narada）出生於一個貧窮的家庭。他的母親經常侍奉森林中的隱士，在遭蛇咬而辭世之前，她央請兒子像自己一樣追隨隱士。

按照母親的遺囑，那羅陀向隱士學習祈禱與冥想的方法，而且透過終生修行和禁慾生活，他獲得特殊的力量。其中一項能力就是穿梭來回天上與地上之間，扮演連接這個世界到另一世界的使者。

有一天，那羅陀一如往常前往天國，路上他坐在樹下，遇見一位正在背誦祈禱文的老修行者，他是已經背誦祈禱文好幾年的人。

那羅陀問他：「您是否有事想問問看？是否有想向神傳達的訊息？」

修行者睜眼說道：「那麼，請幫我了解一件事就好。我還要等待多久、背誦祈禱文多久，才能開悟前往天國。我已經背誦祈禱文好幾年，不，好幾輩子，究竟還要持續多久？現在我已經很累了。」

就在那位老修行者旁邊的另一棵樹下，有個一邊演奏單弦樂器一邊跳舞的年輕人。那羅陀向他開玩笑問道：「你也想問問看要多久才能達到開悟境界嗎？」

年輕人沒有回答，只是繼續跳舞，那羅陀再次問道：「我正在向神之路上，有要傳達的訊息嗎？」年輕人笑笑，繼續跳著舞。

數日後，那羅陀回來了，他向老修行者說道：「神說，您至少還要等三輩子。」

修行者大怒，扔掉手中的念珠，差一點就撞到那羅陀。

「這太扯了！我背誦祈禱文、禁食、行各種儀式，一直等呀等，我具備所有資格，卻要等三輩子，這不公平！」

年輕人依然在樹下快樂的跳舞。那羅陀很害怕，但還是走近該年輕人說道：「雖然你沒問，但神說那位修行者必須等三輩子的時候，我很好奇的問問看：『在附近一邊跳舞一邊彈奏單弦樂器的年輕人，必須等多久呢？』然後神說道：『那個年輕人必須等待的幾輩子，像舞動的樹上掛著的葉子一樣多。』」

此時，年輕人更興奮的跳舞，他如此說道：「只像這棵樹上掛著的葉子一樣多嗎？那就沒有多久囉。我和已經到達目的地沒有兩樣嘛！想想看全世界的樹木與葉子何其多。所以，需要等待的時間剩沒多久，謝謝您幫我詢問。」他又開始跳舞。

這個故事告訴我們，年輕人在該瞬間立刻開悟。對人生心存感謝而跳著舞的人，活在當下而非遙望未來的人，對他而言，天國並不遙遠。

第六章

你走過的地方，
一定會留下痕跡

01 生活是憑著各自的力量過的

在北印度喜馬拉雅地區，叢林茂密的北阿坎德邦（Uttarakhand）住了一個專以強盜為生的盜賊，那就是他的職業。他不學無術，但力氣很大。如果在路上遇到他，任何人都得交出自己身上全部的東西，否則就會招來殺身之禍。憑著他以這種方式賺取的收入，他的家人過著豪奢的生活。

原本他出身於最高階層婆羅門，但在命運戲謔之下，他被丟到截然不同的人生裡。小時候，他在樹林裡嬉戲，迷路徘徊時被獵人發現，獵人夫婦正好膝下無子，於是把他當作自己親生孩子一樣撫養長大。孩子在成長過程中，一直相信他們就是自己的親生父母。在森林中長大的孩子，從父親那裡學到一切狩獵技能，不久之後，他娶了另一個獵人家的女兒，並且生了孩子。

隨著撫養人口的增加，單憑狩獵很難維持生計。結果，他繞到鄰村偷東西或者襲擊穿越森林的人，搶走他們的財物。來到該地區的朝聖者與外地人是他的目標。

直到此刻，命運之神似乎還無法決定讓他結束盜賊生活，成為一名英雄。漸漸的，他因為路上搶劫而惡名昭彰，他出現時，連森林中的鳥和動物都迴避躲起來。

有一天，賢者那羅陀提著弦樂器維納琴（Veena）流浪世界途中，經過該地區時遇上了他。那羅陀正在演奏維納琴，沉浸於讚美神的歌曲中時，強盜突然提劍闖入。

「交出身上所有的東西，否則就殺了你。」

賢者反而欣然說道：「朋友啊，我身上的東西只有這把舊樂器和破爛的百納衣。像我這樣四處漂泊的游牧民族，身上哪有什麼東西？你想要什麼，隨便你拿去。何必殺我呢？甚至如果你想要我的性命，我也全都給你。」

小偷停了下來。那羅陀的臉上沒有任何恐懼或抵抗，只有平和。「我最後一次見到如此明朗純淨的臉龐是何時？」小偷非常慌張，為了掩飾自己的不知所措，他對賢者更加惡言相向。

由於驚慌失措，他選用了錯誤的詞語說道：「在腦袋被砸碎之前，還不趕快交出身上的『珍貴之物』？」賢者微笑說道：「這是多麼讓人愉快的一句話！現在出現在我面前的人，居然想要認識我所擁有的珍貴之物。你願意這樣做，我不勝感激。請千萬要帶走我的存在深處裡的珍貴之物。」

聽到這出乎意料的回答，盜賊再次受到驚嚇而感到混亂。他不知道身為強盜的自己，竟然也會感到恐懼。不過，身為惡名昭彰的盜賊，他不輕易退讓。

「我對你心中的珍貴之物不感興趣。我只對外在之物感興趣。」

賢者感覺到，雖然他語調強硬，但詞語的助詞與語尾有點抖。印度賢者與盜賊如此繼續對話：「我的朋友啊，浮生在世，外在事物有什麼用？為什麼不尋找更珍貴的東西？搶劫與殺害人和動物都是罪惡。為什麼要用這種行為掉換高貴的人生呢？」

在這位一直喚自己為「朋友」的老人面前，盜賊突然意識到，到目前為止，從來沒有人與自己如此對話。

盜賊說道：「那你說該怎麼做？我有老母親、妻子和子女。我是為了養活他們才這樣做，這不是我的錯。我只懂狩獵和搶劫而已，可以做什麼其他的事？」

賢者拿著維納琴，坐在樹下說道：「你說你做壞事是為了家人。即使如此，你知道任何行為的後果，其實必須由你獨自承擔嗎？你回家問問看家人，他們是否準備好與你一起分擔業報，而且甘願在神的面前代你受罰，在來世受苦。回來再告訴我他們的答案。」

盜賊認為這是賢者想開脫而使出的花招。察覺到此一想法的賢者說道：「朋友啊，如果你不相信我說的話，就把我綁在這棵樹上，去了再回來。」

同時，賢者開始平靜的演奏維納琴。盜賊雖然很粗暴，但心地純真。他心想：「說不定這個人說的話是對的，我可能必須獨自承擔所有這些惡行的結果。我得回家問問看家人，是否願意與我一起分擔痛苦。」

他把賢者綁在樹上，然後跑回家。他向自己的母親問道：「母親，為了讓全家人吃好穿好，我搶劫傷人。您可以與我一起分擔此罪帶來的業報嗎？」

現在，這是他靈魂的問題，但不是只限於此生的問題。他現在意識到，路上搶劫的行為後果會影響到來世。

母親生氣說道：「不要胡說八道。我養你是盡我的義務。現在，你當然要養活我，這是做子女的道裡。你說要我為你的罪負責？不管你為了照顧我這老人家，做了什麼事，全都是你的工作與責任。」

他聽了很驚訝，腦中閃過一個念頭，賢者的話可能是真的。

但他仍不死心，向妻子問道：「妳知道的，我為了撫養家人，到目前為止犯下各種惡行。這一切都是為了妳和子女。妳可以與我一起分擔此罪帶來的業報嗎？」

妻子的反抗更加強烈：「現在你說的是什麼話？為什麼我要和你一起受罰？嫁來這個貧戶，歷盡千辛萬苦，生活滿腹委屈，你說還要受到懲罰？我犯了什麼罪？你應該對自己的行為負責。你是一家之主，所以養活我與孩子們是你的責任，如果你是想要停止這項義務而這麼說，我會做好心理準備馬上離開這個家。」

孩子們的回答也沒有什麼不同：「我們什麼時候吃好穿好過？身為我們的父親，您給過什麼奢華安逸，要我們一起下地獄？作為強盜的孩子，我們已經吃足苦頭。父親的責任是教導我們什麼是對的，什麼是錯的。因此，不對的事，責任也應該由父親承擔。您總是說，生活是憑著各自的力量過的。所以，業報應該也是各自承擔。」

盜賊垂淚返回，跪在賢者面前。他的眼淚是懺悔的眼淚，是開悟的眼淚，也是獨自一人站在因果律之前，絕對孤獨的眼淚。他意識到沒有人會為自己的行為分擔責任。這是一個殘酷的事實，直到現在，他才睜眼面對真實。

他向賢者說道：「現在我明白了，一切都變得很清楚，沒有人能為我承擔行為後果，只有我自己而已。現在我怎麼做才好？我如何能夠擺脫罪過？請與我分享您內在的珍貴之物。」

陰晴雲雨，歲月流轉，賢者就在那地方教他冥想的方法，然後他走入森林開始冥想。他不吃不睡在樹下冥想時，花開花謝，雨落雨止，候鳥接連飛去。而且在他冥想時，無數隻螞蟻在他的周圍堆起高高的蟻垤。數年後，賢者回到那裡，發現正在冥想的他被蟻垤包圍著，因此給他起了個新名字，叫做「蟻垤」（Valmiki），意即他是從蟻垤新生的人。

蟻垤後來成為詩人。他執筆的《羅摩衍那》，與世界上最長的史詩《摩訶婆羅多》並列為印度的兩大史詩。由兩萬四千篇梵文詩歌組成的《羅摩衍那》是印度瑰寶，隨著印度文化傳播傳至泰國、越南、柬埔寨、寮國、印尼，翻譯成當地語文，對於各國的舞蹈、文學、藝術、宗教都有重大影響，成為亞洲最吸引人的故事之一。《羅摩衍那》的內容在柬埔寨吳哥窟大寺院的牆上，也刻成莊嚴的雕刻作品。

受推崇為古印度最偉大詩人的蟻垤，被封予「阿迪．卡比」（Adi-kavi），意即「第一詩人」的頭銜。

根據傳說，創造之神梵天向詩人蟻垤如此承諾：「只要高山屹立大地，河水滾滾奔流，你的詩篇就會在世上源遠流傳。」

02 藏寶石的地方

為了迎接英國王室來訪，拉賈斯坦邦（Rajasthan）的首府齋浦爾（Jaipur）曾將市中心建築物的牆壁與屋頂塗成粉紅色，從此就以這個顏色裝飾至今，因此獲得「粉紅之城」的別名。

一名珠寶商住在齋浦爾附近的小鎮。他很努力工作，與妻子和孩子們一起住在粉紅色的大宅邸裡。他與家人經常外出吃飯，節慶時，妻子會穿上漂亮的紗麗，精心打扮一番。到了晚上，客廳地板鋪上一張墊子，全家人圍坐一起，一邊享用美味晚餐，一邊聊天。人們見到他，都喊他「老爺！老爺！」以示尊敬。

小鎮的貧民窟住了一個名叫莫漢的男子。他沒有繼承的家產，單憑頭頂簍筐兜售蔬菜水果，勉強維持生計。即使從凌晨工作到深夜，仍不易養活妻小。

早上他只喝一杯奶茶，晚上回家也經常餓肚子。至於孩子們，別說吃到美味的食物，反而經常飢腸轆轆的入睡。疲憊不堪的他，夜晚也沒有精力陪孩子玩耍或聊天。更別提莫漢的妻子在節慶時，已經穿了多年的舊紗麗。

每次經過珠寶商的房子時，莫漢都會羨慕的看著房子。看到孩子們在房子的院子裡跑跳玩耍，他也想為自己的孩子們送上幸福的生活；想要每天買好吃的東西給孩子，陪孩子一起玩耍和聊天來度過一天。但這是目前無法實現的夢想。

最後，為了達成願望，他開始偷東西或欺騙人們。在蔬菜市場，有時他會多放一些水果，秤重時矇騙客人；找給客人的零錢也沒有如實計算。就這樣，自己在不知不覺中，逐漸成為一個小偷。

莫漢在當地經商數年，知道珠寶商定期會去拜訪位在齋浦爾的大珠寶商。他提的皮包裡裝著值錢的珠寶。因此，莫漢有一個計畫，下一次珠寶商出差時，他決定自己也喬裝商人尾隨。

排燈節（Diwali）[27]之前的某天，珠寶商如同預期提著皮包離家。莫漢看到他與家人道別後，便快步跑往自己的家穿上預先備妥的華服，為了不讓人認出他來，頭上還

27 向象徵財富與豐饒的女神吉祥天女（Lakshmi）獻上祈禱的年度最盛大節慶。

纏了一條白色大頭巾。然後，他向自己的家人道別，就趕緊上路。

不久之後，莫漢就追上珠寶商。莫漢看珠寶商的臉色，奉承討他歡心，不知不覺一起到了齋浦爾的繁華鬧街。由於節慶即將到來，每間旅店都客滿。因此，好不容易找到一個房間，他們只能一起共宿。對於莫漢來說，這是絕佳的機會。

一開始，珠寶商沒有懷疑，但是從莫漢的眼神與表情等，他意識到莫漢是覬覦自己珠寶的小偷，因此，他決定把珠寶藏在莫漢絕對找不到的地方。

每次珠寶商離開房間，莫漢就會迅速翻搜珠寶商的皮包。但是除了襪子和內衣之外，什麼也沒發現。晚上趁著珠寶商睡覺時，他再度翻搜，但結果還是一樣。早晨，趁商人進浴室的時候，他仔細檢查了他的衣服、毯子，甚至枕頭底下，珠寶依然不知去向。根據小偷的直覺，珠寶明明就在房間某處，但究竟在哪裡，他完全毫無頭緒。

搜索就這樣屢屢落空，不管怎麼翻搜，就是找不到寶石。最後一天，珠寶商得以安全無事的把珠寶放入皮包，交付城裡的珠寶商。

在離別之前，珠寶商看到莫漢眼中的失望，他說道：「我知道你是為了偷我的珠寶而跟著我，但最後沒能成功找到寶石。讓我來告訴你一個不知道的祕密，你以為你任何地方都找遍了，但其實還有一個地方你沒找過。」

珠寶商說完話，莫漢害怕問道：「那地方到底在哪裡？」珠寶商回答道：「寶石一直放在你的枕頭裡。」

莫漢無話可說。他每晚頭枕著昂貴的珠寶睡覺，卻未曾審視過自己的枕頭內裡。

這個寓言詢問我們，**為了找到隱藏的財富，我們哪裡還沒有確認過？是否所有地方都尋遍，除了自己之外？**

03 鉛筆的教誨

錫克教是印度的代表宗教之一，結合了印度教巴克提（Bhakti）[28]信仰與伊斯蘭教的蘇菲神祕思想，「錫克」（sikhism）即「門徒」之意。意思是，所有錫克教信徒皆為十代古魯的門徒，十代古魯的第一人就是靈性上師那奈克。他們對於神給人的東西，抱持珍惜不毀損的態度，因此，他們不剪頭髮，外出時戴頭巾，不在公共場所脫掉頭巾。

莫漢・辛格是旁遮普地區的平凡錫克教徒，他埋首世事，對於心靈世界不感興趣。他全神貫注於最重視的事業成功，忙於構想未來的許多事情。不過，他並沒有完全迴避家中代代相傳的錫克教靈性傳統。因此，他不時會去拜訪靈性上師里須・辛格，聆聽教誨。

此時，悲劇向他步步逼近。妻子得了肺炎，突然去世。他無法擺脫悲傷，同時，事業也漸漸走下坡。

有一天，上師想去位於阿姆利則（Amritsar）[29]的錫克教中心地黃金寺朝聖，他請莫漢陪同。這是一個出人意料的提議，因為就陪同上師去朝聖來說，莫漢還不是如此熱誠的門徒。

儘管如此，里須・辛格向莫漢說道：「我會先去黃金寺，然後再返回家鄉。這將是你與我同行的最後一趟旅程。」

上師宣布，他將在幾天之內徒步走到阿姆利則。莫漢接受同行，因為他不能讓上師獨自走這麼遠的路。在旅途中，上師多次告訴他自己將返回家鄉。意思是說，他打算收起教導門徒的生活，在家鄉度過餘生。不過，莫漢沒有多問，由於自己對於妻子之死感到絕望，加上他在思考如何振興事業，所以思緒已經很複雜。

最後到了黃金寺，上師向莫漢說明錫克教的本質，對於真正的靈性修行是什麼，他也講了很多。但五天後，上師發燒，年邁衰殘的身軀倒下。直到此時，莫漢才明白

28 對神全身心的奉獻。
29 旁遮普邦西部的城市。

上師說要返回家鄉的意涵。

他去世的前一天，上師喚莫漢到身旁說道：「現在帶我回到永恆故鄉的船到了，為了能夠讓我回到永恆的家，請高唱神的名字。別忘記生活中重要的東西，這樣的話，你的旅程會很平和。」

從上師的葬禮回來之後，莫漢成為截然不同的人。面對任何事情都心平靜氣，情緒不受動搖。未曾見過他的人，對他的性格印象深刻，原本認識他的人，則疑惑的望著他。為什麼他突然變得如此開朗與幸福？難不成他從上師那裡繼承了遺產？

沒有明顯的理由足以解釋他的改變。他失去了妻子，事業下滑，甚至一同旅行的上師也才剛去世、他居住的家園和土地正瀕臨債權人換手，一切都在短短一年內發生。但莫漢絲毫不受動搖，反而能夠克服絕望，重新站起來。

有一天，認識他很久的幾個人來問他：「究竟是什麼讓你的心態有此變化？你好像有還沒告訴我們的故事。以前你不是任何小事都會感到激動，追求物質又與精神世界保持距離？如此改變的祕密是什麼？儘管遭遇許多不幸的事，還能幸福快樂的理由是什麼？」

莫漢為朋友們泡茶，反而感謝朋友們給他機會解釋，他說道：「我要告訴你們上師最後的教誨，請仔細聆聽。他的教誨改變了我的生活。正如你們所說的，我是一個世俗人。即使神把我擁有的東西一一拿去，我依然沒有放棄對於物質計畫的執著。當時，辛格提議由我陪同前去阿姆利則，我無法拒絕年邁上師的邀請。上師強調我們必須徒步行走，不依賴任何交通工具。他也說了其他條件，不能攜帶行李箱等。我同意這些條件，陪同上師在返回『家鄉』之前做最後一趟旅行。把一切擁有的東西都拋在腦後的旅行，對我來說是全新的體驗。」

他沉默了一會兒，然後繼續說道：「在上師離開肉體之前，他把我叫到身旁，拿給我一個信封，要我在他搭上駛往故鄉的船之後，打開信封來看。上師的葬禮結束之後，我檢查信封，發現裡面有一支鉛筆和一封信。」

那封手寫信的內容如下：

親愛的門徒，雖然在我的門徒中，你不是精神層面最具深度，或者對於心靈修行感興趣的人。但是，你有一顆善良的心，所以我選擇你為最後一趟旅行的同伴。我給你的最後一個禮物是這支鉛筆，希望你能深入思考，習得所需。

第一，就像偶爾需要削尖鉛筆一樣，我們需要透過靈性修行來鍾鍊自己的身心靈。錘鍊自己是痛苦的經驗，但是在過程中，我們可以成為更好的鉛筆。

鉛筆所給的第二個教誨是，**自己最重要的部分不是外在，而是內在。鉛筆的外表再怎麼好看，如果裡頭的筆芯有問題，就寫不出漂亮的字。別忘了你是暫留於一時肉體的永恆存在，你必須傾力於內在的成長上。**

鉛筆的第三個教誨是，每當你犯錯時，必須能夠立即糾正。一支好鉛筆在末端附有一個好橡皮擦。請切記，糾正錯誤就像寫錯字用橡皮擦擦掉一樣，絕對不是一件不光彩的事。一旦發現錯誤，必須能夠立刻使用所謂的良心橡皮擦。

第四個教誨是，雖然你能夠做很多出色的工作，但必須有更大的存在引導，才可能做到。雖然是用鉛筆寫字，但最後寫出傑作佳篇的是握筆的作家。如果不與作家連結，再好的鉛筆也寫不出文章來。

鉛筆所給的第五個教誨是，你經過的地方，一定會留下痕跡。你的思想、行為都必然留下印跡。切勿忘記，這些印跡完成了你的人生作品。

「這是吾師辛格給我的最後一個禮物。他的簡單教誨使我澈底改變。」

04 神會保護幼鳥嗎？

兩家族堂兄弟展開王權爭奪大戰前夕，雙方軍隊開始在俱盧戰場上部署大量士兵與騎兵隊。開戰之前，他們用大象連根拔起樹木，清除障礙物。

麻雀媽媽與四隻幼鳥在其中一棵樹上生活。當樹倒下時，還不會飛的幼鳥與麻雀巢掉到地上，幼鳥奇蹟似的沒有受傷。

脆弱的麻雀媽媽四處求助。就在此時，被奉為毗濕奴神化身的黑天正與門徒阿周那一起審視野地。他們在開戰之前來此檢視地點，擬定軍事戰略。

麻雀奮力拍著小翅膀，飛向黑天的馬車，然後懇求道：「黑天大人，請救救我的孩子們。鳥窩掉在地上，明天開戰的話，牠們會被踩死的。」

預知一切的黑天說道：「我知道。但是，我無法干預自然法則。」

麻雀再次哀求道：「我知道您是我唯一的救星。四隻幼鳥的命運就託付給您。您可以殺死牠們或者拯救牠們，現在這取決於您。」

「時間之輪滾動時是一視同仁的。」黑天暗示自己像凡人一樣，對於這種情形也無能為力。

麻雀信心堅定的說道：「我不懂哲學，但我相信您。」

阿周那不知道麻雀和黑天繼續在說話，吆喝一聲，就把麻雀趕走了。此時，黑天看著鳥兒，露出微笑。麻雀拍了幾次翅膀，然後回到掉在地上的鳥巢裡。

兩天後，在吹螺宣告開戰之前，黑天向阿周那要了弓與箭。阿周那嚇一跳，因為黑天承諾參加戰爭，但只是充當馬伕，不直接拿武器戰鬥。此外，阿周那相信自己的射箭實力是一流的。因此，他自信說道：「請您指示，我的箭能穿透所有東西。」

接下弓箭的黑天不發一語，瞄準遠處的一頭大象。但是，箭沒有使牠倒下，只是撞到掛在大象脖子上的鐵鈴，迸出火花。阿周那看到黑天連這麼容易的目標都無法擊中，忍不住笑出來。

「我來射嗎？」

黑天不理他說的話，把弓還給阿周那，告訴他不必再做任何事。

阿周那疑惑問道：「但是，您為什麼瞄準大象射箭呢？」

「因為就是這隻大象，弄倒保護麻雀窩巢的樹。」

阿周那再次問道：「您說什麼麻雀？而且，大象沒有受到箭傷。只是脖子上掛的象鈴掉了。」

黑天不理會阿周那的問題，指示吹螺。戰鬥開始，歷經十八天，奪去了許多生命。最後勝利歸於阿周那的兄弟們。戰爭結束之後，黑天再次與阿周那一起審視血跡斑斑的野地。

黑天在某個地方停了下來，若有所思的俯視著掉落地上的象鈴。

「阿周那，可以幫我把這個象鈴拿開嗎？」

這是一個簡單的指示，但阿周那不明白。廣闊野地上布滿了要清除的東西，為什麼偏偏要他移開這一小塊金屬？他詫異的望著。黑天重複相同的話：「請幫我移開這個象鈴。沒錯，我從大象脖子用箭射下的象鈴，就是這個象鈴。」

阿周那不再發問，彎下身子搬沉甸甸的鐵鈴。他一提起鈴來，世界觀完全改變。一、二、三、四、五……四隻幼鳥跟在麻雀媽媽後面，相繼奮力飛上天。麻雀媽媽非常快樂的圍在黑天身旁飛來飛去。見到此狀，阿周那的眼中流下淚水。

05 最厲害的處方

印度傳統醫學阿育吠陀成立於西元前一千五百年左右，原意為「關於生命的知識」，最早的紀錄是創造之神梵天傳授的治療方法。阿育吠陀認為致病原因是自然循環遭到抑制，所以相當注重身心平衡，並非單純緩解症狀而已。即使在今日，印度的每個城鎮都有阿育吠陀醫院。

一名男子生病，去找村子的阿育吠陀醫生。醫生診查之後，開出的處方是幾種果實、草藥、乾粉和傳統原味優格（dahi）。男子平時極為信賴阿育吠陀醫生，比起西方醫學，他對傳統醫學的評價更高。

收到處方，返家後，男子在家中備有的祈禱室[30]神像前方，放上醫生的照片，獻上香和鮮花，然後行三次禮。接著揮動小鈴，開始大聲朗讀醫生寫的處方：「早上優格，下午金沸草粉和阿摩勒果，傍晚木橘（bilva）果實和三果（triphala）香草，晚上聖羅勒茶（tulsi）……早上優格，下午……。」

男子不停背誦處方，他對傳統醫學如此相信，乃至除了朗誦處方以外，他不吃飯也不散步。看不下去的妻子勸他喝水時，男子說醫生的處方上沒有寫「水」，因此拒絕。他認為唯有這只處方才能治療自己的病。

就這樣，他認真的高聲朗讀處方直到深夜，但他的病毫無起色。第二天，他更努力的敲鈴，吟誦處方。他的朗誦聲在屋前的小巷中迴盪，鳥兒們嚇得飛走。但是，病情還是毫無進展。

到了第三天，他仍不放棄，繼續朗誦處方。病情依然毫無起色，反而症狀惡化。夜裡飽受發燒與發冷折磨的男子，想對處方了解更多，一大早就跑去看醫生。男子問道：「希望您不會認為這樣的問題很無理。我的意思絕對不是不信任醫師的處方。好幾天來，我不停朗誦處方，卻毫無起色。請問是否有我不明白的？」

看診經驗豐富的專科醫師鎮定說明：「正如檢查結果顯示，現在您的胃有嚴重問題。而且，您的神經耗弱，身體氣力也處於非常虛弱的狀態。所以處方開出木橘果

30 大多數的印度家庭都有獨立的祈禱空間。

實、富含維他命C的阿摩勒果、金沸草粉、三果香草混合物等。持續服用這些東西，不只能夠緩和症狀，還能消除致病原因。最重要的是，您必須按時吃飯，修正自以為是的性格，才能擺脫神經衰弱的困擾。」

從醫院出來，男子心想：「多麼厲害的醫生！他的理論真的很棒！看過這麼有智慧的醫生，我的病就跟治好沒有兩樣，只有他的處方是唯一的活路。」

回到家，他向家人和鄰居宣揚道：「這位阿育吠陀專科醫師是最好的醫生！其他醫生都是蠱惑病人的騙子！」

然後他又進入祈禱室，像朗誦神祕心咒一般，開始高聲朗誦處方。

「早上優格，下午金沸草粉和阿摩勒果……修正自以為是的人格……。」

他還是像以前一樣，不吃飯，不運動，認為旁人的任何建議都在妨礙自己的信念。他的病情越來越嚴重，但越是如此，他越執著於背誦處方的工作，最後變成醫生也束手無策的地步。

宗教和真理的教誨就像醫生的處方一樣，許多追隨者每天都在默誦處方。處方裡寫了愛、慈悲、分享、寬恕、捨己為人等。但是，若要恢復靈魂的健康，唯有將處方付諸實踐一途。信任醫療體系與醫生，與按照處方的實踐工作，完全是兩碼子事。

06

善人與惡人，誰決定？

史詩《摩訶婆羅多》傳達的訊息是，善與惡的力量之間展開永恆的宇宙之戰，其中沒有絕對的善，也沒有絕對的惡。故事主角是後來為爭奪王權而展開戰爭的俱盧族兄弟和般度族兄弟。

這兩大著名家族的堂兄弟們在童年時期總是一同玩耍，而且在偉大的德羅納（Dronacharya）上師指導的古魯學堂一起學習。

故事登場人物在成長時期的軼事，會透露出他們的思考方式，以下故事就是其中之一。

兩個家族的長子是難敵和堅戰。堅戰真誠正直；而難敵從小聰明伶俐，擅長策劃計謀。為了讓弟子們未來能夠成為好統治者，德羅納上師的教育不僅傳授各個領域的知識，更教導人道主義方法。

有一天，上師指示難敵去全國各地尋找「真正的善人」。難敵按照上師所示展開旅程。

旅途中他遇到各式各樣的人，與他們交談良多。一個月內多次與人見面之後，難敵返回向上師說道：「我按照上師的指示，遍行全國尋找真正善良的靈魂，但是找到這樣的人是不可能的。我遇見的每個人，都有一點自私和邪惡的心。任何地方都找不到真正善良的人。」

這次，上師喚來堅戰，向他說道：「你去世界上找一名『真正邪惡的人』，把他帶來。」堅戰說道：「好的，沒問題。」然後他像難敵一樣，走了一趟長長的旅行。

又過了一個月，堅戰終於返回，他向上師說道：「我無法找來上師想見到的真正邪惡之人。我看到人們犯錯也看到人們欺騙他人的模樣，還看到離譜行徑。但沒有發現任何一個真正邪惡的人。人們儘管有缺點，但都擁有善良的一面。」

所有弟子都感到很困惑。不僅堅戰尋找邪惡的人失敗，怎麼難敵也找不到一個善良的人呢？如果王國裡沒有善人也沒有惡人，那麼王國裡生活著哪些類型的人？

德羅納上師請弟子們放心，他清楚的說明了這個問題。

兩方差異源於個人認識的不同。換句話說，差異取決於我們各自是如何看待他人，而且，與這每個人的秉性也有關聯。善良的人會試圖看見所遇之人的善良素質，邪惡的人只會看見別人的邪惡面，這是每個人的天生素質。

難敵與堅戰兩人都在王國內的同一群人之間旅行。在難敵看來，每個人都看起來有些狡猾邪惡，堅戰則發現人們都有點善良無私。我們是難敵或堅戰中的哪一人呢？

07 左手遮杯的理由

《摩訶婆羅多》的悲劇英雄卡爾納（Karna），在史詩出現的著名俱盧之戰中，絕對是所有戰士裡最偉大的戰士。他曾是鴦伽國（Anga）[31]的國王，戰鬥技術卓然超群，連黑天都警告箭術高超的阿周那，絕對不要小看他。

卡爾納原是王室之子，但他的母親身為公主，為了隱瞞自己未婚懷孕，他一出生就被放入用蜜蠟塞住縫隙的籃子裡，丟至恆河。

籃子漂流了一陣子，被馬伕暨詩人夫婦發現，之後他就以不識生母的卑賤身分長大。隨著成長，他展現了自己的武術才能，最後成為一名優秀的戰士和演說家。

後來，他與生母相遇，發現自己在戰場上對抗的敵人是同父異母的兄弟們，不禁嗚咽低泣。他的一生充滿了善人與善人作戰時的痛苦情緒、責任、倫理、道義等，成為印度眾多藝術、詩歌、戲劇的主題。

經歷人生艱辛的卡爾納，不僅以戰鬥實力著稱，而且以樂於將自己的東西施捨他人的慈悲心聞名。無論他擁有的東西有多珍貴，他也毫不吝於送給想要的人。所以他被譽為最偉大的慈善家，為人稱頌至今。這一點讓所有國王都感到嫉妒。

有一次，黑天去王宮找卡爾納。當時，卡爾納正在為身體抹油，他習慣在洗澡之前用油按摩身體。他把油裝在鑲有寶石與鑽石的金杯裡，左手拿著杯子，右手在身上抹油。

黑天一看到杯子，便提出給他這只杯子的要求。那一天，卡爾納同樣帶著微笑，一刻也不猶豫，就把鑲有寶石與鑽石的金杯遞給黑天。

隨後黑天說道：「卡爾納，您現在是用左手遞杯子給我，這樣的態度不正確。不管什麼東西，給東西的人都應該用右手給。我想，這代表您不是很願意給我這只金杯。如果您不是誠心要給我，我也不想收下杯子。」

卡爾納為自己的錯誤行為向黑天請求原諒，並且解釋原因道：「請別誤會，我是真心真意想要給您這只杯子。現在我的右手沾滿了油，如果我在給杯子之前必須先洗

31 今日的孟加拉地區。

手的話，在那期間，說不定會改變心意。現在我很樂意給您杯子，但在洗手時，說不定會發現拒絕您請求的理由與邏輯。所以雖然知道那樣不禮貌，還是立刻把杯子遞給您。請您理解我的用意，務必收下杯子。」

從此之後，黑天經常說卡爾納擁有他人不具備的高貴品格。人的內心是善變的，很難保持一致。即使在既定環境下，最初的判斷與後來的想法也可能不同。如果這是對的道路和正確的計畫，就有理由在其他心理因素與疑慮影響高貴的決定之前，立即遵循且採取行動。

08 禿鷹們後來怎麼了？

一群禿鷹在叢林裡生活，牠們為了生存，每天都得竭盡全力尋找食物，捕獵動物。牠們必須鍛鍊高空飛翔的技術，憑藉敏銳的視力緊盯地底找食物。一旦發現獵物，就得像箭一樣，從高處飛下來捕獵。

雖然找食物需要飛行很長的時間，但唯有透過持續不斷的努力，才能生存下來。牠們為了自己與幼鳥們勤奮工作，從而得以維持強健的翅膀。

有一天，尋找食物的禿鷹群連續飛了長長的距離，結果，牠們飛到了離叢林很遠的地方。再飛了一段時間，禿鷹們意外發現一座長滿各式各樣花草樹木的綠色島嶼。

牠們飛越島嶼上方時，留心觀察到各種鳥、兔子、嚙齒動物和其他類似的小動物，成群和睦的跑跳嬉戲。那是一座非常具有吸引力的島嶼。

另一方面，令人驚訝的是，他們在這裡找不到會威脅生存的獅子、老虎或豹之類的大型動物。

禿鷹們大大放心。牠們想說，從此以後，不需要飛好幾個小時，不需要辛苦努力，只要待在島上，就能輕鬆捕獵食物。除了一隻禿鷹不喜歡久留此地的想法之外，其他禿鷹都覺得很幸福。

老禿鷹告訴同儕們：「我們強壯的翅膀和銳利的視力是最大的優勢，因此，我們才能長時間在高空飛行，透過敏銳的眼睛，從遙遠高處也能找到食物。如果我們待在無須太多努力就能輕易獲得食物的環境中，只會變得懶惰閒逸。長久來看，這種姿態對我們的生存沒有幫助。我們會漸漸遺忘數世紀來確實嫻熟掌握的狩獵技能，所以應該盡快離開這個地方。」

聽完牠的話，年輕禿鷹們都嘲笑牠是傻瓜。老禿鷹離開小島，請其他禿鷹同行時，所有禿鷹都沒有接受提議，拒絕與牠同行。

老禿鷹很沮喪，牠把其他禿鷹都拋在後方，獨自離開小島。

過了大約一年之後，老禿鷹再次前往小島，牠想知道其他禿鷹的命運。牠驚訝的發現許多禿鷹皆已死亡，還有幾隻受傷和殘廢。剩下的禿鷹變得疲弱不堪，看上去有氣無力，甚至飛也飛不高。

牠詢問為什麼禿鷹會淪於如此不幸的境地，一隻倖存者說道：「最初幾個月，我們待在這裡很開心，找食物和捕獵一點都不難。數個月間，我們完全不需要飛翔，因為附近就找得到食物。但是由於肌肉沒有活動，過去強健的翅膀開始退化。島上的生物數量也慢慢開始減少，食物變得匱乏不足。

「此外，原本棲息在島嶼盡頭的鬣狗、狐狸、胡狼、野狗等中型肉食性動物突然出現，開始在這裡狩獵。一旦可能的獵物全部都被吃掉，這些野生動物就以我們為目標。長久習慣了舒適寬逸的生活，我們很容易就被抓住。失去原本的敏捷機巧，失去快速強大的飛行能力，就很難避開牠們的急襲。我們之中許多禿鷹負傷而死。在糧食短缺與目前艱困的環境下，無法發揮捕獵能力使我們陷入了絕望的深淵。雖然很後悔沒有聆聽您的建議，自己貪圖安逸而待在這裡，但一切為時已晚。」

09 你的兒子與我的山羊的差別

一名男子在妻子去世之後，與晚年得來的兒子兩人相依為命。他全心全意撫養兒子到老，就算給他全世界，他也不換他的兒子。但有一天，兒子喊著發燒頭痛，突然就咽氣離世。

男子深受打擊，淚流不止，親朋好友再怎麼安慰也沒用。他不吃不喝，只是一直哭。他持續悲傷哭泣，像是自己也要死了一樣。

村子裡住了一名學者，他同時也是受到眾人尊敬的修行者。男子的朋友們去找他求助：「請您務必幫幫這位朋友。因為兒子去世，他傷心欲絕，不停哭泣。請您向他說明生與死的本質，讓他能夠克服與兒子的離別。」

學者信心滿滿的說道：「好，別太擔心。我會去拜訪他。一切都會好轉。」

他走近男子家，聽見房子裡悲慟欲絕的哭聲。學者敲了敲門，男子暫時停止哀泣，打開門來。

學者溫文和藹的說道：「令郎之死是神的旨意，您必須接受。令郎的靈魂是永恆的，絕不會死，它仍然以靈魂的型態活著。我們的肉身就像衣服一樣，死亡就像換衣服，只是外觀改變，如此而已。令郎仍然繼續活著，您們還會再次見面。」

學者引用了多部經典裡頭的文句，使男子理解明白。男子的內心逐漸平靜下來，不再哭泣。

兩年時間過去，男子克服了失落感而忙碌於工作。有一天，他路過學者的家，許多人聚集在門外。男子停下來問道：「發生什麼不好的事情嗎？為什麼所有人都一臉愁容的聚在這裡？」

在人們回答之前，男人聽到房內傳來的痛哭聲，那正是學者的哭聲。崇高的修行者肯定是為了什麼無法承受之事而哭泣。男子無法理解，究竟是什麼事讓一個如此博學睿智的人這樣嚎啕大哭？男子進入屋內，看見無法抑制悲傷而哭喊著的修行者。

男子小心翼翼的問道：「上師，您為什麼哭成這樣？」修行者拭去淚水說道：「過去兩年間，我得了肺結核。醫生說喝山羊奶能恢復健康，所以我買了一隻山羊。牠真的是一隻很討人喜歡的山羊，但是，今天山羊突然死了。」

男子不敢置信的問：「您是為了山羊死了而哭嗎？小犬死的時候，您不是建議我不要難過？您說死亡是神的旨意，靈魂是永恆的，絕不會死。就像換衣服一樣，死亡只是表面現象而已。但您卻因為山羊的死，如此痛哭流涕。我實在不明白。」

修行者說道：「此死與彼死截然不同。死去的兒子是令郎，但是這隻山羊是我的山羊啊！」然後，他又開始放聲大哭。

10 提前煩惱女兒嫁妝的男子

在西孟加拉邦的大城加爾各答，一名男子經營大吉嶺茶的批發。他的工作是購入每季在海拔二千公尺以上高山地帶茶田生產、散發麝香葡萄香氣的極品紅茶，然後轉賣給零售商。

多虧晚年得來的獨生女，他的幸福更加豐富濃厚。望著女兒的五官日益鮮明，他內心感受到任何東西都無法取代的喜悅。女兒第一次穿上莎爾瓦卡米茲（Shalwar kameez）[32]時，他彷彿看到了幼年的艾西瓦婭・雷（Aishwarya Rai）[33]。

但隨著女兒成長，他的煩惱也逐漸增長。他很明白，要找到一個優秀的男人嫁女

32 由束踝長褲與長衫組成的傳統服裝。
33 世界小姐出身的印度國民演員。

兒並非易事，他更擔憂的是嫁妝。儘管法律明言禁止嫁妝，但要覓得擁有良好學歷與家庭背景的新郎，可需要一筆天文數字的大錢。為此可能必須賣掉一輩子辛苦攢得的房子，甚至背負債務。

嫁妝的起源來自在國王時代嫁女兒給其他國王時，會送上大量禮物的傳統。為了向對方王國炫耀自己的財富，避免女兒被輕視，因此以嫁妝的形式送上馬匹、大象、黃金、寶石、土地等。這份禮物蘊含了父親送心愛女兒至遠方的情深意切。此一習慣逐漸成為普通家庭的一種傳統。如今，它已成為典型的惡習之一，有女兒的父母為此發愁，婚姻生活也為此變得痛苦不堪。

憂心忡忡的男子失去生活的熱情，患了憂鬱症。他的妻子用各種方法勸說丈夫，努力想讓他再次重拾活力。她的想法是未來歸未來，現在只需要專注在當下，但是丈夫聽不進去她說的話。

有一天，男子下班回來，妻子說道：「今天，朋友介紹我去看一個著名的占星師。他仔細端詳我的星盤，竟然猜中了到目前為止發生在我身上的任何事。我嚇了一跳，也問起未來，他說我會在這間房子再住四十年。聽到這句話，我非常煩惱，什麼事情也做不了，怎麼能夠在這間房子再住四十年呢？」

男子看著妻子，不明白她在說什麼。妻子繼續說道：「想想看我在這間房子四十年會做的事。我每天必須用三公斤的麵粉揉麵團，製作烤薄餅。這意味著我每個月必須用九十公斤的麵粉揉麵團，一年下來，要揉一千零八十公斤的麵團。四十年的話，我足足得與四萬三千兩百公斤的麵粉搏鬥。噢，天啊！我怎麼能夠用這麼多的麵粉揉麵團？光想就覺得可怕。」

妻子語氣更嚴肅的說道：「而且，我每天必須洗大大小小三十個盤子。一個月得洗九百個盤子，一年是一萬零八百個。這樣四十年下來，我得在這間屋子洗上四十三萬兩千個盤子。你認為我有精力與那麼多盤子搏鬥嗎？」

妻子用哽咽的聲音繼續說道：「不僅如此。我每天還要削十個馬鈴薯的皮，一個月是三百個，一年是三千六百個，四十年足足要削十四萬四千個馬鈴薯。你覺得我有這樣的體力嗎？我連四十年都活不了就要累死了。」

男人耐心聽完妻子的荒唐計算，最後說道：「妳的腦袋怎麼了？妳不用在一天之內做完所有的事，需要那麼苦惱嗎？這些都是日常工作，每天一點一點的做，抱著平靜的心情就行。我不知道妳是這麼傻的女人。為什麼要提前計算複雜的四十年份的家事，自尋煩惱呢？」

此時妻子說道：「你不也一樣嗎？你為什麼要想著還沒有發生的事情而如此憂心忡忡？為女兒找新郎的事和嫁妝的問題，等時間到了再解決就好。誰知道，說不定神會派給我們一個好新郎？而且，我們又不是百萬富翁，何必如此擔心婚禮的費用？再說，我們的女兒現在才五歲而已。」

第七章

不要傷害別人，
但要保護自己

01

眼盲之人才可以看得到的東西

德里的維爾巴德拉（Veerbhadra）國王外出狩獵，在返回宮殿的途中感到又渴又餓。此時，一行人在路邊發現西瓜田而滿懷期待。對於口渴的人，有什麼比西瓜更好的呢？國王指示隨從們摘來幾顆成熟的西瓜。他們走向西瓜田時，某處傳來笑聲，於是他們一致轉頭看往發出笑聲的方向，發現一名盲人坐在岩石上。

國王喚他問道：「你為什麼笑？」眼盲男子回答道：「國王指示摘來成熟的西瓜。但是，田野沒有西瓜。所以我不自覺就笑了出來。」

國王再次問道：「你的眼睛看不到，如何知道田裡沒有西瓜呢？」眼盲男子說道：「國王陛下，要知道任何事情，未必都需要眼睛。現在西瓜季節已經結束，所有成熟的西瓜都已經被採走，田裡只剩下一些爛瓜。」

前去田裡的隨從空手而回，報告了與男子相同的話。

國王對於眼盲男子的洞察力印象深刻，因此，他決定把他帶去王國的首都。說不定在解決國家的問題時，這名男子的智慧可以略有幫助。

他給眼盲男子一間位在城外市郊的狹小寫棚，然後每天提供兩碗飯。盲人於是展開新生活。

有一次，珠寶商帶著珍貴的寶石來到王宮。大臣們建議國王只買頂級寶石，不要草率做出決定。但聰明的珠寶商識破，宮中無人具備鑑別寶石真贗的見識。

他一手呈上真鑽石，另一手呈上假鑽石說道：「這裡有真鑽石和假鑽石。真鑽石的價值是十萬盧比，而假鑽石只不過是模樣相似的玻璃碎粒。希望你們之中最聰明的人可以上前來挑選真鑽石。但有一個條件，一旦選好之後，即使那是假鑽石也得支付真鑽石的價格。」

聽見此話，大臣們個個成為吃了蜂蜜的啞巴[34]，沒人敢再建議國王。國王看見此狀，當場把眼盲男子喚來。

34　文中「吃了蜂蜜的啞巴」一詞源於印度詩人卡比兒的詩。卡比兒在詩中將真理比喻為「甜蜜的蜂蜜」，唱誦體驗真理的人只會變成啞巴，如同嘗到蜂蜜之人無法以言語述說蜂蜜的滋味而變成啞巴一樣。

「我們來測試一下他是否擁有鑑別真假鑽石的能力。」

大臣們面面相覷，露出嘲諷的微笑。眼盲男子如何能夠辨別鑽石的真假？就連視力良好，擁有淵博學識的他們都不可能做到了。

不一會兒，眼盲男子到了，國王的管家向他說明情況。

眼盲男子請珠寶商將真鑽石與假鑽石分別放上他的雙掌。珠寶商按照他的要求做了，然後，眼盲男子在陽光映照的地方，攤開手掌，站了一會兒後，把其中一個遞給國王說道：「這是真鑽石。」

珠寶商不得不懷疑自己的眼睛，眼盲男子居然準確辨識出真品。

國王付給珠寶商鑽石的價格後，向眼盲男子問道：「你如何辨識出真品的？」

眼盲男子說道：「陽光映照在鑽石和玻璃碎粒上的時候，玻璃碎粒會變熱，但鑽石不會。」

國王對於眼盲男子的說明感到很滿意，從那天起，改成每天提供給他三碗飯。

有一天，一對兄弟為財產糾紛來到宮廷法院，請求國王做出判決。他們的父親去世之後，留下一大片土地作為遺產，其中一半土地肥沃，但另一半是貧瘠荒山。由於土地上有池塘、森林和河流，很難公平分配。所以他們才來國王的法院受審。

大臣們聽完了關於土地的一切說明後，意識到不可能公平分配。不管怎麼做，都很有可能聽到一方埋怨。因此，國王再次請人帶來眼盲男子。大臣們無法理解，連經驗豐富的自己都陷入困境，失明的人如何解決這麼棘手的土地分配問題。

聽到所有的說明，眼盲男子微笑說道：「請兄弟其中一人將整片土地一分為二，然後請另一名兄弟選擇他想要的部分就好了。由誰來劃地，由誰來選擇，這用抽籤決定就行。」

兄弟倆都欣然接受這項決定。如此令人傷腦筋的問題，一下就迎刃而解。

就這樣，眼盲男子住在城市郊區的狹小窩棚，每當王國中出現複雜的問題或爭執時，他都會為國王提供正確的解決方案與建議。

某天下午，國王覺得無聊，遂命令管家去把眼盲男子帶來。

國王興致勃勃的問道：「你聰明絕倫，富有智慧，見識深刻。無論再怎麼棘手的難題，都能在你敏銳的洞察力下迎刃而解。但我不免驚訝，你到現在還沒有看出其實我的這個王位不是合法繼承，而是非法篡奪而來的嗎？」

此時，眼盲男子以平靜的口氣說道：「這個我從一開始就知道。」

「你怎麼知道的？」國王好奇問道。

眼盲男子說道：「因為一個有王室高貴氣度的人，在他人的協助之下解決了最棘手的問題時，不會如此不近人情，只讓協助他的人住在城市郊區的一個房間，每天扔給他三碗飯。」

國王羞愧的抬不起頭。貪婪與吝嗇是內在藏不住的，會從臉部表情和動作中表現出來，即使是眼盲的人，也能夠感受得到。

02 蛇的誤解

一群村民來找正在山洞裡冥想的男子。經過多年的冥想修行，男人獲得了能夠解決任何問題的智慧。

喘氣爬上山的人們，向他哭訴心中的害怕不安：「聖人，請務必幫助我們。有隻巨大的毒蛇使村子陷入恐懼！」聖人沒有回答，繼續沉浸在冥想中。

村民們互相看著對方，催促非正式的發言人再次說道：「我們在幾公里外也會聽到蛇的嘶嘶聲。蛇在路上，無論是否受到威脅，都無情狠咬經過的人，任何人都不許進入牠的領土，不管逃得多快，它都會迅速趕上。被蛇咬死的人不只一、兩個。導致我們害怕去田裡，害莊稼都枯竭了。蛇毒不是唯一殺死我們的東西，我們也快要餓死了！拜託千萬要幫助我們。」

像大多數的靈性之人一樣，聖人也是仁慈的。聽完這些話，他了解事態的嚴重性，遂從稻草堆成的位子起身。

「我們來見見那條蛇吧。」

他話一說完，村民們都滿懷希望的歡呼。他們尾隨聖人去尋找那隻擁有強力巨毒的敵人。

此時，他們走到一個現在猶如幽靈之地的前住居，四面八方迴盪著蛇的嘶嘶聲。蛇不理鐵耙或火炬，迅速逼近村民，還打算擺出噴毒的姿勢。

「誰膽敢進入我的領土？」

人們驚恐的退後一步，但是聖人絲毫不害怕攻擊自己的毒蛇，靜靜站著不動。

當蛇滑行時，綠色和黑色的鱗片在陽光下悠悠晃晃，如同波浪起落一般。

「真是太美了！」聖人想著。聖人沒有像其他獵物一樣逃跑，蛇困惑的停下來望著他。

「再靠過來一點，這美麗的傢伙。」聖人喊道。

從來不曾聽過如此親切言語的蛇，聽到這兩句話愣住了。聖人話中的溫暖取代了蛇心中熊熊燃燒的憤怒。這條蛇失去了凶殘的侵略性，向聖人滑行而去，在聖人足前溫順扭成圈狀，以示尊敬。躲在樹後的村民們聽不見聖人和蛇的對話。但是，他們不敢相信自己的眼睛，只是遠遠看著他們。

「你的美麗令我深受感動。」

聖人像老朋友一樣對蛇說話：「但是你為什麼打擾村民？」

蛇什麼也沒說，搖了搖頭。

「放棄你侵略性和破壞性的方式，別讓貧困的村民們陷入恐慌。從現在開始，千萬別再咬人。他們不是你的對手，你在森林裡已經有足夠的食物。」

蛇被聖人有氣度又友善的命令感動，向他鞠躬行禮，保證不再傷害村民。

任何人都可以藉由做出新的承諾來展開新生活，蛇也不例外。他不再傷害任何人，憑良心遵守諾言，開始嶄新的生活。蛇已經完全變了。

從那天起，村民們恢復了幸福，產量翻了一倍，放心的放牧牛兒吃草。孩子們在森林裡盡情跑跳嬉戲。聖人回到山洞，繼續自己的內在旅程。這聽起來像是一個幸福的結局，但還不到安心的時候。

幾個月後，聖人為了取得能夠維生的食物而下山，就在穿越村子時，他發現那條蛇蜷縮躺在樹根附近。蛇被輾過，看上去像是死了。鱗片脫落，虛弱負傷，看起來全身痛苦不堪。

聖人以親切的語氣問道：「親愛的朋友，究竟發生了什麼事？」

蛇回答道：「這就是善良生活的結果。」

雖然毒液已乾，蛇還是一股腦兒吐苦水：「我聽從您的命令，拋棄原本侵略性的生活。不管村民對我做什麼，我都置之不理。看看結果發生了什麼事。每個人都向我扔石頭，用木棍打我，連孩子們都捉弄我，狠狠拖著我的尾巴走。現在我只是笑笑而已，不過，我一直信守著與你的諾言，只是結果變成這副模樣。」

聖人笑著說道：「啊，善良的蛇。你按照我的吩咐去做，但不完全理解我的意圖。我告訴過你不要咬人，但沒有說過不可以用嘶嘶聲來嚇人。我沒有說過要你處於無防備的狀態。**攻擊別人是不對的，但是你必須知道如何保護自己。你忘了自己夠強大的事實嗎？**」

蛇才起身，知道自己該怎麼做。村民們聽見嘶嘶的聲音如惡夢般返回，小心翼翼的接近。從此之後，村民和蛇全都相安無事的生活。

03 礫石與岩石

在一望無垠的美麗平原，一名農夫在肥沃的土地上務農。他認為自己是當地運氣最差的人，其他田地都完全平坦，易於耕作，但他持有的田地有一個問題。

每次耕田，總是在田中央撞到岩石。埋在土裡的岩石，只稍微露出尖銳的末端，不知從何時起，岩石在長久的歲月裡一直嵌在那裡。在田間工作時，農夫的腳屢屢絆到突出的岩石而受傷；農具撞到岩石，還多次損壞。

牽著農具的母牛也曾因岩石傷到牛蹄，不知跛了幾次腳；農夫的妻子提食物來，絆到跌跤，幾乎摔斷了腿。

但是，農夫認為岩石的尖端其實是埋在地下之巨大岩石的頂部，因此，挖掘岩石幾乎是不可能的。即使開始進行挖掘作業，也需要大量的精力、人力和時間，而且無法估量岩石的大小，不能確定是否會成功。如果岩石太大，所有的努力和嘗試都徒勞無功。

因此，數十年來，農夫一直沒有嘗試挖出嵌在那裡的岩石。長期以來，他一直忍受著成為絆腳石的障礙物。他相信岩石是他無可奈何的命運，認為想要改變現況，沒有任何事是自己可以做的。

有一天，他在耕田時，新購買的農具又撞到突起的岩石上，整個報銷。雖然一直以來都忍著，但是那天實在太生氣了，農民決定不惜一切代價，把岩石挖出來。

他喚了幾個村民來幫助，他們爽快答應幫忙，開始聯手挖岩石。起初，他們以為岩石龐大又埋得深，很難挖得出來。

但實際上挖起來，大家都很驚訝。岩石比預期要小得多，連稱它為岩石都覺得彆扭。短短半個小時，岩石就從根部舉起，被丟出田外。

農夫顯得手足無措，為了這麼小的石頭，把人們都喚來，他感到很不好意思。以為石頭很大的錯誤想像，對於未經確認之事的信念，使農夫與家人必須長期忍受，甚至身上負傷，更換農具無數次。但實際嘗試一看，就只是微不足道的小問題。

比起面對問題，當我們迴避問題時，問題會變得越來越嚴重，威脅我們。會不會是我們自己把礫石與沙子程度的問題，弄成像岩石一樣大呢？

04 修道僧與蠍子

一隻站在河邊的蠍子，拜託青蛙背自己過河。此時，青蛙問道：「我要如何相信你不會用毒針刺我？」蠍子說道：「如果我刺你，我也會溺死。為什麼要那麼做？」

想了一會兒，青蛙判斷蠍子說的沒錯，隨即背蠍子過河，但是在河中央，蠍子的毒針扎進青蛙的後背。當牠們倆沉入水裡時，青蛙嘆氣問道：「為何刺我？你也會死啊。」蠍子嘆氣說道：「因為那是我的本性。」

北印度的阿拉哈巴德（Allahabad）是印度教的代表聖地，亞穆納河[35]、恆河與神祕的薩拉斯瓦蒂河（Saraswati River）在此交匯。人們相信，如果在當地河裡沐浴，不僅能夠洗除到目前為止的惡業，還能預先洗去未來犯的罪，得以擺脫輪迴的痛苦。

35 印度北部恆河的最大支流。

一天早晨，一名修道僧來此地沐浴。他在河岸脫下橘色修道服與唸珠項鍊（mala）後，走進水裡，首先向太陽祈禱。然後在灑水時，偶然發現一隻溺水掙扎的蠍子。蠍子沒有游泳的能力，這樣放著不管的話，他知道蠍子會溺死。

修道僧看到蠍子沉入水中掙扎的樣子，心生憐憫。因此小心翼翼的把蠍子提起，放在手掌上。然後，為了把蠍子帶到河邊的沙灘，他開始手撥水流，挪動腳步。

好不容易在淹死之前被救起的蠍子，一恢復精神，就不自覺的把尾巴的毒針刺入修道僧的手掌。意外遭刺的修道僧無法忍受痛苦，高聲驚叫。他本能的揮手甩掉蠍子，蠍子又沒入水中。

片刻之後，修道僧從痛苦中恢復，他看到蠍子在水中掙扎，再次感到同情，又輕輕把這隻毒蟲提到手掌上。但是在到達河邊之前，再次遭到蠍子以毒針刺傷。比第一次更強的蠍毒傳到手臂上。在瞬間的痛楚之下，修道僧一揮手，蠍子又再次掉入河中，這次修道僧也沒有放棄，再度拯救了掙扎的蠍子。

一名男子從河岸見到此景，極力喊道：「放下蠍子！否則，繼續被毒針刺傷的話，您會有生命危險。讓蠍子負責蠍子的命運，對毒蟲大發慈悲是沒有意義的，蠍子是不會變的。」但是，修道僧無視他的忠告，把蠍子放在掌心，繼續朝河邊走去。

就在幾乎抵達河邊的時候，蠍子第三次扎下毒針，疼痛蔓延到肺部和心臟。修道僧一踉蹌跌入水中，但還是保護蠍子不掉進水裡。男子見此狀，急忙跑過去，把修道僧從水中拉出來，修道僧伸出手，成功將蠍子放到河邊的沙灘上。蠍子頭也不回，迅速消失在沙地裡。修道僧看著牠微笑。

男子不明所以而問道：「您怎麼能夠在這種情況微笑呢？您差點就因為那個危險的傢伙而喪生。顯然蠍子會繼續刺你，為什麼您還是不放棄，要救蠍子到底呢？」

修道僧說道：「您說得沒錯。蠍子會繼續刺我，但這不是出於惡意或仇恨。正如水會弄濕物品的本性，蠍子的本性是螫刺。因此，蠍子只是忠於牠的本性而已。蠍子無法意識到我要把他帶到一個安全的地方。那是蠍子本性無法達到的意識層次。不過，就像用毒針螫刺是蠍子的本性一樣，拯救處於危險中的生命是修行者的本性。

「蠍子忠於牠的本性，我則忠於修道僧的本性，沒有任何不對。蠍子不放棄自己的本性，那我為何要放棄我的本性呢？所以我笑了。我和蠍子都遵循了本性。」

你忠於什麼本性呢？你是遵循自己內在較低層次的本性，還是遵循較高層次的本性？遵循什麼本性取決於你的選擇。

05 國王與學者

在北印度的北方邦地區有一個說大不算大，說小不算小的王國。該王國有個留著長長鬍鬚，鬍鬚兩端捲翹向上的國王，還有一群鬍鬚稍短，但很擅長阿諛奉承或隨聲附和的大臣。這些大臣當中，有一名學者精通多部經典。

這位宮廷學者的一個缺點是，身為國王的顧問，儘管學識過人，自己卻未能按照經典的指導生活。當然，他離靈性開悟還距離遙遠。不過，由於他知識淵博，能言善道，國王在任何情況都會傾聽他的建議。在國王的援助之下，學者能夠住進一間適當大小的房子裡，衣食無虞的養活自己的妻兒。

他的兒子二十多歲，很少待在家裡。只有吃飯時才回來，吃完飯又出去，大部分的時間都與住在森林裡的聖人一起度過。學者忙於應付國王善變的心情，所以沒有時間探問兒子的行蹤，或者與他聊聊關心的事。在聖人的影響之下，兒子深受冥想世界的吸引，從日出到日落，大部分的時間都在探索內在。

冷冽的冬天過去，春天來臨，在互灑五顏六色顏料的灑紅節（Holi）一個月前，某一天，國王把學者喚來，他鬍鬚兩端輪流抽搐，一口嚴厲的說道：「據說古代俱盧國的繼絕王（Parikshit）在聆聽賢者蘇庫德夫（Sukhdev）講道之後，一下就獲得精神解脫。紀錄上，他只花了七天的時間。為了能夠體驗擺脫一切束縛的自由，從現在起，我給你一個月的時間。如果在這期間內，你無法準備好能夠引我開悟、帶給我靈性自由的講授，我會解除你的職位，沒收你的財產。不僅如此，你全家人都得被驅逐出境。」

這個突如其來的命令，使學者陷入無法言喻的恐懼與不安。這衝擊不是猴子從樹頂打落巨大的椰子果，剛好正中腦袋所能比擬的。他自己也知道繼絕王達成解脫的故事。因此，國王的要求非常不合理。

「如何能夠對像我如此平凡的學者寄予這麼高的期望？難道不知道其實眾多僧侶與學者在七天之內閱讀經典給繼絕王聽，但通通被打回票嗎？所以最後才求助於位在天界的賢者蘇庫德夫嗎？」

但是，他比任何人都清楚鬍鬚般糾結的國王性格，知道他的命令是無法挽回的。

現在，學者連心愛的甜點都食而無味，苦惱日益加深。

灑紅節近在眼前，某天，全家人一起吃晚餐。通常兒子另外自己吃飯，幾乎不與父親照面。這天，兒子從父親的滿面愁容得知父親無法好好用餐，他詢問父親原因。

學者認為兒子沒用，不想回答。此時，母親將滑落至肩的紗麗下擺拉到頭上，告訴兒子一切事情。面對春日女神決定帶給他們貧窮與毀滅，學者的妻子像枯竭油燈的火花一般顫抖身體。

不過，兒子絲毫不受家人即將面對的命運動搖，以鎮定的語氣說道：「父親，別太擔心。請您明天帶我去王宮，並請國王暫時接納我為古魯，遵循我的指導。」

聽到這麼荒誕的話，學者瞪大眼睛，但現在別無他法，他心想說不定兒子有能將他們從危機中解救出來的妙策。

命運之日來臨，天一亮，學者的妻子在房內的小雕像前奉上新鮮的金盞花，燒了香，誠心奉上連陶土神像也會感動的普迦敬神儀式。重整戴上白色包頭巾的學者，偕同兒子抵達王宮，向國王訴說兒子的提議。

國王原本捲曲的鬍鬚又更卷了，他以懷疑的目光觀察學者的兒子。學者非常不安，但兒子在國王面前依然不失鎮定。國王覺得必須在大臣們的面前表現出自己的寬容大度。因此，他佯裝欣然接受提議，接納這名年輕人為古魯。

所有目光都轉向國王與年輕的古魯。連服侍的佣人與侍衛兵都忘記本分，關注這個意外情況。最令人驚訝的是，學者的兒子指示國王取來結實牢固的繩索。學者不安到極點，連頭上戴著的白色頭巾也變得鐵青。他完全無法預測異想天開的兒子會做出多麼愚蠢的事。現在他怨說帶兒子來是自己無知，但為時已晚。

國王命令侍衛兵取來繩索，學者有不祥的預感而身體顫抖。他赫然想到，不知道兒子要用這繩子來綁誰。如果兒子說要直接綁國王的話，該怎麼辦？

果不其然，兒子向侍衛兵指示：「把國王給綁來。快把國王綁在那根柱子上。」每個人都啞然失色，侍衛兵們很緊張。不知眼睛是瞪大還是變大的國王，鬍鬚兩端稍微抖動。但不久之後，國王溫順的同意被綁起來。現在，生氣只會顯得小家子氣。他自己也很好奇這情形會如何收場。

國王被綁在柱子上之後，兒子又下令再拿一根繩子來，這次是把父親綁在另一根柱子上。因此，學者也被綁起來。被繩索綁起來時，怒氣沖冠的學者屏氣破口大罵，決心要在國王下達處罰之前，先狠狠懲罰兒子一頓。

此時，兒子指示他說：「父親，現在請您釋放國王。」這位學者再也忍不住怒火，雖然身體被綁著，還是激動喊道：「你這個蠢傢伙！沒看到我被繩索綁起來嗎？自己被綁住的人，如何能夠釋放其他人？你不明白那是不可能的事情嗎？」

那瞬間，發生了驚人的變化。在兒子回答之前，國王先以安靜而謙遜的語氣說道：「我明白了。那些受世俗事務與慾望束縛的人，無法釋放其他被束縛的人。實際上，沒有人能夠打破他人的束縛。如果不能用自己的力量擺脫慾望與幻想，那與用一條看不見的繩索繼續綁著自己沒有兩樣。」

學者也肅然起敬，大臣們忘卻誇張隨聲附和的習慣，默默的點了點頭。就這樣，在國王與學者被綁在彼此的柱子上時，灑紅節翩然降臨。

06 兩隻鳥

有兩隻鳥坐在同一棵樹上。牠們的羽毛相同，外表相同，但一隻鳥命中註定會死，另一隻鳥則是永生鳥；命中註定會死的鳥停留在樹下方的樹枝上，永生鳥停留在樹頂的樹枝上。

下方樹枝的鳥不停嘰嘰喳喳，跑來跑去採果實吃。果實苦澀時，覺得自己不幸福；果實甜美時，覺得自己很幸福。牠老是覺得不滿足，想要吃更多的果實，擔心其他鳥把果實先採走。牠活蹦亂跳，一刻也不停歇，比較著這個果實與那個果實。

坐上方樹枝的鳥不吃東西，只望著世界。這隻鳥與下方的鳥不同，沒有欲望也不感飢餓。不會鬧著說喜歡或討厭，喊幸福不幸福，只是在完全的寂靜中一動也不動。

一隻鳥與世界相繫，另一隻鳥脫離世界，自由自在。一隻鳥在樹枝上奔波度過光陰，另一隻鳥感受到平和與喜悅。雖然下方樹枝的鳥忙於尋找果實，上方樹枝的鳥只對存在本身感到幸福，對於果實是甜是苦不感興趣。牠感到心滿意足，不盼望更多。

有一天，下方樹枝的鳥嘗到苦澀的果實，覺得很難受，仰望著在上方樹枝，與自己長相一樣的鳥。

「那隻鳥是什麼？我這麼忙碌奔波又不快樂，為什麼牠如此超然？」

有了這樣的想法，抱著想與那隻鳥一樣的心情，牠朝上方的樹枝更上一階。但不久，牠又無法戰勝誘惑，著迷於另一顆果實。遇到苦澀的果實時，牠又非常痛苦，仰望上方的平靜鳥兒，然後再上一階。但沒多久，牠又遺忘，習慣性的沉迷於果實。

如此反覆了無數次之後，下方的鳥到了上方鳥兒坐落的頂端樹枝。剎那間，整個視野變得不一樣，牠意識到原來自己就是上方的鳥。牠們其實是同一隻鳥，而非不同的兩隻鳥。而且牠覺悟到，在下方樹枝採甜果實、苦果實來吃，感受到的快樂與哀愁，全都是幻影殘夢。這是載於印度古代哲學著作《奧義書》的寓言。

從這樹枝移動到那樹枝的鳥是我的心，沉靜棲息在上方樹枝的鳥是我的真我。沉溺於果實滋味的鳥是自我，超然看著一切的鳥是真我。兩者一同停留的樹木，就是我的身體。

世間層次的鳥從這樹枝移動到那樹枝，不斷追求快樂，但在嘗到苦果的瞬間，會意識到期待的虛幻，逐漸接近上方樹枝的鳥。

當下方的鳥認出上方樹枝的鳥，從那一瞬間，牠開始擺脫苦痛，享有自由。有限自我往無限自我推進。經歷人生的同時，兩個自我慢慢越來越近，最終合而為一。因此，《奧義書》說，有一天，意識到無限自我就是自己時，將會達到完全的平和。

我的內在，不只有我，還有注視著我的我，必須與那個我越靠越近。

07 別把駱駝綁在你身上

有名賢者居住在拉賈斯坦沙漠。信蘇菲派（Sufism）[36]的他，過著游牧民族的生活，同時實踐博愛主義。人們從遠方來到他的營地，向他請託必要協助，尋求各種問題的答案。

賢者不僅透過建議提供靈性療癒，也樂於與人分享自己擁有的東西。他願意提供任何協助的模樣，人們銘感在心，也打從心底尊敬他。

為了報答，人們不時會送他駱駝作為禮物，這是沙漠裡最有用的動物。與他在一起的幾名弟子會照顧這些收到的駱駝贈禮，後來，駱駝的數量逐漸增加，他們就分給貧窮的游牧民族，送出的駱駝多達五十隻。

有一天，有個人來到賢者的帳篷。光看外表就是一副非常困惑的面孔。他無法應付自己在生活中遭遇的問題，因此來見賢者，尋求一個永久的解決方案。

賢者側耳聽完他的問題，供他飲水與食物。然後，賢者說明天再告訴他答案，同時拜託他當天晚上幫忙看顧駱駝。男子欣然同意，賢者告訴他必須遵守一件事。就是在全部的駱駝坐下歇息之前，不能闔眼睡覺。一般駱駝會站立很長時間，然後坐下來休息一會兒。不過，一旦完全休息之後，又會再次站起來吃飼料。

男子徹夜未眠，看守駱駝。某些駱駝坐著，但其他駱駝站著。幾隻駱駝在營地周圍徘徊，其他幾隻站著忙吃飼料。過了一會兒，原本坐著的駱駝中有幾隻起身，開始繞周圍移動，而之前站著的駱駝中，又有幾隻坐下來休息。

直到午夜，男人持續注視駱駝，等著所有的駱駝坐下入睡。他想按照賢者的指示，等所有駱駝都坐下之後，再去睡覺，但徹夜找不到一個所有駱駝都坐下的瞬間。整個晚上，在其他駱駝坐著的時候，總有幾隻站著或跑來跑去。他努力試圖讓站著的駱駝坐下，但以失敗收尾。

結果，他徹夜都無法入眠。第二天，他一出現在賢者面前，賢者問道：「昨晚睡得好嗎？」男子告訴賢者夜裡發生的事：「因為您囑咐我，要等駱駝一隻不剩都坐下

36 伊斯蘭神祕主義。

休息之後，我才能睡覺，所以我持續看守。但整個晚上都是幾隻坐著，幾隻站著。我一直等候站著的駱駝坐下，但當他們坐下來休息時，稍早坐著的駱駝又站起來了。反覆同樣的情況，結果，所有駱駝都坐著的情況，連一刻也沒有。」

因此，他說他徹夜看著這種情形，無法睡覺。

賢者審慎的聽完男子說的話，然後說明道，他在日常生活中遭遇的問題，根本原因與駱駝的行為非常相似。

就像駱駝會站立或坐著一樣，生活的問題會反覆發生與消失。當我們發現一個問題的解決對策，努力變得幸福時，另一個問題又出現，這使我們陷入泥沼。就像一隻駱駝坐著時，另一隻駱駝站起來一樣。這個問題出現並得到解決時，又出現另一個問題，這樣的循環是我們人生在世必然持續遇見的。

永遠脫離問題的解放是不存在的。問題隨時都存在，等著我們解決。所以，雖然我們必須謹慎處理問題，但不能因此無法睡覺。因為把駱駝綁在自己身上時，自己也被綁在駱駝身上。面對問題時，必須能夠充分休息。

就像游牧民族一樣，他們為了穿越漫長的沙漠，晚上一定會充分休息，無論駱駝坐著或站著都不受干擾。令旅人厭煩的不是眼前的道路，而是鞋子裡的沙子。

08 濕婆、死婆

為了再創造世界而扮演破壞角色的濕婆神，是印度人認為最富人情味的神。在梵文中，「濕婆」的意思是「親切、感性、仁慈、賜予恩寵的人」。

人們相信，用純真的祈禱接近神，就很容易擄獲神的心。這就是為何祂也被稱為「阿舒塔什」（Ashutosh），意為「易於取悅的人」，或是「普勒納特」（Bholenath），意為「天真單純」。即使沒有舉行複雜的儀式，任何人只要懷著單純的尊敬之心，或者僅僅奉上一枝木橘葉（bael）[37]，濕婆神都會欣然賜下恩寵。

反之，那些吹噓自己的經典知識，諳知供奉濕婆神的儀式程序或心咒，卻因此自以為是的神職人員或宗教學者們，不時會被濕婆神拒絕接近。

37 阿育吠陀也提及的實用藥用植物與神聖樹木。

有一名少年很崇拜濕婆神，他為當地人打雜，生活困苦。由於出身階級低下，他沒有機會上學，也不被允許自由進出寺廟。不過，少年在工作時，心緒總是固定想著濕婆神。因此，像唸祈禱文一般，他隨時隨地都默誦著：「死婆、死婆、死婆！」

有一次，一名神職人員階級的婆羅門人經過，聽見少年默誦的祈禱文是：「死婆、死婆、死婆！」婆羅門人大吃一驚，抓住少年說道：「你這笨蛋！知道現在你喃喃唸著什麼字詞嗎？」

少年害怕的說道：「我只是在呼喚神的名字而已。」

「真像個白痴！」婆羅門人喊道：「你應該吟誦『濕婆、濕婆、濕婆』，而不是『死婆、死婆！死婆、死婆』，死婆是屍體的意思。你怎麼連神的名字是濕婆都不知道？」

可憐的少年聽說這事實，嚇破了膽。

婆羅門人再次喊道：「濕婆神一定會為這件事懲罰你。」少年現在深感恐懼，他向婆羅門人乞求原諒：「請您告訴我該怎麼做。」

「從現在起，你要懷著贖罪的心，每天默誦濕婆神的名字十萬遍。濕婆、濕婆！濕婆、濕婆！要這樣說，不是死婆、死婆！」

婆羅門人如此訓斥一番後離開。

神職人員對於自己拯救了一個可憐的靈魂和善盡自己的職責感到滿意，回家後向濕婆神做禮拜。入睡時，他做了個夢。夢中他在自家備有的祈禱室與濕婆神交談。

他對濕婆神說道：「有時候，我對人們的無知感到無比驚訝。今天白天也是，一個不識字的少年想默誦您神聖的名字，卻喚著死婆、死婆。怎麼會這樣？不過，我讓這孩子明白自己的錯誤。對於自己盡了救贖靈魂的義務，我感到非常幸福。現在這孩子會準確背出您的名字。身為獻身於您的人，我感到無比喜悅。」

濕婆神生氣說道：「那名少年是比你更真誠的獻身者。」婆羅門人嚇了一跳，抽動著鬍鬚問道：「神啊，為何如此？」

濕婆神說道：「對我而言，死婆、死婆或濕婆、濕婆並不重要。反正，那只不過是人類給我的稱呼。無論少年用何種語言，字詞背後只有他高聲喚我的情感，真實又純真的情感。他無其他意圖。但是，糾正他的你，真正意圖是證明自己的優越性，以及指責少年的無知。結果，可憐的少年害怕唸錯我的名字會引起我的憤怒，現在不再呼喚我的名字。你奪走少年純真的虔誠，換成對此感到恐懼！這是哪門子的獻身？」

第八章

逃避命運，反而撞個正著

01 國王的人生課

一名強大的君主統治著繁榮的王國，在他的統治之下，藝術和科學蓬勃發展，經濟蓬勃發展。大臣們睿智明理，為國事殫精竭慮。王妃是品行良善的美人，子女們聰穎聽話。他的軍隊強大到足以將所有敵人拒之門外。

他有閒暇探索某些領域，因為理解速度快，也在短時間內就能學到許多東西。在這個世界上，沒有任何東西是他無法擁有的。

但是，他覺得自己缺少了什麼。平靜離他而去，失眠在夜晚困擾著他。他極想見到能夠治癒此一不安感的賢者。他聽傳聞說，在遙遠城市有一名擁有偉大智慧且開悟的賢者。

他立刻去見賢者。賢者身材清瘦，看來好幾天沒洗澡。長髮凌亂，衣衫襤褸，近乎全裸，但一雙眼睛散發不尋常的光芒。可以知道他是如傳言般的偉大存在。

國王以急切的語氣問道：「古魯，請告訴我，您真的幸福嗎？」賢者回答道：「當然，我怎麼可能會不開心？」

國王感受到他此言屬實，懇求他來王宮指導他。賢者接受國王的邀請，但提出一個條件。他說，如果國王認為他的行為有任何一點問題，他會當場離開。

在王宮裡安家落戶的賢者，立刻開啟他肆無忌憚的奢侈享樂生活。理髮師和按摩師每天早上來為他緩解疲勞，每一餐享用最頂級的食物；最佳裁縫為他製衣奉上，魔術師與伶人為他帶來歡樂；雕刻家還以他為模特兒製作雕像。

對於賢者出乎意料的轉變，國王不禁大吃一驚。但是，為了信守承諾，他指示眾臣順從賢者的要求。眾臣抱怨連連，但即使覺得國王喪失理性，還是只能遵從命令。

每天晚上，國王接受賢者的指導一個小時。此時，賢者成為一個完全不同的人。他的話語蘊含真理的共鳴，從中學到許多有關統治者治國理政的實務與哲學。

但在其他時候，國王感到絕望，他很後悔自己的衝動邀請。這名侵入者在王宮裡像煙囪一般哈菸吐氣，隨時都在喝酒，還經常去追宮內的女人。

最終，國王再也無法忍受，氣憤的要賢者看看自己的樣子，看他墮落到何等膚淺的境地。國王主張道：「您我之間有何區別？這樣的您能夠教我什麼？」

賢者神情愉悅的說道：「我很好奇你何時會爆發。你違反了約定，所以我會離開。說你我之間沒有區別的話是錯的。我們之間有一個很大的區別，在你理解這個區別之前，還是無法擺脫像現在一樣的煩惱與痛苦。」

國王大喊：「您說有何區別？您和我沒有絲毫不同，您同樣沉溺於世間的享樂，甚至比我更積極追求歡樂。」

賢者靜靜說道：「你還不知道一件事實。無論如何，我會離開。但你是一個好人，意圖值得尊重。因此，我會教你我倆之間的區別，作為離別禮物。但是，我不能在王宮裡告訴你，你必須單獨跟隨我十五天。」

於是，兩人啟程，旅行至遠方。國王數度要求答案，但賢者只是微笑。不久之後，他們抵達邊境，但賢者繼續前進。

國王停下腳步抗議：「我無法越過邊境，在這裡就得折返。很多工作等我解決，我很後悔又被你耍了。請快點告訴我您與我的區別，然後繼續走您的路。」

賢者脫下身上的衣服並丟掉，然後說道：「我們的區別在此，雖然我過得安逸奢侈，但現在毫無戀棧的離開，我沒有一刻的遺憾或留戀，快樂的時光現在已成過去。我在毫不動搖而完全平靜的內心裡，接受這個真理。」

他繼續說：「反之，你過度迷戀王位，所以無法放下。你為了王位，隨時準備放棄靈性的追求，這正是障礙。你尋找的東西就在眼前，但唯有放下握著的東西，才能接近尋找的東西。這就是我們兩人的區別。回到你的王宮，賢明的統治國家。我會為你祈禱，希望有朝一日你能自己領悟這個真理。」

國王恍然大悟。他記起自己每天晚上從賢者那裡學了多少東西。他真誠的請求寬恕，懇求賢者重返王宮。

賢者微笑說道：「如果我又回去的話，你會無盡的懷疑，究竟我是戴著上師面具的人，還是真正的上師。現在，我沒有什麼要教你的了。快點回去你的王國。」

賢者講完話，就頭也不回的離開。

國王回到王宮，重新開始統治。與以往不同的是，他始終在腦海中記得賢者說的話。他在世上盡一切努力的生活，直到領悟隨時能夠放下的真理。

02 常識與知識

一個村子裡有四名年輕人，他們從童年時代就是朋友。每個人都是貴族世家出身，人們冀望他們將來晉升高官或成為國王的顧問。為了不負期待，他們決定各自主修不同的領域，學畢之後再相聚，彼此展示習得何等程度。

其中三名去城裡上學，埋首於各自選擇的學問，沒有多久，他們獲得的知識，已經僅次於國內最具學識的學者們。但是，他們對於現實知之甚少。

剩下的一名年輕人與前往城市的朋友們不同，他到某個年紀就離開去探索世界。他不認為只有從書本上學習的東西才絕對重要，反之，他在旅途中增長了許多關於世界的見聞。回到家的時候，他已經能夠清楚分辨做什麼事好，什麼不好。他擁有更豐富的人生必要常識。

多年之後，他們按照約定齊聚一堂。去城市上學的三個朋友都在吹噓自己多麼努力苦研學問，從而擁有多麼出眾的知識，但環遊世界回來的朋友謙虛的說，他只學到了一點現實所需的常識。

經過討論之後，三名朋友得出一個結論：「我們去見國王。如果國王知道我們擁有的經典與學術知識，肯定會賜給我們高官職位。」

但在出發之前，一名學者朋友心裡想著：「國王只會給研讀群書的人官職，不會僱用只具備常識的人。所以只有我們三名鑽研學問的人才要去，環遊世界回來的朋友不必去。」

但三名學者經過短暫爭論之後，統合出來的意見是帶著剩下的朋友一起去較好。因此，四人一同沿著森林小徑前往王宮。

不久之後，他們在大樹下發現了獅子的骨骸碎片。三位學者想：「憑著我們三人擁有的偉大知識，絕對可以讓這個生物復活！」

第一位學者誇耀自己的實力：「我主修解剖學，所以知道如何將地上四散的這些骨骸，依序按照原位組合起來！」

這次，第二位學者站出來：「我主修醫學，所以可以製造血肉，像原來那樣用皮革包裹野獸！」

第三位學者也不甘示弱：「我已經學習《阿闥婆吠陀》（*Atharvaveda*）[38]，所以我可以讓野獸重生！」

因此，第一位學者將骨骸組合起來，第二位學者重新創造肉體與皮膚，並且套上皮革。最後，就在第三位學者背誦神靈的咒文，企圖賦予生命氣息的剎那，不具學術專長而只擁有常識的朋友大喊：「你不知道那是獅子嗎？如果你們讓那隻野獸復活，牠會把我們捉住吃掉！」

但三名自以為是的學者不理會警告，並未中斷復活獅子的工作，同時向第四位朋友說道：「你不像我們學到很多知識。所以，別干預我們工作，只要觀看就好。」

此時，具備常識的第四位朋友說道：「如果你們不聽我的話，要一味莽撞行事，那我先躲到樹上。」

具備常識的第四位朋友，不得已只能獨自一人爬到樹上安全的地方。往下一望，看見三名學者朋友動員各自的知識與能力，使獅子復活了。野獸比想像更巨大，牠吐了第一口氣，慢慢從地面站起，環視三名學者後，立刻將他們全部撲倒，填飽久久飢腸轆轆的肚子。

03 名為導遊的人也會迷路

塔克沙西拉（Takshasila）[39]是犍陀羅（Gandhara）文化的中心城市，也是當時印度最富有的地方。位居世界貿易路線絲綢之路的要地，到處都是來自中國、希臘、阿拉伯、埃及、敘利亞、土耳其、美索不達米亞之巴比倫的學生。

這裡有一位世界聞名的上師。他只收受程度高的弟子，傳授神聖的知識。不過，其中一名學生的父母基於某種原因，為孩子起了「帕帕卡」一名，意思是「壞」。

「每次人們對我說『過來，壞男孩』、『走開，壞朋友』、『做這工作，壞朋友』，不只對我自己不好，對於這樣叫我名字的人也不可能好。這名字只讓我覺得丟

38 內含驅除災害和招來好運之咒術的經典。
39 希臘語的名稱是「塔克西拉」（Taxila）。

臉和不吉利。」因此，帕帕卡去找上師，請上師為他起一個能帶來幸運的好名字。

經過深思熟慮，上師說道：「你去旅行。你去任何想去的地方，找出能夠帶來好運的名字。等你回來，我再正式宣布那個名字為你的新名字。」

帕帕卡離開塔克沙西拉，穿越村鎮之後，到了一座大城市。那裡正在為一名剛剛去世的男子舉行葬禮。帕帕卡詢問死者的名字。

人們告訴他：「死者的名字是吉巴卡拉內。」吉巴卡的意思是「活著的人」。

帕帕卡驚訝問道：「您是說活著的人死了？」

人們說道：「不管名字是活著的人，還是死了的人，時間到了，都只有一死。名字只是用來指涉某個人的字詞。不是傻子的話，應該都懂。」

聽見此話，帕帕卡又想起這段期間對於自己名字的情感。現在，對帕帕卡而言，那個名字已不再是令人不快或令人愉快的東西。

他繼續穿越城市，父母欠債而被賣為奴隸的閨女在街上遭主人毆打。帕帕卡詢問原因，男子說道：「這孩子得當奴婢，直到還清欠款。他們連利息都拖欠，所以即使工作也拿不到薪水。」

帕帕卡詢問閨女的名字時，男子告訴他是「達娜帕利」，達娜帕利是「富翁」的意思。帕帕卡驚訝問道：「你說她的名字是富翁，卻連還利息的錢都沒有？」

男子說道：「不管名字是富翁，還是窮人，沒有錢能怎樣辦？名字只不過是用來指涉那個人的字詞，不是真實的模樣。只有笨蛋才會連這都不知道。」

聽見此話，帕帕卡對於改名的興趣又再減少。離開城市時，這次遇見一個迷路的男子。

帕帕卡問他：「請問貴姓大名？」男子說道：「我叫潘塔卡拉內。」帕帕卡驚訝問道：「潘塔卡的意思是導遊，導遊也會迷路嗎？」

此時，男子說道：「不管我的名字是導遊，還是旅人都無關，我現在就是迷路了。名字只是用來指涉某個人的一個詞，不是他的實體。是白痴才不懂。」

現在，帕帕卡不再覺得自己的名字有任何問題，他回到上師身旁。塔克沙西拉的上師問道：「你找到好名字了嗎？」

帕帕卡說道：「即使名字是『活著的人』也不得不死，即使名字是『富翁』也可能身無分文，即使名字是『導遊』也可能會迷路。現在，我知道其實名字只不過是用來指涉某人的字詞。**重要的不是名字，而是人的內在和行為，那才是他真正的名字。**我對自己的名字感到滿意，所以想要改名的理由消失了。」

04 一杯水的價值

馬其頓亞歷山大大帝與波斯軍隊打仗，大獲全勝之後，他在西元前三二六年越過印度河，肆無忌憚的侵略印度。他的目標是「直到世界盡頭」，無人阻止他的軍隊向當時最繁榮的王國塔克沙西拉進攻。

雖然印度人動員了馬其頓軍隊未曾見過、數量超過一百頭大象的戰鬥大象部隊，但還是不敵他們強大的軍事實力與精熟的作戰策略，只得敗下陣來。馬其頓強大的統治者的傳聞，像波浪一樣在印度大陸大大小小的王國之間散播開來。

然而，一場嚴重的熱病襲擊士兵們，亞歷山大也在戰鬥時中箭，肺部受傷，必須立刻取道巴比倫（Babylon）[40]，返回他的祖國馬其頓。

離開印度之前，他在路上偶遇一名法基爾（faqir）[41]。法基爾見到亞歷山大的嚴正軍容走來，忍不住放聲大笑。

儘管亞歷山大曾經聽說亞里斯多德大師，知道一點印度奇異的修行者和哲學家，但是面對法基爾發瘋似的大笑，亞歷山大深感受辱。

他無法忍受憤怒而大喊：「你不知道我是誰嗎？還是你知道，卻膽敢侮辱我，找死嗎？你不知道我是征服世界的亞歷山大大帝嗎？」

聽見此話，法基爾笑得更大聲，他向亞歷山大說道：「我看不出你內在哪裡偉大，我看你的內在只是個無力又貧乏的人。」

原本就被梅雨、蚊群和熱病搞得心煩意亂的亞歷山大，現在更加火大，他怒斥道：「我是第一個征服世界的人，包括印度在內。這國家的每個人都認識我，談論我的偉大，你居然不知道，你神智清醒嗎？還是修行太久，腦袋變得不正常？」

法基爾說道：「在我看來，你只是一個平凡人。就算你自封為世界的征服者，還是與其他普通人沒有兩樣，如果你仍然堅持自己與眾不同，請回答我的問題。」

此時，他以強烈的眼神看著亞歷山大的眼睛，然後問道：「假設你不能在沙漠中

40 位於今日伊拉克巴格達南方的古代城市。
41 原意為「貧窮之人」的蘇菲派修行者。

來來去去，並且周圍數十公里之內沒有水井、草地或綠洲。在如此絕望的情況下，為了解渴救命，你會用一杯水來交換王國的什麼東西？」

亞歷山大想了一下，說為了能逃死的一杯水，他願意讓出王國的一半。

法基爾再次問道：「萬一我拒絕你用半個王國換一杯水的提議，向你要求更多的東西，你會怎麼做？」亞歷山大回答道：「在這種情況下，我會讓出整個王國。」

法基爾再次放聲大笑說道：「你看，你王國的價值只不過是一杯水。儘管如此，你對自己的成就還是引以為傲。你啊，別驕傲自滿，誰也不知道何時何地，會遇上連你的所有財富與王國都不足以買到一杯水的情況。在那種情況下，就算你高呼自己是亞歷山大大帝，也沒有人會回應你的呼喚。」

據記載，法基爾向亞歷山大留下以下話語，然後離開：「請記住，現在你的偉大全都是幻想。」

與印度人法基爾在路上不期而遇的亞歷山大，將法基爾的教誨珍藏心底，西元前三二四年再度越過印度河，回去自己的國家。僅僅一年後，他三十三歲就英年早逝。健康惡化導致的妄想症狀與酒精中毒，是這位夢想成為世界帝王之人的死亡原因。他的帝國也分崩離析，宣告結束。

05

生活的優先順序

一名七十歲左右的老人搭上公車。當他坐下時，錢包從口袋掉到地板上。公車服務員發放車票，在乘客之間走動時發現該錢包，遂拾起放進自己的包包。

過了一會兒，老人發現自己的錢包不見了。他原本以為是被扒手偷走，非常慌張。他告訴服務員自己的錢包遺失，請他趕緊採取措施，服務員說道：「錢包是我拾起的，不過，在交給您之前，首先得確認那錢包是您的。因此，請告訴我，您的錢包裡面有什麼。如果內容正確，我就會把錢包還給您。」

老人回答道，他不確定錢包裡放了多少錢，所以無法精確說出數額，不過，錢包非常舊，而且裡頭放入自己崇拜的濕婆神照片。

男性服務員沒有輕易退讓。因為任何印度教信徒都可能在錢包帶上濕婆神的照片，所以這無法成為證明他是錢包主人的有力證據。

老人說道：「您說的沒錯。任何崇拜濕婆神的信徒，當然可能把神的照片放在錢包裡。但是，我帶著照片走是有理由的。」服務員問道：「請問是什麼理由？」

老人回答：「這個錢包從我年輕時就帶著。當年我長得很帥，所以我放自己的照片在錢包裡。每次打開錢包時，看到那張帥照就心情很好；隨著時光流轉，我娶了一個美麗的女人，所以錢包裡我的照片，換成心愛太太的照片；不久之後，第一個孩子出生，太太的照片又換成孩子的照片。隨著歲月流逝，孩子長大了，出國去實現自己的夢想。我的太太離開人世，留下我一個人。」

除了繫著腰包的服務員之外，前前後後的乘客也都側耳傾聽老人說話。

「現在我年紀大了，意識到生活中絕對者（神）的重要性。我最終依靠的對象是神，神絕對不會離我們而去，是我一生中總是陪伴著我的唯一同伴。但在這段期間，我很少意識到神的存在，只有在感到孤獨或痛苦時才想到祂。」

公車哐噹哐噹的跑，老人繼續說道：「在我的一生中，我的優先順序與重心持續變化，這如實反映在我錢包裡的照片。首先是我自己，然後是我的太太，然後是我的孩子⋯⋯所有人都一個接一個離開我的身旁，現在留下我獨自一人。最後，歷經很久的時間，我才意識到神的存在，祂是不曾離開我、不曾改變的唯一同伴。這是我在錢包裡帶著濕婆神照片的原因。」

所有人都默默點頭，服務員從包包裡掏出錢包，遞給老人。

無論現在你的人生時鐘指向幾點，現在你生活的優先順序是什麼呢？

06 關於紋身

摔跤的印度語稱為單格爾（dangal），是自古印度以來深受大眾歡迎的運動，史詩《摩訶婆羅多》的主人翁之一怖軍[42]就是一名近乎無敵的摔跤手。另一部史詩《羅摩衍那》裡也有摔跤的故事，書中描述猴子形象的哈努曼神為當時出眾的摔跤手。

在奧里薩邦（Odisha）的首府布巴內斯瓦爾（Bhubaneswar），住了一位名叫拉古·拉姆的短頸摔跤選手。或許是繼承了摔跤手父親的體格，他先天就肌肉發達，再加上後天培養，當他神氣的挺胸走路時，就像天下第一壯士登場一樣，巷路都變得狹窄。除了與狂牛相撞往後倒的情況外，路人都知道要身貼牆壁迴避他。所以人們都稱他為「神氣拉古」。

但他自己知道，他的摔跤手名聲還沒有超過方圓十公里，他必須把範圍擴大兩倍才行。因此，為了增強自信心，給摔跤對手壓迫感，他決定在身上紋身。

特別請占星師指點吉日之後，他去找了一位以紋身技術聞名的在地理髮師，請他從背部到右肩刺上大片紋身。

「請在整面背上畫一頭勇猛雄壯的獅子。獅子的頭越過右肩，這樣嘴巴就在我的胸膛上，每當肌肉施力時，嘴巴就會張開，讓所有人都怕到發抖。」

同時，拉古向理髮師補充說明想要紋獅子的理由，因為他的星座是獅子座。

「如果我不多說，你會明白嗎？我打從出生就受到獅子的影響，所以天生不得不勇敢。」

理髮師的面貌醜陋，但幸虧有個富貴鼻，理髮的常客和紋身的顧客都頗多，所以他很快就弄清楚這位自稱專業摔跤手的人想要什麼。他謹慎小心的拔出唯一的一根針，開始準備紋身工作。

理髮師提起針小心翼翼刺穿皮膚的那一刻，拉古脫下上衣，趴下的身體占滿紋身床，他哎呀喊了一聲，然後屏住呼吸大喊：「等等！你在做什麼？」

理髮師回答說，他正要開始紋獅子的尾巴。此時，拉古假裝忍住疼痛，特意趴

42 般度族兄弟排行老二。

著，用特別壓抑的語氣說道：「為什麼要畫獅子的尾巴？你不知道走在流行尖端的人都會剪掉寵物狗的尾巴嗎？沒有尾巴的獅子看起來更強壯。你不用畫尾巴。」

理髮師說：「好的。那我省略尾巴，來畫獅子的其他部位。」

理髮師再次提起針，刺入右肩。這次，拉古同樣忍受不了疼痛。他皺起眉頭，再次用抗議的語氣問道：「這次你要做什麼？」

理髮師說道：「我首先要紋獅子的耳朵。」

拉古說道：「理髮師朋友，懂流行的人都剪掉小狗的耳朵，你還不知道嗎？長耳朵沒品味，我不喜歡。你不知道沒有耳朵的獅子向來是最棒的。」

理髮師調整摔跤手為側臥之後，他在胸部上方輕輕刺了一針。但輕歸輕，還是一樣會痛。拉古不自覺的推開理髮師的手，大聲喊道：「這次你又要做什麼？」

理髮師說道：「我正在畫獅子的頭。」

摔跤手再次說道：「我想了想，獅子的頭不必跨到前面。我的胸部特別敏感。而且，我已經是獅子座，何必特意紋到前面炫耀？所以紋身只要紋背部就好。」

但是，無論下針再輕，拉古每次都還是忍不住痛，大喊大叫。「理髮師朋友，這次你又要畫哪裡？」

理髮師連刺幾次說道：「摔跤手朋友，我正在紋獅子的腰。」

拉古緊緊咬牙說道：「你也不讀詩嗎？你是不是沒有讀過印度詩人描寫獅子的詩？他們總是將獅子描寫為腰部很短的靈巧動物。所以你只要大略暗示有腰就好。」

面對這位說不定會成為老主顧的顧客，理髮師盡其所能聽取他的要求，但每次針插上去，他都忍不住大吼大叫，流淚哭喊。最後，筋疲力盡的理髮紋身師丟下針和顏料，宣稱紋身作業結束。

歷經無法形容的痛苦而對自己感到自豪的拉古，照了照鏡子看自己的背，他非常震驚。背上刺的紋身竟然是隻小老鼠。

他向理髮師大喊：「你到底幹了什麼好事！我明明請你紋的是一頭勇猛雄壯的獅子吧？但這是啥東西？你是想要討罵嗎？」

面對摔跤手的叫喊，富貴鼻理髮師依然不失鎮定的說道：「你一直要求說，沒有必要畫一頭勇敢的獅子，不是嗎？我只是照你暗示的要求紋身而已。」

現在，我們活著是刺上獅子與老鼠哪一種紋身呢？

07 差點以五粒柳丁賣了自己的男子

一名懷著人生疑問而四處尋找解答的年輕人，來找聖人那奈克，他問道：「我的存在價值是什麼？」

那奈克給年輕人一顆寶石，然後說道：「你拿這去市場詢價，但別賣掉它。」年輕人去市場拿寶石給水果鋪看，然後問道：「請問您估價多少？」

水果鋪老闆看了看寶石，然後說道：「我就給你五粒柳丁吧。」

年輕人致歉，說明上師要他只問價格不賣。接著，他去蔬菜鋪，亮出寶石詢價。

蔬菜商仔細看了一會兒，然後說道：「我給你一袋馬鈴薯。」

年輕人再次請求諒解，離開店鋪。然後他回到聖人那奈克身旁，說道：「水果鋪老闆說會給五粒柳丁，蔬菜鋪說會給一袋馬鈴薯。這似乎是寶石的最高價值。」

那奈克說道：「這一次，你把寶石帶去珠寶商那裡詢價。」

年輕人去了城裡最大的珠寶店，亮出寶石詢價。珠寶商用寶石鑑定器仔細察看寶石後，說道：「你從哪裡得到這顆寶石？這是無法用價格估量的珍貴寶石。它的價值比店裡的任何珠寶都來得高。」

同時他表示，如果願意出售寶石，他會提出比其他珠寶店更好的價格。

年輕人非常驚訝，回來告訴聖人那奈克：「珠寶商說，這是一顆無法用錢估算的珍貴寶石，任何寶石都相形失色。」

那奈克說道：「你就像這顆寶石。你可以用五粒柳丁把自己賣掉，也可以用一袋馬鈴薯。或者，你也可以把自己的價值估為最好的寶石。你將自己定義為何人，決定了你自己的價值。」同時，聖人那奈克告訴他三道人生基準。

首先，不要忘記你是珍貴稀有的寶石。否認這一點的人，別理會他們說的話。

其次，別用五粒柳丁把自己賣掉。別照世上的基準來衡量自己的價值。

第三，去見懂得寶石價值的珠寶專家。別讓不識寶石的人來決定寶石的價值。

詩人賈拉魯丁・魯米（Jalaluddin Rumi）唱道：

一顆珍珠放上拍賣之地，誰也沒有足夠的錢來買下。所以珍珠最後買了自己。

08 改變命運的方法

一名偉大的修行者、賢者又擁有諸多力量的古魯，收了一個年紀僅僅十歲的優秀門徒。上師不曾有過如此聰明有才的弟子，總是擔心掛念少年，不斷想著如何保護他免於惡害。

每天早晨睜開眼睛，他都心懷感激，慶幸自己能夠成為一名偉大上師、全身心奉獻的苦行實踐者，以及傑出的占星術士。完成晨間修行之後，他為自己才華出眾的弟子察看當日運勢。見到眾星與行星的星盤排列吉祥，他就大感寬慰。

就這樣日子一天天過去，最後上師堅信年幼弟子的命運不帶任何負面影響，開始計畫男孩的未來。一開始，他想像著弟子璀璨耀眼的未來，察看他上半生經歷的星座圖。然後，他意識到少年注定頂多只能活到十二歲。

他的不安無法言喻，開始著手改變命運航路的工作。當然，他相信自己做得到，因為他是偉大的苦行者，透過數十年來的嚴格禁慾實踐與冥想修行，獲得與天上的存在直接溝流的能力。

他帶著弟子去找宇宙的創造之神梵天，懇求允許年幼弟子更長的壽命。

「梵天神啊，您用美好創造了這個世界。這裡，我帶來一個命運注定才十二歲就得離世的男孩。眾星表示，一方面，男孩將達成不平凡的目標，另一方面，他卻幾乎沒有時間實現。萬物之父神啊，請您改變這個孩子的殘酷命運！」

梵天說道：「我了解你的心。這個孩子很聰明，能夠為人類助益良多。不過，我的工作是創造，這件事應該去拜託毗濕奴。」

為了幫上忙，梵天與他們同行去見藍面毗濕奴神。但毗濕奴說，自己的角色只是維護天地萬物，不可能介入時間之輪來延長少年的性命。同時，祂建議去見濕婆。

梵天和毗濕奴陪同上師與弟子一起去見破壞者濕婆神。身為最厲害的冥想修行者，濕婆對這個問題深思熟慮之後，回答說祂的工作僅僅是按照自然法則進行破壞，擅用自己的力量來停止時間之輪是不適當的。同時，濕婆神向上師建議讓大自然按照計畫展開。

上師不同意，為了能夠向死神閻羅王求情，上師邀請眾神一起去。

於是，上師與弟子在神聖三位一體的三名神祉陪同下，一起去找閻羅王。閻羅王神負責的工作是讓每個活著的存在務必按照法則死亡。

在這段期間，兩年過去，少年不知不覺已經十二歲了。一抵達閻羅王的宮殿，少年突然死亡。就在梵天、毗濕奴、濕婆、他的上師，以及閻羅王的面前。

少年的上師驚訝喊道：「最強大的眾神都在這裡。我的弟子怎麼會在諸位面前死了呢？」

為了了解少年死亡的原因，閻羅王翻查有關少年的紀錄，不可置信的搖了搖頭。

少年的上師問道：「請問發生了什麼事？」

閻羅王說道：「這名有特殊才能的少年命中注定要做偉大的事。其實，把他捉來是超出我能力之外的事。因為他只有在與梵天、毗濕奴、濕婆和他的上師一起來本宮找我時才會死。這其實不會發生。若不是你察看他的占星圖，我不可能做到。」

越擔心、越想要逃避命運，反而與命運撞個正著。活在當下才能改變命運。

09 想像中的牛挑起的問題

王室僱用的弄臣高帕爾以機智過人著稱，在協助人們解決問題上很有一套。人們不時會帶著他們的煩惱來向他尋求建議，正好高帕爾家的隔壁住了一對傻呼呼的夫婦。而且，丈夫與妻子倆總愛做白日夢。他們不努力改善自己的現狀，反而虛度許多時間在幻想未來。

有一天，丈夫告訴妻子，他想養一頭牛，這樣直接就有很多牛奶，不必買來喝。夫婦開始計畫購買一頭昂貴的母牛，不久就開始做白日夢。

他們討論了好一陣子，結論是再多存一點錢，就能自豪的成為母牛的主人。當然，現實並非如此，儲蓄不是一件易事，他們雖然存了一點錢，但距離能夠買母牛還有一段長路。

做白日夢不用花任何錢，所以他們的談話繼續延伸。即使價格高一點，他們決定買一頭健壯巨牛。另外，牛的顏色是黑色，所以決定為牠取名為「黑力」。

丈夫決定要盡快為黑力蓋一座牛棚；競爭心強的妻子也認為自己得做點什麼事來表現自己對黑力的愛，她說要立刻去買幾個存放牛奶的桶子。

興奮之餘，她當天就去市場，到處尋找高品質的桶子。她花了很多時間找到中意的桶子，討價還價好一陣子之後，最後她買了五桶。

她驕傲的向丈夫炫耀裝牛奶的桶子，同時說第一個桶子放從黑力身上取得的牛奶，第二個桶子放用牛奶製作的奶油，第三個桶子放製作奶油時獲得的副產品酪乳，第四個桶子放澄清奶油（ghee）[43]。丈夫想到從一頭母牛身上能夠獲得這麼多東西，他就感到很滿足。

他們又開始談論如何照顧黑力。妻子說，她每天會幫牠洗澡，餵牠健康的飼料。這樣的話，黑力每天就能提供大量牛奶兩次。丈夫說，他每天得去找好的飼料，直接餵黑力。他們堅信，如果賣出多餘的牛奶和油，他們很快就能致富。

談論時，丈夫注意到還剩下第五個桶子，便問妻子那個桶子是做什麼用的。妻子略帶猶豫的回答道，這個桶子是用來把一些剩下的牛奶拿去自己妹妹的家。聽見此話，丈夫情緒激動。因為他不怎麼喜歡小姨子。

他對妻子大喊道：「妳怎麼會想到把牛奶拿給妳妹妹？而且沒有我的允許？」

妻子回嘴：「這件事不需要你的允許。因為是我攢錢買黑力、照顧黑力、餵黑力、擠黑力的牛奶，所以我有權利用剩下的牛奶做任何想做的事。」

這番話使丈夫更加氣憤，他又怒喊道：「這錢是妳用我整天流汗賺的錢來攢的，黑力吃的牧草也是我割的。但現在妳想把我的心血分給妳那討厭的妹妹？再說，她從來不曾給我們任何東西。」

兩人繼續吵架，完全不肯屈從對方的要求。吵了好一陣子，丈夫無法控制自己，把桶子一個一個扔到地上，全部砸碎。

然後問妻子：「現在沒有剩下的桶子。妳要怎麼拿牛奶去妹妹家？」

高帕爾從窗戶聽見所有爭吵，再也無法忍受。他去夫婦家詢問發生了什麼事。

丈夫立刻說道：「她想給她妹妹一些黑力給我們的牛奶。」

高帕爾又問道：「黑力？您說的這個人是誰？」

「啊，您不知道。黑力是我們的牛的名字。」丈夫回答。

43 將無鹽黃油煮沸，使水分蒸發後精製而成的純質油脂。

高帕爾不曾在他們家見過牛，他驚訝說道：「您的牛？那頭牛在哪裡？」

丈夫仍然沒有意識到自己的愚蠢，他說：「我說的是，如果我們存到足夠的錢，計畫買一頭母牛。這樣我們就擁有一頭健康的牛，給我們很多牛奶。我的太太想把所有剩下的牛奶都給妹妹，但是我想把剩下的牛奶拿去賣錢。」

妻子打斷丈夫的話，說道：「不是全部的牛奶，只是一點點。反正，我們有非常多的牛奶。」

聽了夫婦倆的話，高帕爾提醒他們說，他們現在沒有一滴牛奶，要買了一頭母牛之後才能獲得一些牛奶。

妻子和丈夫暴跳如雷，同時說道：「那只是時間問題。我們存好買牛的錢，黑力就會和我們在一起。」

高帕爾問他們攢了多少錢，才無言的發現其實他們剛決定從當天開始存錢。高帕爾察覺到愚蠢的鄰居又在做白日夢。高帕爾決定治好他們的病。

他突然大喊：「現在我知道這陣子菜田裡發生了什麼事！」

說完話，高帕爾用力棒打丈夫的頭。丈夫冷不防挨了一棍，生氣的問高帕爾為什麼打他。

高帕爾回答道：「您的牛一直吃光我菜田裡的豆子和黃瓜。」

同時，他又再狠狠打丈夫一下。

丈夫知道高帕爾其實沒有這樣的田，向他追問：「什麼豆子？什麼黃瓜？您有田嗎？您在說什麼田？」

「我不久就要種菜的田。」

高帕爾回答道：「我打算不久就要在我家旁邊的空地種豆子和黃瓜。」

看著這一切，妻子突然領悟到高帕爾想說的話，對於他們自己的愚蠢，不禁放聲大笑。丈夫也逐漸開始認清現實。就這樣，兩人才從白日夢醒過來。

高帕爾希望他們不會再回到無意義的幻想世界。擔心沒有發生的事，只是沒有必要的想像而已。在高帕爾的棒打之下，現實裡男子頭上長了兩個大包，足以讓他們長久憶起那美好但只存在想像中的黑力。

10 是毒還是藥？

古代某個強大的王國裡，有一位名叫賈諾達亞的國王。當他登基時，為了建立高尚美德，他選擇了這個蘊涵智慧與慈悲意義的名字。如同名字，賈諾達亞賢明平和的統治國家，為人民帶來了安定與歡樂。人民都很喜歡他，稱讚他統治的時期是最美好的時代。

但是從某一天起，國王的行為突然變得不一樣。他對每件事都沒有耐性，有時變得有攻擊性，做出愚蠢而倉促的決定。王國的公民無法理解這種變化，所以盡全力找出原因。

最終，他們發現國王深受腹痛之苦，為了避免帶給人民不必要的擔憂，國王將這個事實保密，偷偷接受阿育吠陀最優秀專科醫師開立的處方，想在人民知道之前治好腹痛。

但是，即使經過兩年，疼痛還是完全沒有改善。因此，國王開始出現異常舉止，對於臣子們完全失去耐心和積極態度，變得性急好鬥。

國王對於無效的阿育吠陀感到厭煩，決定焚毀所有屬於阿育吠陀的書籍。他把國內所有的醫療書籍全部收集來，積成一堆，要人帶火把來。沒有人敢阻止他。那時，醫學之神丹萬塔理（Dhanvantari）化身為一名老神職人員，出現在賈諾達亞面前。

丹萬塔理問國王為什麼要燒那麼多書。國王用充滿憤怒的聲音說明原因，丹萬塔理承諾，用國王幾個月來一直服用的相同藥物，就能完全治癒胃痛。

他首先將一根長橡皮管插入國王的喉嚨，然後將漏斗固定在橡皮管的外端。然後，他將國王長期服用卻沒有任何效果的藥水，透過漏斗與橡皮管，直接注入國王的喉嚨裡。

藥物直接進入胃中，在短短三十分鐘之內，腹部疼痛奇蹟般的消失了。賈諾達亞感到匪夷所思，丹萬塔理說道：「接受治療之病人的自身狀態，重要性不亞於完美的醫學與藥物。現在您的口腔中有充滿細菌的幾顆蛀牙。因此，即使服用了藥物，藥物也會被細菌汙染，變成毒藥，變得沒有任何效果。現在，藥物是透過未受汙染的橡皮管，直接倒入您的喉嚨，所以藥物立刻見效。」

賈諾達亞對於自己的行為感到羞愧，心中想：「把藥變成毒的，難道不是我嘴裡的細菌嗎？我還批評藥物，燒毀醫學書籍，究竟我內心的毒使愚蠢增長多少？」

印度寓言裡提到，有三個存在都喝相同的河水。第一個存在是神，祂喝甘露（amrita）[44]；第二個存在是人，他單純喝水；第三個存在是惡魔，它喝汙水。雖然是同一條河，但隨著飲用者意識狀態的不同，吸收到的也不一樣。

44 眾神喝的飲料。

第九章

只向做好準備的人給建議

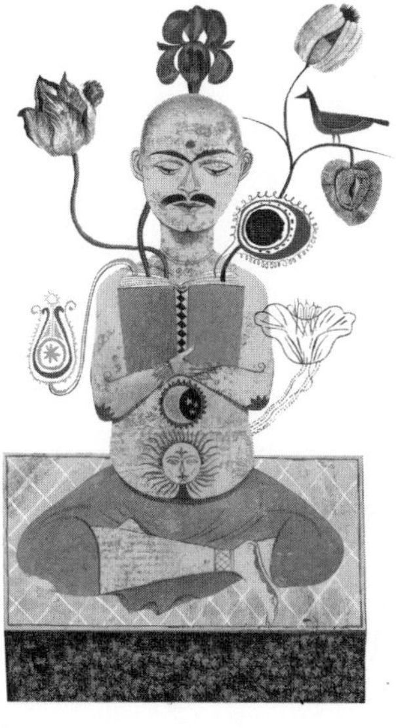

01 燕雀與猴子

一隻紅腹灰雀與家人一起住在森林裡。像其他任何公紅腹灰雀一樣，這隻鳥為美麗的妻子和幼鳥築起一個漂亮的巢。燕雀科小巧美麗的紅腹灰雀以建造複雜而精緻的巢穴聞名。巢像口袋一樣掛在樹枝末端，但是非常堅固，能夠耐得了強風暴雨。

到了交配季節，公鳥會築巢來引誘母鳥，而母鳥將在眾多求婚者中選擇鳥巢最堅固、最迷人的公鳥進行交配。

這隻紅腹灰雀也為牠築的鳥巢感到自豪。不僅外形美觀，而且堅固耐用，足以承受颱風和大雨。在那個舒適的鳥巢中，配偶和幼鳥受到保護，不受夏天灼熱的太陽和冬天刺骨的寒風之苦，能夠幸福的生活。

有一隻猴子住在同一棵樹上。白天，猴子四處奔跑，尋找美味的果實和柔軟的葉子；不餓的時候，它們從一棵樹跳到另一棵樹，開心的嬉戲玩耍。晚上，牠回來趴在樹枝上睡覺。這是與其他猴子沒有什麼不同的太平生活。有時會發生不愉快的壞事，但牠會等情況改變。對於其他動物白天在做什麼、牠們如何生活，猴子都不感興趣。

雖然那是一棵很大的樹，提供了充足的樹蔭，但是無法保護猴子免受雨淋和寒冷侵襲。冬天時，猴子冷得發抖；雨季時，牠的毛都濕透。但是猴子的哲學是所有的壞情況都會很快過去，而順利的生活又將重新開始。

看著猴子的可憐處境，紅腹灰雀無法理解這種不負責任又毫無計畫的生活：「怎麼可以那麼沒有責任感？又不是不知道每年都會重複同樣的氣候。」

紅腹灰雀很詫異，為什麼這麼活潑健康的猴子不會蓋房子避寒躲雨。歷經連續數日暴雨，猴子全身溼透，在寒冷中發抖又生病，心情很不愉快。

紅腹灰雀再也無法對可憐猴子的處境不理不睬，牠從鳥巢裡抬起頭說道：「猴子啊，請聽我說。我用小小的鳥喙咬樹枝草葉來築巢。雖然完成鳥巢需要辛苦好幾天，但我沒有放棄。你的體格和力氣都比我大得多，為什麼不自己蓋房子呢？你整天在玩，沒有做任何建設性的事。雖然我比你更弱小，但是我很努力，所以我能夠保護自己和家人免受日晒風吹雨打。

「你也別偷懶，動動腦，讓生活更好。別漫無目標的遊盪在森林裡，別浪費時間。如果你為自己蓋好小房子，就不會像現在一樣在雨水中發抖，過著悲慘生活。」

紅腹灰雀比較了自己的舒適生活與猴子的悲慘生活，特別是雨季當前，牠還不吝提供猴子實質的建議。那是紅腹灰雀發自內心的話。然而，裡毛都遭雨水濕透的憂鬱猴子聽完牠的建議之後，心裡覺得更受傷。

當灰雀訴說認真生活的好處，指責牠的懶惰生活時，猴子感到更心煩。牠想到區區一隻小鳥居然看不起身為靈長類的自己。

雖然連日梅雨使猴子的身體變得虛弱，但鳥兒一連串的建議令牠的憤怒加劇。就在猴子自己也感到驚訝的瞬間，牠飛身到樹枝尖端，猛然拽下紅腹灰雀的鳥巢。這還不夠，牠把鳥巢扔到地上後，踩在上面，把美麗的鳥巢弄成碎片。

灰雀驚聲尖叫，但鳥巢的形體已消失。失去鳥巢的可憐灰雀，在重建新鳥巢前，只能帶著幼鳥與配偶在暴風中流浪。雖然後悔給了對方不想要的建議，但為時已晚。

基於這個故事，有一首印度語歌謠：

只向做好接受準備的人，給予建言，別給猴子建議。
否則會像紅腹灰雀一樣失去家園。

02 戰勝黑暗的方法

喜馬拉雅某個地方有一個原始村落。他們未曾使用過火，靠著食用乾魚維生，除了利用陽光之外，不曾煮過食物。他們日出而作，日落而息，因此，幾乎沒有機會接觸黑暗。

他們的住處附近有一個大山洞。這些原始人認為他們的部分祖先住在山洞裡。因此，他們認為洞穴是神聖的。但對於不習慣黑暗的他們來說，洞穴中的黑暗是他們想要消除的巨大怪物。他們的一些祖先可能因為進入黑暗的洞穴被困在淤泥中，或者頭部撞到尖銳的洞壁而死。

其中，有人說，一邊舉行崇拜儀式一邊走近的話，洞穴中的怪物就會離開。因此，他們過去多年常跪拜於洞穴前方，但無論如何崇拜，怪物都沒有離開山洞。在那之後，又有人宣稱如果騷擾怪物或與怪物打鬥，怪物就會離開。他們開始用箭頭、棍子和石頭等各式各樣的武器攻擊黑暗。但是黑暗還是不為所動，也沒有離開。

另外又有人說：「是齋戒。齋戒的話，黑暗就會離開洞穴。那段時間裡我們做的事都不正確。需要做的是齋戒。」

可憐的人們又再齋戒。但不管怎麼犧牲，黑暗還是沒有離開，怪物依然留在山洞裡。此時，又有人說如果做慈善就能擺脫黑暗。人們再次接受了這個主張而做慈善，但就算分享了自己擁有的一切，怪物還是不為所動。

人們精疲力竭的放棄所有希望時，一名男子出現在村子裡。聽說怪物故事的他來到這裡，表示按照他的建議，怪物就會從山洞裡消失。人們說再也不相信，但他很有自信的說：「請給我幾根長竹棍、綁竹棍的藤蔓和一些魚油。」

他也要人拿來稻草或破布之類的可燃物。然後，他用長竹子的尖端把它按住，用石頭敲撞打火石，點燃竹棍末端的稻草。

當火開始燃燒時，人們都驚訝的後退。因為這是他們第一次看到火。男子告訴他們，提著點燃的竹棍進山洞，如果遇到一個叫做黑暗的怪物，請抓住怪物的耳朵，把它拉出來。起初，人們不相信男子的說法。他們按照祖先所教的對山洞膜拜、禁食、做慈善，但怪物都沒有離開山洞。

他們大喊：「這個人的主張奇怪又危險。他的建議不值得考慮，我們不要聽從他的話。」然後他們把火熄了。

但是，其中一些人比較沒有偏見，他們提火進入洞穴，但怪物不在那兒。山洞非常的深，一直往內走，還是找不到怪物。

所以他們想，怪物一定躲在山洞的洞孔裡。因此，他們在每個洞孔都點火，還是任何地方都沒有怪物。彷彿怪物從來不曾存在一樣。

03

你為了什麼而戰

有一個村子為鬼魂出沒而飽受折磨。在快要忘記的時候，鬼魂會從村子後面的大山下來，讓人們魂飛魄散，嚇得發抖。

無法坐看人們受害的村長，捲起袖子站出來。為了與鬼魂談判，他前往山中。他在半山腰遇見一名陌生人，男子問道：「您要去哪裡？」

村長說：「我去找鬼魂。那傢伙消失，村民才能平和度日。」此時，男子說道：「我正是您要找的鬼魂。」

一說完話，村長揮出一拳，鬼魂被打中要害，呻吟倒地。村長跨上去，打算再補一拳時，鬼魂揮了揮手，急切提議道：「如果您放我生路，我每天早晨會帶二十盧比，放到您的床頭。」

此刻，村長微笑想道：「被我這樣打得死去活來，它應該是不會再下村子作亂。

所以，有必要殺它嗎？放它生路的話，反而我還可以賺錢。這是雙贏。」

然後他又把鬼魂抓起來壓住，嚇嚇他之後，才放開。鬼魂頭也不回的逃走。

次日早上睜眼一看，二十盧比放在床頭；第二天，錢也放在那裡。村長非常滿意；但到了第三天，鬼魂沒有拿錢來放。次日也是一樣。

村長怒氣沖沖，信誓旦旦要找出那個捉弄自己的背信傢伙，揍他一頓。他握緊拳頭，再次上山去捉鬼魂。

果不其然，鬼魂正從半山腰下來。村長趨前走近，還沒開口說話，就先一拳往鬼魂的臉打。但這次，鬼魂敏捷的躲開，村長踉蹌一晃時，鬼魂從後面抱住他，突然舉起，再用力拋下。鬼魂迅速跨坐在仰翻倒地的村長身上，把他壓制住。

被壓在鬼魂下面的村長無法抵抗，搖了搖手問道：「讓我在死前問一件事。上次你無法動我一根寒毛，這次你是如何贏我的？」

鬼魂笑著說：「上次你是為村子的正義而戰，但今天你是為自己的利益而戰。」

04

識路的人與走那條路的人

北印度舍衛城（Sravasti）有一個很寬闊的地方，人們來聽佛陀講道。一名年輕人每天晚上都來這裡聽佛陀說法，雖然已經聆聽多年，但未曾付諸實踐。

一日傍晚，他比平時來得早了些，看見佛陀獨自一人。他走近佛陀說道：「上師，我心裡有一個疑問。這是一個我一直懷疑的問題。」

佛陀說道：「哦，這樣啊？真理之路應該沒有任何懷疑才行，任何懷疑都必須清楚解決，你的疑問是什麼？」

年輕人說道：「到目前為止，我聆聽您講道很長一段時間，看到您的周圍有很多修行者，還有很多追隨者。他們之中的一些人，像我一樣聆聽講道多年。在我看來，其中有些人確實已經到達開悟的最終階段，當然意思是獲得靈性的解脫。有些人看起來在生活中經歷了一些變化。不能說是變得完全自由，但他們的生活比以前更好。」

佛陀認真側耳傾聽年輕人說的話。

年輕人繼續說道：「但是，包括我在內的許多人仍然和以前一樣，有時情況變得更糟。聆聽您的教誨多年也完全沒有改變，沒有變得更好。這是什麼原因？人們來找完全開悟、擁有無限慈悲心的您。但是，您為什麼不發揮自己的能力與慈悲心，解放所有的人呢？」

佛陀微笑問道：「年輕人，你住在哪裡？」

「我住在拘薩羅國的首府舍衛城。」

「這樣啊。不過，看你的面貌，似乎不是這個地方出身。你原本從哪裡來？」

「原本我出身於摩揭陀國（Magadha）的首府王舍城（Rajgir）。幾年前，我來到舍衛城這裡定居。」

「那麼，你是否切斷與王舍城的一切聯繫呢？」

「不，我在那裡還有親戚和朋友。我也在那裡做生意。」

佛陀再問道：「你經常從舍衛城去王舍城嗎？」年輕人回答道：「是的。我每年會多次訪問王舍城，然後返回舍衛城。」

佛陀點頭問道：「從這裡到王舍城的路，你走了很多趟，你一定對路很熟囉？」

「啊，是的，上師，我完全知道這條路。就算遮住雙眼，我也找得到往王舍城的路，因為我走了太多趟。」

「那麼，你的朋友或認識你的人一定都知道你來自王舍城，最近定居在這裡吧？知道你經常去王舍城，對於從這裡到王舍城的路瞭若指掌吧？」

「是的。與我親近的人都知道我常去王舍城，而且知道我對這條路瞭若指掌。」

「那麼他們當中一定有人來向你請教這條路。這時候，你會隱瞞你所知道的事實，還是會明確說明你走的路？」

「上師，我要隱瞞什麼？我會盡可能的明確說明。先向東走，再往瓦拉納西繼續走，到達加雅（Gaya）之後，從那裡再走就到王舍城。」

佛陀再問道：「聽了你的說明，每個人都抵達王舍城嗎？」年輕人說道：「這怎麼可能？只有走到底的人才會抵達王舍城。」

佛陀微笑說道：「這正是我想向你說明的。人們知道我走過達成解脫之路，而且對那條路瞭若指掌，所以持續來找我。他們問我：『什麼是通往終極開悟之路？通往解脫之路？』這要隱瞞什麼？我會清楚向他們說明：『這正是那條路。』如果有人點頭，心裡想著：『我同意。此話完全正確。這是非常好的一條路，但是我不會走這條路。這是很棒的一條路，但是我不會費勁的走那條路。』這樣的人如何能夠達到最終目標呢？」

年輕人的表情變得嚴肅。

佛陀繼續說道：「我不會為了帶所有人到最終目標，就把人背到肩膀上。沒有人能夠扛著別人，帶他們到目的地。我只能秉著愛與憐憫之心這樣說道：『就是這條路。這就是我走過的方法。你也試試看，你也走走看，這樣會走到最終目標。』不過，我們每個人必須各自在路上一步一步走。在路上走了一步的人，就離目的地更接近一步。走了一百步的人，就離目的地更接近一百步。走完這條路的人，都會到達他們的最終目的地。你也必須自己走路。」

05 力量的泉源

犍陀羅文明是古印度燦爛繁盛的文明，考底利耶（Chanakya）在犍陀羅文明的中心，地塔克沙西拉國際大學教授政治學與外交學，即使歷經兩千年到今日，他仍被視為印度歷史上最優秀的官僚與戰術家。他曾經看出在森林中輪流假扮國王玩耍的孩子中，扮演國王角色的旃陀羅笈多（Chandragupta）具備的君王潛質，培養他成為國王，趕走希臘人，建立孔雀王朝（Maurya Empire），迎來鼎盛時期。

著名的軼事是為了提升旃陀羅笈多的免疫力，考底利耶每天都會在國王的食物中添加少量毒藥。某天，有人在國王的菜裡下毒，王妃死了，但旃陀羅笈多保住了性命。

在成為國王的一級參謀之前，考底利耶也曾有試煉期。年幼時，考底利耶有尖銳的犬齒，這是王權的象徵，意味著有一天他會成為統治者。母親擔心如果將來兒子成為國王，可能會不理自己。此時，考底利耶為了安撫母親，弄斷自己所有的犬齒。

當時，統治北印度地區的達那・難陀（Dhana Nanda）國王舉行向婆羅門僧侶奉供的宗教儀式。成年的考底利耶以婆羅門的身分參加活動。考底利耶不僅犬齒斷掉，而且雙腳內彎。難陀不喜歡他的外貌，嘲笑考底利耶長相醜陋，指示將他趕出去。難陀的王子們也譏笑他是其貌不揚的猴子。

憤怒的考底利耶當場剪斷圍在身上象徵婆羅門的線，宣布他會在報復這無禮侮辱的那天把線圍回去。國王下令逮捕他時，考底利耶在朋友的協助下逃到叢林中。也是在這個時候，他發現在森林裡玩耍的旃陀羅笈多。考底利耶見到旃陀羅笈多，直覺意識到那個孩子就是復仇的絕佳工具，於是把旃陀羅笈多帶到塔克沙西拉，由包含他在內的幾名教授指導他多年。

後來，他們輾轉各地聚集士兵，最後，一人作為肌肉，另一人作為腦袋，攻擊難陀王國的首都。這場戰鬥不僅僅是為了考底利耶的私仇而已。難陀王朝的國王們原本是無知的強盜劫匪，性格暴力殘忍，權力握在手中之後，任意向王國居民徵稅，人民怨聲載道。他們透過舉行向婆羅門奉供的儀式，想要掩飾自己的不良形象。因此，考底利耶與旃陀羅笈多的攻擊也旨在解放遭受暴政的人。

然而，戰鬥一開始，旃陀羅笈多的軍隊便迅速被擊敗。難陀征服了周圍的幾個小王國，建立一個龐大的帝國。他們擁有強大的兵士、戰車和數千頭大象的部隊。兩人只能撤退，喬裝後在市區徘徊，無意中聽見一位母親在窩棚裡責罵兒子的聲音。

女人向從中間吃圓形烤薄餅的孩子說道：「你吃烤薄餅的方式，和旃陀羅笈多展開戰鬥的方式一樣。」

兒子問道：「旃陀羅笈多用什麼方式展開戰鬥？」

考底利耶側耳專注傾聽。

女人說道：「你只吃烤薄餅的中間，然後將邊邊丟到地上。旃陀羅笈多太想成為國王，他沒有先征服王國周圍的村莊與城市，而是直接在中央開始戰鬥。所以，被包圍的結果必輸無疑。」

聽了女人的話，考底利耶和旃陀羅笈多大受啟發。然後，他們耐心的先在首都的周邊地區一個個拉攏為自己陣營。不久之後，他們進軍華氏城（Pataliputra），得以趕走難陀的部隊。

無論是世事還是精神追求，我們總想奔向中心，立刻抵達成就之地。但是，在那之前，於周圍度過多少受苦的歲月，才是真正的力量泉源。

06 聖水該往哪個方向撒？

有一天，聖人那奈克與他忠實的同行者默爾達納（Mardana）去拜訪喜馬拉雅山腳下的城市赫爾德瓦爾（Haridwar）。恆河從喜馬拉雅山脈流出後，首次遇到平原的地方。印度教徒為了膜拜大河，自古就將此地定為重要的朝聖地。

河邊到處都有朝聖者。他們互相推入水中，為了用雙手盛滿水，引起陣陣騷動。他們其中幾人穿過密集的群眾，站在齊膝的河水中，在蜷縮的手掌收集聖水，向太陽升起的東方灑水。等待輪到自己進行相同儀式的人們，雖然在人群間焦躁難耐，但還是只能等待。

聖人那奈克和默爾達納在那裡站了一會兒，驚奇的看著一切景觀。終於，在人群推擠下，輪到他們了，聖人那奈克雙手合十，盛起一點水。然後他像其他人一樣向空中灑水，但是與太陽相反的方向。

在場的朝聖者用恐懼的眼神看著他：「那傢伙是誰？」、「你是在做什麼？」人群中引發一陣騷動。不過，聖人那奈克默默又重複了相同的儀式。朝聖者靜靜地看著他，眼中卻充滿恐懼。但神職人員不同，他們再也無法忍受，認為應該要對不敬的行為有所反應，教人謙遜的舉止。

一名神職人員向那奈克拋出指責的提問：「現在您在做什麼？」其他神職人員也加入：「您為什麼向西方奉水？您神智清醒嗎？」

聖人那奈克問道：「您們為什麼向東方奉水？」

他們回答：「是為逝世祖先解渴，這是每個人都知道的常識。」

聖人那奈克說道：「我是想為自己在西邊的稻田澆水，所以往那個方向灑水。」

「真是個傻瓜。」神職人員異口同聲說道。

「您真的認為水會流到您在西邊的稻田嗎？」同時，他們放聲大笑。

聖人那奈克以平靜的語氣提出疑問：「為什麼不會？如果您們灑的水能夠到達消失在未知之處的死去祖先，為什麼我的水到不了我的稻田呢？那裡離這裡更近，僅僅不過數百公里而已。」

神職人員們瞬間理解上師話裡蘊含的意義。他說的是事實。他們對於自己喚他傻瓜感到羞愧，承認自己的愚蠢，不過，後來他們是否真的改變自己的方式，就不得而知了。

07 說真話的方法

國王做了一個奇怪的夢。在夢裡，國王在王室庭園裡散步，庭園裡有一棵大樹。國王在那裡散步時，目睹了一個奇特的現象。樹上的葉子開始一片片掉下來，不久之後，樹葉快速相繼落下，樹上只剩下一片葉子。

仰望著剩下一片葉子的這棵樹，國王從夢中醒來，不管他怎麼想，這都不是一個普通的夢。國王試著重構這個夢，試著用邏輯來解夢，他仔細的思考。他努力想解開夢的意義，但解不開就會坐立不安，整天不得安寧。

最後，為了解夢，國王喚來一位王室占星術士，詳細說明了昨晚的夢，著實令自己不安，然後他要求一個讓人信服的解析。

占星術士深思夢的各個層面之後，對於國王的夢給了一個非常坦率直接的解釋。

「您在王室庭園看到的那棵大樹象徵著陛下的王國；大樹的葉子代表著陛下的家

庭成員和近親；一片一片的落葉意味著陛下家人和親戚的死亡；最後，剩下唯一一片完好無損的葉子象徵著陛下。高貴的陛下，簡而言之，陛下的夢預這著整個家族將在您去世之前死亡。最後，所有珍貴的人都死去，只有陛下留下來。」

聽見此言，國王很激動，喊著立刻要將占星術士驅逐出境。聽到國王對占星術士下放逐令的消息，另一名同在宮廷的占星術士站出來，請求國王讓他精確的解夢。原本聽到不愉快的話而感到不滿的國王，同意由他解夢。

第二位占星術士說道：「陛下，那個夢想預示著陛下無病長壽，陛下會挺過生活中面臨的各種逆境，克服所有困難。您的家族與宗親誰也無法蓄意謀劃陛下，陛下一生坐穩王座，無人能夠成功奪取，陛下會比任何人都長壽。」

國王非常高興聽到關於夢的新解釋，這位占星術士的解夢能夠撫慰心靈，振奮精神，國王想要賜予他獎賞。他告訴占星術士，他會聽取術士說出的願望。

第二位占星術士懇請國王寬恕他的上級王室占星術士，並收回放逐命令。

「陛下，那位占星術士與我都直率說出事實，只是我們解析夢的方式不一樣。王室占星術士聚焦在家人與親戚的死亡，但我解釋為這是長壽的徵兆，陛下會活得比其他人更久。陛下的家人全都按照天定命運活得很久，但陛下享有活得最久的福分。」

國王充分意識到自己有福氣的命運，因此欣然赦免王室占星術士。

說真話時，使用正確的詞語和適當的文句是智慧。尤其是在談論嚴肅的問題時，應避免使用會冒犯聽者感性和情感的詞語或文句。

08 向眾多事物表達感謝

居於沙漠，在牆壁與屋頂全塗成藍色的城市入口，有一棵高大的印度苦楝樹[45]。樹下住著一個流浪的薩杜。他喜歡這裡的四方開闊，任何人都可以暢通無阻，但是他偶爾也會離開苦楝樹，走進塔爾沙漠[46]（Thar Desert）流浪。

這一天，他也是在灼熱的太陽底下，彷彿苦行般的獨自行走。陽光把身體晒成黑色，藏在沙子裡的荊棘刺傷了他的赤腳。不知道自己已經好幾天沒有好好吃飯，他現在飢腸轆轆，餓得難受。

但是，身為一個純潔真誠的薩杜，他並沒有忘記兩件事：一是對神的感謝之心，

45 印度人視為神之禮物，具有眾多效能的常綠樹。
46 從印度西北部到巴基斯坦東部的寬闊沙漠，塔爾意味著「沙之荒地」。

另一是對世界的積極態度。

有一天，他沿著路徑足跡模糊的一條小路走著，發現先前走過的行人在路邊扔了一個空蕩蕩的水果袋。

薩杜高聲祈禱：「神啊，謝謝您給飢餓的人一個空蕩蕩的水果袋。」然後他拿起麻袋，扛在肩上，繼續走。

走了幾步之後，這次他發現了一個斷弦的舊獵弓。薩杜再次大聲祈禱：「神啊，謝謝您給飢餓的人一個斷弦的獵弓。」

他再往下走時，看到一棵枯死而無法結果的老樹，薩杜折斷一些乾枯的樹枝，放入袋子，然後再次大聲說道：「神啊，謝謝您引領飢餓的人來到這棵枯死的果樹。」

當他走得更遠，一個變形的烹飪鍋映入眼簾。薩杜拾起一個掉在地上的舊鍋，用嘴吹掉裡頭沾染的灰塵，然後放入袋子裡。接著，他又大聲祈禱：「神啊，謝謝您給飢餓的人一個滿是灰塵的變形舊鍋。」

他繼續走，在地上發現了一個魚鉤，但是沒有釣竿。薩杜拾起魚鉤，放入袋子，然後再次高聲宣示：「神啊，謝謝您給飢餓的人一個沒有釣竿的魚鉤。」

終於，走了一整天之後，薩杜來到達一條看不到對岸的寬闊河流。那裡的路被截斷了。薩杜跪在河邊高聲祈禱道：「神啊，謝謝您引領飢餓的人來到這條如此寬闊，以至於無法指望越過的河流。」

祈禱完之後，他把釣魚鉤綁在獵弓的斷弦上，用它作為釣竿，自己釣到了魚。然後他用乾燥的樹枝生火，放上舊鍋，煮了魚。他沒有忘記最後的祈禱：「神啊，謝謝您讓飢餓的人吃飽了！」

09 不落網的鵪鶉

一座山中住了數千隻的鵪鶉群。牠們最害怕的是捕鳥人，他們知道如何模仿鵪鶉的歌聲，產生像是真正的鵪鶉在求助的聲音，讓人產生幻覺。如果鵪鶉被那聲音所騙而聚過來，捕鳥人會用大網子把牠們全部捕獲，然後裝進籃子裡，拿到市場賣。

鵪鶉鳥中有一隻聰明的鳥。牠觀察了捕鳥人的行動，有一天，牠把所有的鵪鶉集合起來，向大家說道：「我們正處於巨大的危險中，兄弟姐妹們紛紛被聰明的捕鳥人捉去，拿到市場賣。我有一個計畫，未來，如果捕鳥人向我們扔下網子，我們全部都把脖子伸出網孔，一齊舉起網子，飛向天空，然後把網子扔進荊棘叢中。這樣的話，捕鳥人就抓不到我們了。」

次日，捕鳥人發出誘騙鵪鶉的聲音，鵪鶉又開始蜂擁而至。但是，當他扔下網子後，鳥兒們一齊用脖子抬起網子，飛到遠處，把網子扔到荊棘叢中。捕鳥人不僅一隻也沒抓到，還要從荊棘取下網子，虛耗一整天。

第二天，他同樣在荊棘收網耗盡時間。沒有任何收穫，一回到家，妻子開始毒罵：「以前你是帶著賣鵪鶉的錢和給我們吃的鵪鶉回來，現在空手就回來啦。你一整天都在哪裡做什麼？肯定有藏女人吧，她替我吃了鵪鶉肉吧？」

捕鳥人說道：「最近鵪鶉們很團結，捉也捉不到。牠們通力合作，用身體舉起網子，扔進荊棘叢裡。但是不用擔心。就像現在你我爭吵一樣，他們遲早也會互相爭吵的。趁那空隙再撒網就行了，現在只要耐心等到那時候。」

有一天，捕鳥人發出誘騙鵪鶉的聲音之際，一隻鵪鶉不小心踩到了另一隻鵪鶉的頭。被踩到頭的鳥兒立刻大怒，咻咻叫不停，連一邊勸阻的鵪鶉們也吵了起來，最後所有的鵪鶉分成兩方，展開大吵。爭吵越演越烈，明智的鵪鶉說道：「互相爭鬥是什麼好處也沒有，這樣繼續吵的話，將會處於危險。」

但是咻咻叫的鳥兒們耳朵聽不進這番話。最後，明智的鳥兒放棄說服，帶著跟隨自己的一群鳥逃離了那個地方。

捕鳥人怕錯過此時，把網撒在剩下來的鳥群上。但是，鳥兒們沒有合力抬起網子的想法，而是繼續吵架。

「我才不想幫你們抬網子。」

一群鳥喊叫，另一群鳥也頂回去。

「你以為我們想幫你們抬網子啊？」

最後，所有的鵪鶉都被網子捕獲，捕鳥人把鳥兒們滿滿裝在籃子裡，滿籃子運到市場去賣，他還帶了幾隻給準備晚餐的妻子。

10 成牛成驢的兩名梵學士

兩名梵學士在印度教聖城瓦拉納西潛修，研習經典的高深學問與宗教理論多年，學成之後，兩人相偕啟程返回家鄉。

當時交通不發達，移動遷徙只能用走路或搭乘人力車的方式，費時長達數日或數月之久。旅途中，人們通常下榻於富人或虔誠信徒提供的住宿或修行會所。歇息停留一晚，天亮又再度上路。

兩名梵學士也是以同樣的方式展開旅程。有一回，兩人都得在某城的富人家歇一晚。寬厚好客的屋主欣然迎接這兩位風塵僕僕的學者，招待他們用餐留宿。在僕人們忙碌準備晚餐之際，屋主帶領兩人去各自的房間，還小聊家常。

屋主是世俗的成功人士，但也是睿智明理之人。他立刻就察覺到，雖然兩位梵學士具備經典學識，卻非常自我中心。他們不僅自私自利，而且互相嫉妒，打從心底認為自己比對方更優秀。

「我們一起研修的時候，這朋友啥都不懂，什麼都要我解釋給他聽。教牛跳舞可能還更容易些。」

「別提我那朋友。有個驢子腦的人，究竟要如何走學者一途？這朋友的頭，只是掛在肩膀上，徒有點頭作用罷了。」

兩人像這樣相互詆毀，每次說話都在貶低對方。屋主深深感到可惜又遺憾，別說他們兩人都曾在聖城瓦拉納西接受長期的高等教育陶冶，感覺上他們就連尊重和體諒他人的道理都沒學到。

過一會兒，到了晚餐時間，屋主畢恭畢敬的帶領兩位梵學士前往用膳之處。然而，一人盤子裡給的是牛飼料，另一人盤子裡放的是牧草。兩人見狀大為震怒，遂向屋主高聲質問是否把他們當成吃飼料、吃牧草的動物。

「您這是在侮辱人，我們可是深諳經典智識的學者。」

屋主以非常恭敬的口吻回答，一方面說明提供兩人的餐膳正確無誤，一方面提醒他們各自曾與自己說過的話。

「我向二位詢問對於彼此的了解時，您們一人稱對方是黃牛，一人稱對方為驢子。這份餐點正是配合二位對彼此的說明所準備的。」

兩名梵學士啞然無語。他們為自己的愚魯行為向屋主道歉，同時也反省自己對於同儕懷有的壞心思，彼此相互致歉。

11 辛苦的職業

北印度亞穆納河附近的小城市馬圖拉，是集眾印度人寵愛於一身之黑天神的誕生地。黑天被奉為毗濕奴神的化身，因此，馬圖拉不僅是重要的印度教聖地，還是以紅色砂岩為素材之美麗雕刻藝術作品的寶庫。

到了每年八月至九月黑天聖誕節（Janmastami）時，來自印度各地的眾多朝聖者、乞丐和扒手都絡繹不絕。

一名薩杜負責經營馬圖拉一間小而古老的克里希納寺院。雖然不是位於市中心的人氣寺院，卻是擁有獨特氛圍的虔誠之地，每天奉上普迦敬神儀式的人很多。也有人在小小的神像面前冥想、唱歌、獲得開悟。

長年累月的風吹雨打，加上猴群的折騰，寺院有多處坍塌。因此，薩杜僱用一名年輕的石匠，對寺院受損的部分進行了幾天修繕。當時恰好正值黑天聖誕節，石匠每天都在觀察朝聖客來訪，向薩杜捐資的情形。每天晚上，薩杜膝前積了滿滿的紙幣、硬幣和水果。

在石匠眼裡，薩杜做的事只是整天盤腿而坐，朝著寺院參拜者的頭，降予祝福。反之，自己從早到晚吸沙石灰塵，辛苦的鑿石搬磚，日薪頂多只有五十盧比而已。

某天，石匠忍無可忍，向薩杜抗議：「我一整天彎著腰工作，頂多掙得五十盧比而已，你什麼也沒做，只是靜靜坐著，卻能賺入數百盧比。不覺得太不公平了嗎？」

薩杜微笑說道：「我幾乎沒有為自己的花費。樸素清淡的飲食、幾杯奶茶，僅此而已。剩下的錢全歸寺院管理。但你的問題有道理。這樣吧，明天帶另一名石匠來做修繕寺院的工作，我會給你做其他工作，可以收到兩倍的日酬。」

石匠欣然同意薩杜所說的。

次日早晨，石匠帶著看起來比自己憨厚的另一名工人來到寺院。他向薩杜說道：「我帶來了一名石匠朋友。雖然腦袋比我差一點，但工作做得比我好。現在請您給我新的工作。」

薩杜說道：「你坐在我之前坐的位子上吧，這樣做的話，我會給你兩倍日薪。別的事什麼都不用做。但是，請以冥想姿勢坐正，絕對不能移動或做其他動作。如果姿勢不端正，參拜者會懷疑你，不信任本印度教寺院（mandir）。」

石匠詫異問道：「全部就這樣？」薩杜點頭說道：「全部就這樣。」

「和石工的工作相比，這不算什麼，非常簡單。要坐著多久時間呢？」

「一整天。」

「一整天？您是說，其他工作都不用做，就給兩倍日薪嗎？不管怎麼說，這工作感覺就像我的天職。」

石匠高興這份工作不用沾得一身沙石灰塵。因此，他穿上薩杜準備的橘色服裝，在神像前方指定的位子上盤腿而坐。然後按照指示挺直腰板，深呼吸不動。

這是久違的平和。清新的鳥鳴聲在耳，早晨陽光散落於另一名石匠忙碌作業的寺院牆面，這個原本只當作勞動現場的地方，讓人感到神祕。

頭一分鐘，他就這樣安靜的坐著，後來開始想要用兩倍的日薪來做點什麼。他決定用一日工錢來買一雙涼鞋，然後明天買褲子……突然一隻蒼蠅飛到額頭上，他覺得好癢，但突然薩杜交代不能動，他好不容易忍住。他的肩膀比預想還早感到僵硬，背部也開始刺痛。他懷疑這樣不動坐著究竟有什麼意義，與追求神有什麼關係。

新帶回來的石匠好像很喜歡在這裡工作，瞬間，他不自覺的不安苦笑。做不好的話，說不定飯碗會被他搶走。就這樣，腦中思考的主題一個接著一個。越努力停止思考，就湧入越多的雜念和妄想。

現在石匠開始思考為什麼自己有這麼多想法，然後想著思考這些東西有什麼意義。因為血液流通不暢，他的腿抽筋，但是把腿伸直的話，日薪就沒了，所以不能那樣做。雖然想熟悉情況，但情況絲毫沒有好轉。

最後，達到極限的石匠失去耐性，從位子站起來喊道：「我沒辦法再坐下去了！我坐了幾個小時？」

「大約二十分鐘左右。」

「不可能！至少過了一個小時的樣子。」

石匠問道：「除了這個，沒有其他我能做又更有意義的工作嗎？」

「雖然難以置信，但沒有比在這裡坐著冥想更有意義的工作了。」

「但是，這樣坐著，腦子裡會爆滿各式各樣的想法。」

「那你試試看，專注在一件事情上。例如，專注呼吸也是一種方法。集中意識在吸氣和吐氣上。」

石匠重新坐到位子上，開始按照薩杜教的做。剛開始，專注在呼吸上是可能的，但馬上又湧入很多想法。坐了半小時，思緒分散超過數百次，一下這個想法，一下那個想法，他感到疲憊不堪，精神上更累得不能再累。他甚至感到空虛和痛苦。

石匠再次離席起身喊道：「這是不可能的事情啊！」坐在附近冥想中的薩杜睜開眼睛問道：「什麼不可能？」

「我是說集中呼吸的事，這樣專注是不可能的。」

薩杜說道：「沒有不可能的事。如你所見，我每天在這裡專注呼吸坐著，你現在才坐了一個小時而已。別忘記，想要拿到日薪，還剩下八小時，快回位子上坐好。」

石匠再次喊道：「不行！拜託別讓我只做這件事。再坐八個小時，我會瘋掉。這顯然不是我的天職，給我別的工作吧。」

「在這裡，別的工作只有寺院修繕而已，就是新來的石匠正在做的事情。你知道的，那工作的日薪只有一半。」

石匠急忙說道：「我做那件事！只要不是坐著不動，我做什麼都可以。」

薩杜說道：「現在明白了嗎？你以為我什麼事也沒做，靜靜坐一整天，但修行者的生活有多辛苦，你明白了嗎？這是任何地方都不去，全然追求自己的內在。」

「我充分明白。一整天不動坐著，說明了您有高度耐心。我得趕快回去做石匠的工作。對我來說，那是最容易的工作，如果再這樣坐著，我的腦袋會變得不正常。」

石匠急忙跑向寺院的坍塌牆壁，薩杜重新端正姿勢坐好，專注於自己的內在。

12 掛在床上的刀

這是一個關於修行者去見國王的古老故事。那位修行者的上師，是過去王國處於危機時，曾經憑著智慧協助解決的聖人，因此，國王出來親自迎接這位上師的弟子，勸他在王宮住一晚再走。

修行者受到國王級的款待，在消除旅途疲勞的歡樂宴會上，獲得接近王族的用餐待遇。到了晚上，國王甚至體貼的讓出自己的寢室，這間王宮裡最豪華舒適的寢室供他歇息。圍著軟墊而格外舒適的床鋪，就放在寢室的正中央。

身為實踐苦行之聖人的弟子，他一直過著簡樸的生活，對於如此華麗奢侈的氛圍很生疏，但慮及這是國王感念聖人恩澤而給予的特別待遇，拒絕好意可能有失禮儀。

但是他一躺到床上，大吃一驚。床上吊著一把長刀，一把不入鞘的刀直指著眉心，閃閃發亮。儘管這是世界上最安逸舒適的房間與床鋪，修行者卻一刻無法入眠，全副意識集中在頭上掛著的那把尖刀。

不管怎麼做，那把來路不明的刀都在心中揮之不去，他想：「這是多麼殘忍的惡作劇！國王給了我難以置信的盛情款待，還給了我全國最安逸舒適的房間，卻在我的頭上掛了把長劍，瞄準著我！」

他的心一刻也無法從刀上放下來，只能醒著直到天亮。早上，國王用充滿活力的聲音問他睡得好嗎，修行者說道：「我的心一刻也無法從刀上放下來。怎麼能夠睡好呢？陛下開了一個非常殘忍的玩笑。」

此時，國王以真摯的表情說道：「沒有刀鞘的刀在床上瞄準自己一整晚，對您而言是殘忍的惡作劇。但是，我每日每夜都感覺死亡就像上面閃閃發亮的刀刃一樣對準著我。即使在吃喝玩樂，享受世上一切榮華富貴時，我的心也自覺到死亡。即使我不認為會死，隨時都可能有人對我散布謊言、背棄我。誰也不知道鄰國國王為了占據我的王位，何時會派軍隊。或者，說不定自己不明智的決定，將導致自取滅亡。

「也許在我深信不疑的大臣中，有人嫉妒我的權力，試圖傷害我。無論我多麼幸福，內心如何被盲目的安逸華美所影響，為了讓我自覺到，死亡就像一把沒有刀鞘的刀，隨時瞄準著我，我就把刀掛在床頭。」

聖人的弟子意識到，真正的修行者不是自己，而是現在站在前面的國王，他謙虛的低下了頭。

第十章

只要帶著靈魂旅行，總有一天會找到真理

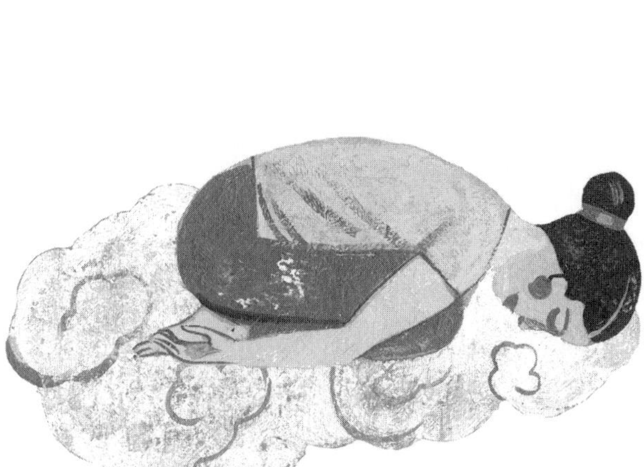

01 生命的價值

摩揭陀國[47]的偉大國王頻毘娑羅（Bimbisara）向大臣們問道：「要解決國家的糧食問題，花費最少的選擇是什麼？」

為了找到適當的解答，大臣們左思右慮。一是從米、大麥、小麥等穀物中尋找解決方法，但這不是國王期望的廉價選擇。以農業為基礎的糧食生產，需要耕田、播種、適時澆灌，還要保護農作物免於鳥害，需要大量的辛苦勞作。

不僅如此，農作物依賴雨水，如果沒有及時下雨，辛勤的勞作可能會全部落空。再者，降雨量超過所需的話，農田淹水，農作物會腐壞。慮及這些困難和可預見的自然災害，農作物絕不是低成本、高效率的選擇。

此時，一位愛好打獵的重臣說道：「陛下，最好的可能選擇是吃肉。」

為了支持自己的主張，他說覓得肉品不是一件難事，食用肉類或肉類製品是保障健康的菜色。除了素食主義者首相考底利耶以外，所有人都支持這項提議。

國王向考底利耶詢問他對該提議的意見。

考底利耶答道：「明天在此時此地，我會告訴您我的意見。」

到了晚上，考底利耶去了提議以肉作為廉價糧食的大臣家。大半夜見到考底利耶站在門前，大臣驚慌急問他深夜來訪的理由。

考底利耶說道：「晚上國王突然得了重病，主治醫生提出一個奇怪的處方。從高尚人士的胸中取出二十克的肉來吃，就可以挽救國王的性命。國王囑咐我，去向最高尚的人要來所需的胸肉。

「所以最適合的人選不是您，還有誰呢？於是我來拜託您。國王將會賜予一萬枚金幣，作為報答，請務必收下金幣，為了挽救親愛的國王的性命，請您取下二十克的胸肉。」

大臣一聽此話，向考底利耶跪下，求他救命。他哀求說，只要能救他，他再添上一萬枚金幣給考底利耶，請他用這些錢購入其他大臣的胸肉。

47 以比哈爾邦（Bihar）南部為中心，昔日繁榮的城市國家。

考底利耶依序找了每一位大臣，提議給他們一萬枚金幣，向他們買二十克的胸肉。他們誰也沒有答應，為了救自己的命，各自給了考底利耶一萬枚金幣。

透過這種方式，考底利耶籌得二十萬枚金幣。

次日，考底利耶在約定的時間出現於宮廷，他把二十萬枚金幣拿給國王看。國王問起原因時，考底利耶說明，雖然一夜之間可以收集到那麼多金幣，卻得不到二十克的人肉。

最後，考底利耶說道：「現在請陛下自行決定。在活著的生命體上的肉，果真便宜嗎？請別忘記，就像我們的生命對我們來說很珍貴一樣，對於其他任何生命體來說，生命也是很珍貴的。」

02 不要跟蠢蛋吵架

一座叢林中，各種動物互相幫助，和睦生活。牠們沒有不必要的意見衝突或爭吵，只是互相告知叢林中的情形與外面世界的消息，和平度日。直到有一天，發生一起小小的衝突。

事情是老虎和驢子一起聊天時偶然開始的。最初，兩隻動物天南地北，聊著各種日常事務。突然，牠倆開始爭論草的顏色。

沒有人知道這場爭論是如何觸發。只是聽到驢子先說什麼話，然後老虎不耐煩的高聲大喊：「草是綠色的！」

驢子更大聲叫喊，嚇了大家一跳：「不，草的顏色是藍色！」

之後，「綠色！」「不，藍色！」「是綠色！」「是藍色！」接連不斷高喊，過了一段時間還在吵。

隨著兩者的爭吵，其他動物也選邊站，高喊著「綠色」、「藍色」。情況越來越嚴重，這樣繼續發展下去的話，動物之間的良好關係肯定會面臨巨大危機。老虎已經忠實表現出掠食動物本有的攻擊性，而驢子完全忘記了自己的天生弱點，繼續在刺激危險的對手。雙方處於一觸即發的狀態。

最後，動物們找到森林之王獅子，請他做出判決。

獅子出現在爭論現場，牠先傾聽驢子的主張，再聽老虎。經過短暫的深思熟慮後，獅子決定支持驢子的主張。牠莊嚴的向聚集在那裡的動物們宣布老虎錯了。

根據森林之王獅子的權威判決，老虎滋事生端，因此必須逐出叢林一年。在離開叢林之前，老虎最後去找獅子訴苦，全世界都知道草是綠色的事實，為何獅子做出有利驢子的判決且處罰自己。

獅子說道：「當然我也知道草是綠色。但是，你與愚蠢的人展開爭論，所以處罰你。如果想讓爭論弄得像爭論一樣，至少應該與知識和智慧比自己高的人討論。你與愚蠢的人進行無謂的爭論，浪費了寶貴的時間和精力，把世界搞得雞犬不寧。這就是你受到懲罰的真正原因。」

03

不趁現在，更待何時

少年由於洪水失去父母，成為孤兒，沒有家，也沒有監護人，留下獨自一人。但因為從父親那裡學到了很多東西，不消多久就找到謀生之路。

有一天，少年去市場租了一個最小最便宜的店鋪。然後用自己手中的小錢買了紙和筆。接著在商店入口處立起「販賣智慧」的牌子。

來買物品和生活必需品的人，經過這家商店，都嘲笑少年說：「如果你很有智慧的話，為什麼會穿著那麼舊的衣服，坐在巴掌大的店裡呢？」

不過，少年不為所動，坐在店裡耐心等待客人到來。

有一天，大商人的兒子路過時，對於販賣智慧的話感到很好奇。雖然他是富翁，但傻傻的。他根本不明白少年是在賣什麼，以為智慧是可以吃、可以摸的東西。他問少年智慧一公斤價格多少。

少年說明：「智慧不是以重量為單位來賣，智慧賣的是價值。」

商人兒子放了一盧比說道：「我知道你的意思，只要給我一盧比的智慧。」

少年把一盧比放入口袋，請商人兒子坐下。然後用認真的眼神看著他的臉，再仰望天空。接著，他拿出一張紙，深呼吸，暫時閉上眼睛，再睜開眼睛，寫下一句話：「旁觀兩人吵架是不明智的。」

商人的兒子非常興奮，迫不及待的跑回家。因為他想盡快向父親秀出自己購買的驚人東西。父親看到兒子拿來的紙條上寫的文句，他無法相信自己的眼睛。那是超出自己想像的事。自己怎麼生下這麼傻的孩子呢！

氣呼呼的商人問兒子是誰用一盧比賣給他這張沒用的廢紙，兒子說是一名「販賣智慧」的少年，他立即跑去那裡。他痛斥少年，大聲要求少年即刻退還兒子為這張毫無價值的廢紙所支付的一盧比。他還高呼少年是騙子，把紙條扔到少年身上。

少年沉著的答應退錢。但是他說明在退錢之前，不僅要還回紙條，還要還回自己賣的商品。商人堅持說剛才已經把東西歸還，少年再次說明，自己收回的只是一張紙，並不是與紙一起販賣的智慧。

少年主張：「如果您想退錢，您的兒子一定要在寫著『絕對不會使用我的建議，無論何時都會旁觀兩人吵架』的文件上簽名。」

商人無心給少年任何東西，漸漸越喊越大聲。很快的，其他店家主人們都圍攏過來，幾名顧客也湧過來站在了少年一邊。商人不得不在文件上簽名。

不久後，國王兩位夫人的兩名侍女來到市場。她們像自己的兩位女主人一樣，把任何事擱一旁，持續爭吵不休。這一天，她們為了要買同一顆哈密瓜而發生爭吵，因為吵得太激烈，哈密瓜販子嚇得逃走。

兩個女人跑出店外，互相扯著對方的頭髮打架。正巧，商人的兒子路過，聽見侍女們吵架的聲音，按照父親給他的指示，停下腳步旁觀吵架。

當時，一名侍女看見商人的兒子，請他作證。此刻，另一女傭也向他提出同樣的請求。雖然他們又再吵起來，但猛然想起自己的女主人正在等候，立即撣掉衣服上的灰塵，把買好的東西帶回王宮。

他們向各自的王妃抖出吵架的來龍去脈，王妃們當然生氣了，而向國王抱怨。女傭們也提及在旁看著吵架的證人。國王命令臣子到商人家裡去接商人的兒子來。

商人與兒子害怕喪命，跑到小店去，向少年詢問如何擺脫此一無法迴避的狀況。少年提議支付五百盧比，就給他們一個智慧。商人毫不猶豫的支付了五百盧比。

少年表情認真，深呼吸後，暫時閉上眼，再睜開眼睛說道：「如果被喚去王宮的話，請裝瘋賣傻，假裝什麼事都不懂。」

被喚到王宮當證人的商人兒子，按照少年告訴他的方式做。結果，國王再也受不了那個瘋子，把他趕出王宮。但是商人並不幸福。因為自己的兒子到死之前，都得裝瘋賣傻。不然的話，如果國王發現真相，會砍掉兒子的腦袋。

因此，商人和兒子為了多買智慧，再去少年的店舖。他們再付五百盧比，買到的建議是選在國王心情好的時候，再去找國王，向國王交代事情的原委。

商人的兒子聽從少年的建議，很幸運的，他在國王心情極佳時見到國王。他講出所有的故事，為自己的愚蠢行為求饒，國王覺得那個故事很有趣，原諒了他。國王還安慰說，無論是誰，偶爾都會犯錯，要他別擔心。

商人的兒子離開後，國王獨自坐著思考這個故事，對於販賣智慧之少年的罕見才能心生好奇。因此，他將少年喚來，問他是否可以販賣智慧給自己。

男孩說道：「當然，我販賣的智慧很多，特別是給一國之君的智慧。但是我的智慧並不便宜，您必須支付十萬盧比。」

國王毫不猶豫，欣然支付十萬盧比。少年再次表情認真，深呼吸後，閉上眼睛再睜眼，然後在王室的特殊紙上寫下一句話。

國王讀了紙上寫的字句：「不趁現在，更待何時。」

國王認為這個建議非常有智慧，請人用金黃色字體在所有王室的杯盤上刻上此一文句。這個文句也刻在王室所有的鏡子上，繡在國王的高級枕頭和床單上，讓任何人都絕對不會忘記。

幾個月後，國王最疼愛的兒子突然患病死去。國王無法止住悲傷，憂鬱症狀加劇，完全不出房門，荒廢國家大事。國王不在的期間，大臣們突然擁有了權力，他們忙著相互爭鬥。發生這一切的期間，國王連睜開眼睛都覺得煩，在沉重窗簾垂下的房中一動不動。

有一天，新來的宮女把早餐送到國王的房間，不知道是不是因為沒聽清楚指示，她把擺著食物的盤子放在桌子上，然後走到窗前，迅速拉開所有窗簾。她的行動出人意料，國王來不及制止。國王想高聲大喊，但為時已晚。春日裡明媚的晨光灑進窗子，瞬間驅散了憂鬱的黑暗，鳥鳴聲改變了房間裡沉悶的空氣。

雖然刺眼，國王勉強睜開眼睛，望向宮女，想看是誰違背了國王的命令。但首先映入他眼簾的，不是宮女的面孔，而是窗戶旁的大鏡子中刻寫的一行文字：「不趁現在，更待何時。」

同樣的句子繡在枕頭和床單上、刻在裝早餐的盤子和托盤上。為潤喉而拿著的金杯上也用漂亮的字體刻著文句。

國王開悟了。這段時間以來，他都忘記了自己單純的智慧。從那天起，國王重返國政，每天都像最後一天一樣努力工作。國家恢復了秩序，比以前更富饒。

「阿比納希，卡彼納希。」

「不趁現在，更待何時。」是這句印度語諺語的意思。

04 你在向誰打招呼？

一名男子的軼事值得關注，因為這件事也是我們所有人的事。我們姑且用拉爾多這個常見的名字來叫他。其實，他是印度大陸的普通賤民，因為太普通，不管是叫拉爾多、賓多、或黑臉卡魯，任何人都懶得理睬。再加上他的身分是清道夫階級楚拉（Chuhra），鮮少有人向他打招呼問好。

他是個存在又不存在的人，是個有名字又無名的人。如果有人向他說話，只是惡聲惡氣喊說他沒有打掃乾淨，要他別懶惰或走開別擋路。

沒有人親切的向他打招呼。沒有人向他說「南無斯戴！」（namaste，你好），也沒有人向他說「蘇普拉巴特！」（suprabhat，早安）更沒有人問他「阿普提克海？」（aaptik hai，你好嗎？），他只不過是個透明人。

他的存在價值只是在政治人物選舉時投下一票，即使選舉隔日價值就被遺忘，或者對於小吃店（dhaba）主人來說，他是會買便宜塔哩（thali）[48]吃的客人，雖然他還是得坐在角落的位子。

不過，拉爾多天生是個勤奮誠實的人，他不辭任何勞苦，逐漸積累財富。起初，他還不算有錢，只是租住在城市的單人房，但與露宿街頭、憑一條毯子硬撐的時期相比，已有進步。幾年之後，他搬到更寬敞的出租房，再過幾年，終於擁有屬於自己的小房子。

現在他不用清理街道垃圾，也不再無緣無故成為人們的出氣筒。數年之後，他又幸運成為兩家商店的主人。現在他的地位改變，每個人都會向他打招呼。他不再是掉漆牆面上的斑駁影子。

印度是一個熱愛問候的國家，「南無斯戴」（namaste）的意思是「我心中的神聖向你心中的神聖敬拜」；「哈里歐姆」（hari om）的意思是「神來消除你的痛苦！」；「唵南無溼婆耶」（om namah shivaya）是「請濕婆神破壞惡事」的意思；「馬哈德布」（mahadev）是唱頌「所有人心中至高無上的神」之問候語。還有「嘉伊拉姆」（jai ram）的意思是「神賜予力量，助你勝利！」

現在拉爾多經過的路上，神聖的問候語此起彼落：「南無斯戴！哈里歐姆！」、

「唵南無溼婆耶！」、「馬哈德布！嘉伊拉姆！」

有人也會高呼「普拉南無」（pranama），這是以長輩或備受尊敬的人為主要對象的問候語，意思是「願像您一樣擁有美好的本性」。而且，人們也不忘在他的名字後面加上敬語「吉」（ji），表示「先生」的意思。

「南無斯戴，拉爾多吉！」

「哈里歐姆，拉爾多吉！」

但是，每回人們向他這樣打招呼時，拉爾多不怎麼喜形於色。他只是勉強微笑說：「我會為您轉達。」

人們雖然不知其所以然，但沒有勇氣去問。有的人認為他不喜歡自己的問候，有的人解釋說是他埋首事業，所以聽錯自己的問候語。無論如何，現在這已經成為他與人們之間毫無例外反覆出現的問候語：

「向您心中的神問好，拉爾多吉！」

「我會為您轉達。」

48 用圓盤一起盛裝飯、咖哩與小菜的基本定食。

「願神解除您所有的問題與痛苦！」

「我會為您轉達。」

「願像您一樣擁有內在的美好本性！」

「我會為您轉達。」

一名好友再也無法假裝不知道他奇怪的問候方式，一日向他問道：「我很好奇，忍不住想問，為什麼你一直用這種奇怪的問候方式？那到底是什麼意思？」

面對朋友質問再三，一日拉爾多說道：「跟我來，我告訴你解答。」

朋友跟著去他家。他家裡有一個用強力鎖鎖上的房間。拉爾多打開房門，邀請朋友入內。房間裡有一個鐵製的保險櫃，他展示了保險櫃裡存放的鉅額現金、珠寶和財產文件，然後向朋友說：「如你所知，我曾有非常貧困的時期，很多時候連便宜的塔哩都吃不起。那時候，沒有任何人向我打招呼，甚至沒有人看我一眼。人們害怕碰到我骯髒的身體，從遠處就準備躲閃。不過，現在我有大筆資產在手，同樣一批人為了與我親近，故意趨上前來，向我表示神聖的問候。

「我很清楚那些問候的對象不是我，而是我的錢與財產。不是因為尊敬我，而是尊重我所擁有的金錢與財富，所以才熱情的打招呼，投以微笑。因此，我向他們回答，將會把他們的問候與微笑轉達給金庫裡的財產。每天晚上我都會回到這裡，站在保險櫃前轉達人們的問候。而且不忘記自己曾被當空氣人的時期。」

朋友聽他訴說真心話，肅然無譁。

我們打招呼的時候，是問候對方的存在本身，還是問候他的地位、財產與權力？用真心打開心扉，問候對方的存在本身，才是各種問候語內蘊的真正意義。讓彼此內在的存在或神，相互問候行禮吧。

05 傑出的弓箭手

這是出自《摩訶婆羅多》的故事。德羅納上師負責教育兩個核心家族的一百零五名王子。他看起來似乎特別關愛般度族兄弟中的老三阿周那，因此，所有的人都很嫉妒阿周那。上師意識到這一點，策劃為弟子們上一課。

有一天，德羅納上師帶著所有王子去河邊沐浴。駐足在巨大榕樹下的上師，告訴阿周那自己忘了帶來沐浴後更換備用的托蒂（doti）[49]，請他去道場（ashram）取來。

德羅納上師是非比尋常的人物。他精通只有神職人員階級婆羅門、武士階級剎帝利（kshatriya）才能學習的弓術與各種兵器的使用武術。不過，他沒有拋棄婆羅門的生活方式，持續禁慾與靈性修行的道場生活。

阿周那跑去拿衣服時，上師向留在當場的弟子們說明弓箭與鐵棒的力量，並且告訴他們，搭配特別的心咒使用武器，力量會增強好幾倍：「一邊默誦心咒一邊射箭的人，將會實際感受到那股巨大的力量。比如說，如果藉心咒的力量發箭，就能用一支箭穿透這棵榕樹所有的葉子。」

他一邊說，一邊用枴杖在地上畫下心咒，再藉心咒的力量拉了一支箭。箭在瞬間飛越樹上所有的葉子，準確穿出洞來，然後消失在遠處。弟子們驚嘆得合不攏嘴。

上師示範完後，與弟子們一起入河沐浴。這時候，跑去道場的阿周那帶著上師的托蒂回來。看見樹上的每片葉子都穿了洞，他感到疑惑：「我離開去拿衣服時，這些葉子都還完整無缺。究竟這些洞是怎麼出現的？為什麼會貫穿每一片葉子？我不在的時候，上師是不是教了什麼祕法？若是這樣，這裡某處應該會有暗示或標示。」

阿周那環顧四周，發現地上寫著心咒。他很清楚心咒擁有的力量，立即開始喃喃記誦心咒。為了測試效果，他一面默誦心咒，一面射飛一支箭。離弓之箭在每片葉子上準確穿出第二個洞。阿周那滿心歡喜，他自己悟出上師在自己不在時，向其他弟子傳授的知識。

上師與弟子們沐浴完回來，看見樹上所有葉子又出現另一個洞，掩飾不住內心驚

49 印度男人圍腰穿著的布質長衣。

訝。上師詢問是誰又貫穿葉子，弟子們無從知曉。

最後，老師向阿周那問道：「是你做的嗎？」

阿周那突然害怕起來。他向上師請求原諒，回答說他記誦了地上寫的心咒後，未經上師許可就測試效果。由於上師已經教過其他學生，所以他想自己學習也行。這樣，上師就不必再多花寶貴的一小時向自己說明。同時，阿周那又再認錯乞求原諒。

德羅納上師說道：「親愛的阿周那，你有好奇心、耐心和學習的欲望。其他弟子在我教導示範時，學習與試驗心咒的意願很薄弱，他們只是嚇一跳而已。但是，你表現出了想要直接嘗試和通曉知識的熱情與欲望。正是這一點，將使你日後成為與眾不同的特出人物。」

此時，阿周那明白自己沒有做錯事，鬆了一口氣，向上師行禮致意。其他弟子聽完上師的話，紛紛低下頭來。後來，阿周那果真成為縱橫時代最傑出的弓箭手。

06 問題其實從一開始就不存在

一座古老的宮殿有一扇關閉數世紀的大門，那扇門一次也沒開過。王國流傳著有關那扇門的傳說。數世紀前，建造宮殿的國王在門上刻了一道數學方程式問題，唯有解出方程式的人才能打開門。而且國王宣告，只有開啟那扇門的人，才能成為王國的正當繼承者。

後來，雖然許多著名的數學家、科學家、哲學家前來拜訪，終究未能解開方程式，紛紛告敗而歸。任何人都無法悟出問題的解答。國王在後繼無人的情況下去世，之後的漫長歲月裡仍有眾多數學天才前來挑戰問題，但皆以失敗告終。

大門緊鎖未開，就這樣，王國走上衰落之路。唯有古老宮殿珍藏的昔日美好與榮耀，現在硬生生緊閉在廢墟之中。只有偶爾經過此處的旅人或附近居民，遠遠感嘆著鳥群坐落的宮殿屋頂。

某個夏天，一名異邦人來到此地。他是擁有自由精神與常識的人。他指著宮殿向村民問道：「那是傳聞中的那座宮殿嗎？」

一位居民回答說：「是的，只有特別的人才能打開那座宮殿的門。」異邦人又問道：「到目前為止，還沒有人試圖開門嗎？」

村民搖搖頭說：「據我所知是沒有的。我們是平凡的普通人，怎麼會試圖開門呢？眾多著名學者與天才嘗試過，但都失敗了。像我們這樣的人，連那扇門都接近不了。只有極為特出的偉人才能打開門。說不定那個偉人還沒出生呢。」

異邦人轉向他們說道：「那麼，您們不是特別的人嗎？」

「這個問題太不像話。我們只是平凡的普通人而已。」

此刻，異邦人向宮殿大門箭步走去，在門前深呼吸一會兒之後，單手轉動門把，輕輕把門向內推。這時候，在所有人驚訝注目下，大門敞開了。

消息瞬間傳開，無數群眾蜂擁而來，只想一窺這扇未曾打開的神祕大門。一人向異邦人高聲問道：「您是如何解開難題的？」

異邦人說道：「我不是數學家，也沒有解開問題。只是在心裡聽見一個聲音。那個聲音告訴我，說不定方程式與開門沒有關係，說不定問題從一開始就不存在。我相信內心的聲音，試試看開門，門就打開了。所以，門上刻的數學問題，其實與開門無關，只是我們僅僅熱衷於解題，不曾嘗試開門而已。美麗的宮殿之門不是鎖上，只是關上而已。」

07 猴子與鞋子

深邃叢林裡住著一隻猴子。牠每天在一片祥和中，爬上樹來來去去，日子過得逍遙快活。雖然也有風雨交加的日子，但牠的生活大致無虞，爬到樹上隨時都能任意手摘果實來吃。

聽說猴子住的樹林有很多美味的果實，狐狸開始盤算如何取得這些果實。有一天，牠揹著一個袋子去找猴子。

原本舒服睡著午覺的猴子，聽到叫喚自己的聲音而醒來。狐狸鄭重行了個禮，然後說：「抱歉打擾了。您是傳聞中那位又帥又能幹的猴子先生嗎？」

猴子問道：「您認識我嗎？聰明的狐狸，是什麼風把您吹來這裡？」

「當然認識，全國哪裡有像您一樣大名鼎鼎的猴子？大家都很羨慕您的出眾外貌和優良品性。」

狐狸一再美言稱讚，說得口乾舌燥，突然，牠上下打量起猴子，然後搖了搖頭。猴子覺得奇怪，單刀直入問道：「您為什麼這樣？我哪裡不對嗎？」

狐狸猶豫了一下，勉強開口道：「您各方面都非常完美，只有一點不足。或許您在叢林裡獨自生活太久，不太了解外面世界發生的事。」

狐狸的話使猴子心情不快。

「我有什麼不足？您說我不了解什麼？」

狐狸擺擺手說道：「啊，我說錯了。與其說是不足，不如說您具備一項條件的話，就能成為更帥氣的猴子。」

猴子很納悶，再次問道：「所以到底是什麼不足？」狐狸假裝一臉苦惱，然後如此問道：「您是否曾經想過穿穿看鞋子？」

「鞋子？我為什麼要穿鞋子？打從出生，我就不曾穿過鞋子，沒這個必要。」

「好像是這樣，不過，今日外面世界的現代動物全都穿鞋生活。從您的表情看來，似乎是頭一次聽說，現在沒穿鞋子的動物，會被當成是野蠻動物。」

猴子懷疑狐狸的意圖，牠問道：「那是真的嗎？不穿沒有必要的鞋子，就被當作野蠻動物？」

「是的。您是毫無缺陷的猴子先生，怎麼能夠被無視當成野蠻動物呢？剛好我有一雙多餘的鞋子，很樂意送給您。」

狐狸從背上的袋子拿出一雙五彩繽紛的鞋子送給牠。猴子尷尬的穿上鞋子，狐狸抿嘴喊道：「太帥了！您穿上鞋子，真的無比帥氣！恭喜您現在成為完美的猴子！」

狐狸的讚美與諂媚又使猴子高興起來。

「謝謝您，不過我沒錢買鞋子。」

「與您見面是我的榮幸。鞋子是表示友誼的見面禮，別感到有負擔。只要以後把我當朋友就好。」

說完這番話，狐狸就搖搖尾巴消失了。

猴子第一次穿鞋子，雙腳還不習慣，覺得很彆扭，但是牠想像自己穿鞋的帥氣模樣，森林動物們都投以羨慕的眼光，遂強忍住穿鞋的不便。而且，在行經碎石地或荊棘叢時，腳底能受到保護，所以穿鞋也有好處。過了一、兩個月，鞋子反而成為身體的一部分，再也脫不下來。偶爾丟了一隻鞋，心裡就不安難耐。

猴子總是在草叢樹上跑來跑去，不到三個月，鞋子已經磨破，而且鞋帶掉落。恰好牠看見狐狸從林間走來。

「帥氣的猴子先生，這段日子過得如何？鞋子好穿嗎？」

猴子高興說道：「歡迎，謝謝您送的鞋子，穿起來很舒適。」

狐狸佯裝驚訝說：「哦，真的嗎？現在這雙看起來舊了，我又帶來一雙新的。」

猴子開心的收下新鞋，牠拿了一把橡實和松子，想給狐狸作為報答，但狐狸婉言謝絕：「不必有負擔，我隨時可以再做新的。我們之間連這個程度都無法分享嗎？」狐狸又搖搖尾巴消失了。

猴子起初還懷疑狐狸的本意，現在感到很抱歉。牠穿上新鞋子，往下一看，覺得自己更新潮、更幹練。猴子意氣風發的跑跳，從樹木間飛躍穿梭，炫耀著牠的新鞋子。現在，對牠而言，沒有鞋子的生活就是野蠻猴子的生活。

又過了幾個月，鞋子全磨破了，狐狸還是沒有出現。雖然猴子用藤蔓替換掉落的鞋帶，但看起來寒酸無比。牠的雙腳已經習慣穿鞋，老繭也消失了，不可能再赤腳走來走去，那樣會很痛苦。現在，牠已經無法想像沒有鞋子的生活。不過，猴子沒有自己親手縫製新鞋的本領。只能坐在樹枝上，搖晃著鬆垮垮的鞋子，等待狐狸的到來。

又過了一個月左右，猴子等待已久的狐狸終於露面了。猴子開心的向牠打招呼，但狐狸卻沉著臉，面有難色。

猴子察言觀色說道：「好久不見，我一直在等您。我的鞋子都舊到不能穿了，請問能夠拿到新鞋子嗎？」

狐狸一臉苦楚的說道：「關於新鞋，我有一個不好的消息。現在大家全都想買新鞋，所以做鞋子的材料價格暴漲。過去我多少還能應付，但現在，需要支付大量果實才能買到材料。」

猴子著急說：「這是要做我的鞋子，那部分我來處理。請問需要多少果實呢？」

「一雙鞋子需要五百個番石榴和五百顆椰子。」

「哇！那麼多？」

因此，為了每三個月能夠獲得一雙新鞋子，猴子只能不停採集果實。為牠實現夢想的狐狸，隨著時間推移又再提高鞋子的價格，那又是另一個問題了。

08 引水

繪製地圖的男子在塔爾沙漠迷路，飲用水都喝完了。如果不趕緊找到水，自己和駱駝的性命岌岌可危。他拖著精疲力竭的身軀，越過沙丘，遠處出現一間窩棚。說不定那是海市蜃樓，但他別無選擇，只能拉著駱駝，用盡最後的力氣走向小屋。

走近一看，那不是幻想，而是實際存在的窩棚。他滿懷期待的跑進窩棚，希望能夠覓得飲用水。

窩棚裡空蕩蕩的，看起來已經很久沒有使用。不過，令人驚訝的是，小屋一側竟然有從地下汲水的泵浦！終於可以解決口渴的問題了。男子滿心歡喜的抓著鐵把手，開始拚命打水。但不管怎麼做，都看不到出水的跡象，只有乾澀的聲音劃破空際。

結果他放棄了，倒在地上，連最後剩下的精力都白費了，現在註定要躺在那裡等死。此時，放在窩棚角落的一個瓶子映入眼簾。仔細一看，裡面裝滿了水！瓶塞封得很緊，以防蒸發。

他高興的歡呼，急急忙忙拔掉瓶塞，就在正要喝水的瞬間，他看見瓶子上貼的紙條，內容手寫如下：

請用這瓶水作為泵浦打水的引水。而且，別忘了為下一個人再把瓶子裝滿水。

現在，他陷入內心糾葛。要相信指示，把瓶中的水倒入泵浦裡汲水呢？還是不理會指示，直接喝水解決自己的急渴呢？如果倒了水，泵浦卻不運轉，那該怎麼辦？不過，指示也可能是對的，不是嗎？如果直接喝掉瓶子的水，說不定下一個遇難者會因口渴而死。是冒險，還是選擇安全？

當然，繪製地圖的人還是選擇相信。因為瓶子裡裝著水，意味著有人曾經從泵浦打出水。他用顫抖的手把瓶子的水倒進泵浦，懇切祈禱之後，開始猛打泵浦。驚喜的是，隨著咕嚕咕嚕聲，水開始噴湧而出。

他盡情喝下新鮮活水，直到口渴完全消解，然後他餵駱駝喝水，再把自己的水壺裝滿。他把窩棚裡的那只瓶子也重新裝滿水，封上瓶塞，然後拿出鉛筆，在地圖上標示窩棚的位置，接著在瓶子的指示文下方這樣寫道：

請相信這句話！

不管我們做什麼事，世上都有如同引水一般的存在，幫助我們提升內在的力量與創造性。與他們在一起時，我們可以用從自己內在汲出來的水來滿足自己與世上的渴望。同時，這也可以成為世上沙漠中另一名迷路者的引水。請相信這句話。

09 別追隨人，要追隨他走的路

名聞遐邇的賈格納神廟（Jagannath Temple）位於奧里薩邦的普里（Puri）境內，印度中部小村尚卡普爾位於前往賈格納神廟的路上，經常擠滿了修行托鉢僧和朝聖者。由於去神廟必須渡過大河，每當河水氾濫時，人們就會在這裡停留幾天。

偶爾會來村裡朝聖者宿所的朝聖客之中，有一位托鉢僧名叫「空手巴巴」。他來來去去，身上沒有帶任何東西。雖然有人懷疑，是不是另有他人幫他揹行囊或背包，但他總是獨自走向某個目的地，無人與他同行。正如他的名字一樣，他是過著無所有生活的修道僧。

大家都很喜歡他。人們經常給他一些手頭需要的東西，但是他沒有攜帶任何東西，需要食物的時候，如果有人給他食物，他會高興的接來吃。除此之外，他不會收集或保管食物，為下一餐肚子餓預做準備。

人們常常問他：「巴巴，為明天做準備是錯的嗎？」

通常他只是微笑不答。但有時會向需要答案的人說：「那不是對或錯的問題。我只是遵循一種修行方式而已，不要求別人也遵循那條路。根據我的修行方式，我是從瞬間到瞬間，從今日到今日的生活下去。我相信過去、現在和未來都存在當下這一瞬間。所以，擔心未來的理由是什麼呢？」

他的思想難以被全盤接受，對他卻有某種魅力。或許因為他把一切託付給神，澈底相信生命。許多人受他吸引，但他從來不執著於任何人或任何事物。

村子裡有個成功的商人，名叫崇布達斯。他兒子已長大成人，足以繼承家業時，他開始放下世俗的生意，他已經積攢了充裕的財富，認為現在自己可以嘗試一些靈性的追求。

他打趣的向空手巴巴說道：「從現在起，我要追隨您。」

空手巴巴以好奇的目光望著他，溫情說道：「如果您喜歡我的人生方式，當然可以遵循這個方式。不過，沒有必要追隨我。」

崇布達斯無法確定自己是受哪一方面吸引。是空手巴巴，還是他的思想。所以，經過短暫思考，他得出的結論是，追隨空手巴巴本人會比遵循思想更容易。

但是，空手巴巴不願意有人追隨自己的旅途，因此說道：「您沒有辦法完全按照我的方式。因為這關係到長久以來的習慣和對待生活的態度，所以是不可能的。」

崇布達斯主張道：「連試都沒試，怎麼知道呢？至少該給我一次機會證明自己能夠追隨您吧？」

空手巴巴說道：「這樣的話，好吧。不過，您得像我一樣行動，如果做不到，即使只是一次，從此都別再妨礙我。」

崇布達斯一口應允。

空手巴巴朝向下一個目的地出發，雖然崇布達斯不知是往哪裡，同樣尾隨在後。儘管他是與空手巴巴同行，仍然沒有忘記把幾樣需要的東西放在包包裡。

他們走了幾個小時，到達一間小客棧。客棧老闆熟識空手巴巴，欣然為兩人準備食宿。

早上，崇布達斯望著客棧後方一望無際的田野，向空手巴巴問道：「我們要橫越這片田野嗎？」

「是的。」

崇布達斯又問道：「不管怎麼看，感覺去程路上很難找到食物，是不是該準備一點吃的？」

空手巴巴說道：「您不清楚我是身上不帶任何東西的嗎？需要的時候，神會賜給我們食物。」

崇布達斯以眼掃視田野，然後說道：「不過，要在這片田野給我們食物，神得行使奇蹟吧！這裡連一棵果樹都看不到。」

空手巴巴以平靜的口吻說道：「若是那樣，神會行使奇蹟的。」

望著太陽升起，他們又再度上路。幾個小時過去，現在到了正午。崇布達斯等著奇蹟發生，但希望越來越渺茫。

他向空手巴巴問道：「您肚子不餓嗎？」

空手巴巴點了點頭。

「現在肚子餓了。」

崇布達斯笑眯眯的說道：「那麼請到這裡來。」

他解開肩上的包包，拿出啟程前向客棧老闆取得的兩團食物。

他們坐在荷花池畔食用。此時，得意洋洋的崇布達斯笑著說道：「慎重行事，最後一定會獲得補償。我早就知道在這片田野上什麼也找不到。您企盼神會行使奇蹟，我也一直等待奇蹟出現直到現在，但看來神完全不關心我們。」

空手巴巴凝視著崇布達斯，說道：「神關心我們。您遞給我的食物就是神為我行使的奇蹟。但是您卻因此修行失敗。您帶著食物走，沒能照著我做，所以失敗了。」

崇布達斯面紅耳赤，說不出話來。

「現在您走您的路，我走我的路。」

空手巴巴留下崇布達斯獨自一人，朝向田野另一邊走去。

為了發現真正的自我，無數追求者長年累月歷經無數試驗，嘗試無數道路。不管任何一條路，只要帶著靈魂旅行，總有一天會走到真理。被外表迷惑而追隨某人的人，最終不僅迷失方向，還嫌怨是別人有問題，合理化迷失的自己。別追隨人，而是追隨他走的路。

第十一章

當我們分享故事，心靈也變得自由

01 態度不分人事物

這是一位印度修道者的故事。在決定成為修道者前，他是在中產階級家庭中長大的平凡少年。像大多數的孩子一樣，母親為他打理好飲食、衣著和生活的一切。因此，當他下定決心成為修道者時，母親擔心，誰來為他做飯、為他打掃、為他洗衣？答案是這樣的。做飯由大家共同分擔，除此之外，其他一切都要自己費力動手做，他花了許多時間努力學習。平生第一次，幾乎每天都要經歷洗衣服的考驗。

沒有洗衣機，頂多只有兩個鐵桶和一撮洗潔劑。他將衣服和洗潔劑一起浸泡水裡三十分鐘，然後用一桶乾淨的水沖洗，再把溼淋淋的衣服用力擰出水來，他手臂的二頭肌還因此變大。

有一天，他要去洗浸泡在肥皂水中的衣服時，內心很急。要做的事情堆積如山，現在沖洗衣服的工作非常占用時間。他打開水龍頭，然後把鐵桶踢到流出水來的水管下方。

此時，身後有個嚴肅的聲音問道：「你現在做什麼？」那是年紀比他大很多的老修道者。

他恭敬的回答：「我在洗衣服。」老修道者再次問道。「這我也知道。但是，剛才在做什麼呢？」

「就在洗衣服。」

「是的，我知道。不過，我是問剛才你在做什麼？」

老修道者一字一句說著，新修道者失去耐性，頂撞說：「究竟有什麼問題？」本來他的重要日程工作早已延遲許多。

老修道者問道：「為什麼踢鐵桶呢？」

「這只是鐵桶而已。我得趕快把它推到水龍頭下面，這沒有什麼。」

「你說沒有什麼？」

老修道者提出異議，然後繼續說：「這是一個大問題。我想談談關係。當我們麻木的無禮對待鐵桶或其他非生物的物品時，那姿態同樣反映了對人的態度。當我失去很多朋友的時候，一名前輩同樣如此提點我。我們的本能是不分人事物的，一旦我們變得麻木不仁，對待事物的無禮態度，慢慢也會深植我們與人之間的關係。」

然後，老修道者輕輕拍了拍後輩的背，就離開了。新修道者帶著恭敬之心合掌，關上水龍頭，低頭思考了一會兒，態度是不分人事物的。

周圍一切人事物都與我們生活的一部分相連結。麻木不仁的對待事物時，同樣的行為也會開始用在對待心愛的人身上。生活的任何面向皆環環相扣。我是如何對待事物的呢？

02 傾心聆聽

一個對文化漠不關心又毫無興趣的男人，與一名富有教養的女人結婚。她嘗試過各種辦法，想要提升丈夫人生眼界的層次，但男人對此毫不關心。

有一次，一位出色的說書人來到村裡。每天傍晚，他都會搭配歌唱與解說，將史詩《羅摩衍那》的故事講述得津津有味。全村的人都像參加節慶一樣，前去觀賞他的單人表演。

與無教養男人結婚的女人，希望男人對表演感興趣，因此不斷嘮叨，硬要他去聽。雖然他像往常一樣嘟嘟囔囔，但為了討好妻子，傍晚他前去坐在最後一排。

演出連夜進行，男人睏得怎麼也醒不來，他怕別人看見，於是躲在觀眾後面睡。

早晨表演結束，說書人唱最後一首歌時，按照習慣分食甜點。有人在熟睡的男人嘴裡也塞了一個甜點。男人嚇一大跳，馬上打起精神回家了。

女人很高興他一整晚都待在表演現場，要他說說《羅摩衍那》的故事多有趣。

「非常甜蜜。」

聽到這句話，女人感到很幸福。

第二天，女人再度催促男人去聽。男人只好又去表演現場，倚牆而坐，不久就睡得很沉。由於人滿為患、場地狹小，一名小男孩舒服的坐在男人肩上，聆聽趣味盎然的故事。早上，當晚的故事結束，人們全都起身，丈夫也醒來。男孩稍早就已經離開，只是男人被重壓一整晚，覺得腰痠背痛。

男人一回來，妻子很高興，問他表演如何。

「到了早上，越來越沉重。」

女人對他的回答表示有同感。

「那個故事正是如此。」

男人終於開始領悟到史詩的情感與深度，女人感到很幸福。

第三天，男人一如往常，坐在擁擠的人潮邊緣，睏得躺在地板上打鼾。一大早，一隻狗進到裡面來，朝他臉上撒尿。他馬上從睡夢中驚醒，趕回家中。

女人又再問他演出如何，男人斜嘴皺眉說道：「真可怕，太鹹了。」

女人察覺到有什麼不對勁，逼問他到底發生了什麼事。當她以嚴肅的表情繼續追問時，男人終於吐露自己每天晚上在表演現場呼呼大睡的實情。

第四天，女人與男人一起去表演現場。女人讓男人坐在最前排，鄭重告誡他不管發生什麼事都要醒著。因此，男人很有禮貌的坐在前排側耳傾聽。他立刻融入偉大史詩展開的有趣冒險和登場人物裡。當天，說書人講到羅摩王子遭繼母用計放逐叢林，神猴哈努曼向王子慷慨伸出援手，故事說得活靈活現，聽眾個個聽得如痴如醉。

為了拯救被惡魔綁架的悉多，哈努曼拿著刻有羅摩印記的戒指過海，就在這個緊要關頭，戒指就這樣從哈努曼的手中滑落，掉進海裡。哈努曼慌得不知所措。聽眾們也急得跳腳，為他捏一把冷汗。祂必須盡快找回戒指，交給被抓到惡魔王宮的悉多。

哈努曼不知該如何是好，就在祂緊握雙手時，最前排聽得失魂的男人大聲喊道：「哈努曼，別擔心！我幫你找！」

男人一骨碌起身，跳進海裡，在海底找到戒指，拿給哈努曼。

不僅演出者，在場所有的人都嚇了一跳。他們認為這名男子真的是受到羅摩與哈努曼祝福的特別人物。從此之後，男人在村裡被尊為睿智元老，他自己的行為舉止也像睿智元老一樣。這就是傾心聆聽故事時發生的事。

03 花樹

某個城市裡，一名貧窮女人與兩個女兒住在一起。她做低賤的粗活，把兩個女兒撫養長大。兩個女兒成年時，有一天，小女兒向大女兒說道：

「姊姊，我想過了，媽媽為我們辛苦工作，我想幫她。我會變成花樹，請姊姊把那些花摘下來，賣個好價錢。」

「妳要怎麼變成花樹？」

妹妹說道：「這以後再跟妳解釋。請姊姊先打掃屋子，擦拭乾淨。然後洗完澡之後，從井裡盛滿兩壺水來。不過，務必小心別讓手指甲浸到水裡。」

姊姊仔細聽完後，照妹妹說的，把屋子裡頭打掃擦拭乾淨，接著洗好澡後，盛來兩壺水。她們家的正前方有一棵大樹。樹下同樣打掃乾淨，然後姊妹倆去到那裡。

妹妹說道：「我要坐在這棵樹下冥想。請姊姊把一壺水澆遍我全身，我就會變成花樹。這時候，姊姊想要多少花，就摘多少花。但是千萬別折斷樹枝或扯下葉子。摘完花後，再把第二壺水倒進我的胃。那樣的話，我就會再變回人。」

妹妹坐在樹下對神冥想時，姊姊把第一壺水澆遍她的全身。她立刻變成一棵大花樹。樹有多大呢？看起來是從地上直達天際。每一條樹枝都開著美麗的花。姊姊不傷及枝葉，小心翼翼的採集花。摘滿一籃子的花後，她在花樹上又澆第二壺水，花樹重新變成人，妹妹坐在那裡。她拂了拂頭髮上的水，站起身來。

姐妹倆提花籃進屋內，做成漂亮的花束，花兒芳香撲鼻。

姊姊問道：「去哪裡賣這些花？」妹妹說道：「拿去王宮賣如何？那裡能夠賣出好價格。我們把錢攢起來，以後再給媽媽驚喜。」

姊姊頂著花籃，走到王宮前，大聲喊道：「來買花喲，來買花喲！有人需要花嗎？」小公主往外看，向王妃說道：「媽媽，這花好香，我想要買。」

王妃喚住賣花的姑娘，向她詢問價格，賣花的姑娘說道：「我們是窮苦人家，請按您的意思來給吧。」

王妃遞給她一把銅錢，買下所有的花。姊姊帶著賣花的錢回來，妹妹立刻說道：「別告訴媽媽這件事，先把錢藏起來，不可以讓任何人知道。」

兩個女兒就這樣賣了好幾天花，攢下相當多錢。

有一天，國王的兒子看見那些花，香氣撲鼻。他從未見過這種花，王子感到很好奇：「這是什麼花？哪裡長的，是什麼樣的花樹？誰把這些花帶來王宮？」

王子觀察了來賣花的姑娘，有一天，一直尾隨她到家。但是，那裡的任何地方都找不到花樹，所以他更加好奇。

第二天凌晨，天還沒亮，王子又去那個家，躲在屋前大樹的後方。那一天，姊妹倆同樣先打掃擦拭樹的下方，然後妹妹照常變成花樹。姊姊摘花之後，花樹又變成年輕姑娘。王子目睹這一切在眼前發生的驚人情景。

王子回到王宮，進了自己的房間躺著。國王和王妃來問他發生了什麼事，他一言不發。身為王子朋友的大臣兒子來問他：「你想要什麼？可以告訴我。」

最後，王子把姑娘變成花樹的事告訴他。

「全部就這樣？」

大臣的兒子把王子的話一五一十告訴國王。國王馬上派大臣去把那名貧窮的女人帶來。女人害怕的渾身發抖，抵達王宮之後，她穿著舊衣服，一直站在門口，勸了多次之後才坐到椅子上。

國王安撫使她鎮定下來，然後溫和問道：「我知道妳有兩個女兒。可以給我們一個嗎？」

女人更加恐懼。

「國王怎麼會知道我的兩個女兒？」

她用勉強發出的聲音，結結巴巴的說：「當然，陛下。像我這樣的窮女人，按照陛下的要求讓出一個女兒，並不是什麼大事。」

國王立刻遞給她一只放在銀盤上的盤安（paan）[50]，傳統上這是婚約的象徵。女人怕得不敢直接拿起。不過，國王半強制的讓她拿著，派人送她回家。

女人回到家，一邊用掃帚打女兒，一邊斥責：「妳們兩個，到底上哪裡去了？國王居然問起妳們。」

可憐的女兒們一頭霧水，不知道是什麼事，她們哭著問道：「媽媽，為什麼打我們？我們做錯什麼了？」

「不然我要打誰？快說妳們去了哪裡，國王怎麼知道妳們的？」

50 在檳榔葉上添加各種香辛料的一種嚼菸。

兩個女兒驚慌失色，不得不把這陣子做的事情和盤托出。小女兒如何變成花樹，她們又如何為了給母親驚喜而賣花攢錢。她們還拿出這段日子賺來的五把銅錢硬幣給媽媽看。

母親說道：「妳們說是瞞著我做這事，說人會變成花樹，到底在胡說八道什麼？要我相信這麼荒唐的話嗎？妳要怎麼變成樹，當面秀給我看。」

母親大喊大叫，開始更用力的揮動掃帚。為了讓母親鎮定下來，小女兒只能全部照實演示。她在媽媽眼前變成花樹，然後又變回正常人。

宮中緊鑼密鼓的為婚禮做準備。王室在天空般寬廣的儀式場所，搭建了大地般遼闊的帳篷，舉行一場華麗的婚禮。所有親戚都共襄盛舉，在如此喜慶的日子，懂得變身花樹的姑娘與王子結婚了。

婚禮結束之後，人們把新郎和新娘留在獨立居處後離開。但王子與她保持距離，她也一樣，就這樣過了兩晚。她以為他會先開口，他也以為她會先開始說話。就這樣，兩人一直保持沉默。

第三天晚上，她開口並大聲向王子問道：「為什麼一句話也不說？和我結婚不開心嗎？」

王子板著臉答道：「幫我實現願望，我才和妳說話。」她說道：「丈夫所希望的，為什麼我不幫忙？您想要什麼，說說看吧。」

王子說道：「妳知道怎麼變成花樹，對吧？請妳當面變給我看。這樣，我們就能睡在花上，用花當蓋被。那會非常棒。」

她嚇了一跳，哀求說道：「我不是鬼，也不是女神，而是像其他人一樣的平凡普通人。人怎麼可能變成樹呢？」

王子生氣說道：「我不喜歡妳這樣說謊欺騙。那天我明明親眼看見妳變成一棵美麗的花樹。如果妳不為我變成花樹，那妳要為誰那樣做？」

新娘用紗麗邊角拭淚說道：「別對我發脾氣，如果您希望這樣，我會照您說的做。請您盛兩壺水來。」

王子把水盛來。她向水念誦加持神的名字。同時，王子關上所有門窗。

她說：「請切記，想要多少花，可以盡量摘，但是千萬別折斷樹枝或摘下葉子。」

然後，她向王子說明，自己坐在房間中央對神冥想時，應在何時、如何澆水。王子朝她身上澆了一壺水。她馬上變成一棵美麗的花樹，滿室花香瀰漫。王子如願摘完花後，再把另一壺水澆在樹上。花樹再次變回新娘。她拂了拂長髮，微笑起身。

兩人把花鋪在地上，用花蓋住自己入睡。連續數個夜晚，他們都這麼做。到了早晨，凋謝的花朵全都丟到窗外。窗外的殘花堆積如山。

有一天，國王的小女兒看見殘花堆，遂向王妃說道：「媽媽，妳看看。哥哥和嫂嫂用了一大堆花，全都丟到外面。兩人丟的花堆積如山，卻一朵也沒給我。」

王妃安慰女兒說道：「別傷心，我會告訴妳的嫂嫂，請她也給妳花。」

有一天，王子暫時出宮。這陣子打探出花樹祕密的國王小女兒立刻呼朋喚友，說道：「我們去果園盪鞦韆。我帶嫂嫂去，她會變成花樹。這樣的話，我就能送妳們香氣四溢的花當禮物。」

小公主得到王妃的准許，帶著哥哥的妻子去果園。她們把鞦韆綁在大樹上，一夥人開心盪著鞦韆的時候，公主中斷遊戲，要大家全部聚集到鞦韆下方，然後她走向嫂嫂，脅迫說道：「嫂嫂不是會變成花樹嗎？看看這裡所有的人，頭上插花的人一個也沒有。」

嫂嫂怒道：「誰在胡說八道？我是和妳們一樣的人。別說這種奇怪的話。」

公主嘲諷：「哦，是嗎？我對妳一清二楚。朋友們頭上得插花，所以拜託妳變成花樹，妳還要裝模作樣？不想為我們變成花樹嗎？妳只為自己的情人才那麼做嗎？」

面對公主持續的威脅和指責，她不得不同意變成花樹。儘管內心感到悲哀，她在兩壺水盛來之後，仍向水念誦加持神的名字。然後她教女孩們何時澆水、如何澆水，接著坐在位子上進入冥想。不明事理的女孩們沒有認真聆聽。她們在她的身上胡亂到處澆水，雖然她變成了樹，但只有一半變成樹。

到了傍晚，雷電交加，開始下起雨來。每個女孩貪心想摘花，還折斷樹枝，撕裂樹葉。她們急著趕快回家，第二壺水隨便澆一澆就跑掉了。從樹再變回人的時候，她無手無腳。她只是半個人，一個負傷的軀幹而已。

她在強風暴雨中艱辛爬行，卻被沖入排水溝，落到離王宮很遠的地方，身體動彈不得。

第二天早上，一名馬伕拉著載滿棉花的板車前行，他發現排水溝有個呻吟的物體。車伕停下板車，上前查看。一個半人形的物體倒在那裡。她是個只有面容姣好的女子，連衣服都沒穿。

「啊，是個可憐的女人！」

馬伕起了惻隱之心，解開包頭巾，蓋住她的身體，然後用自己的板車載她。不久之後，他們抵達城市。馬伕在搖搖欲墜的亭子放下那個「物體」，說道：「如果有人發現，應該會給吃的東西。希望妳能活下來。」

然後他就拉板車離開。

另一方面，見到女兒獨自回來王宮，王妃問道：「妳丟下嫂嫂，自己回來？」女兒隨口回答：「我怎麼知道？我們全都好好回到自己的家。嫂嫂去哪裡，我怎麼會知道？」

驚慌的王妃想要查明真相，繼續追問女兒：「妳怎麼能這樣說？哥哥會發火的。快點說是不是發生了什麼事？」

女兒天馬行空，恣意回答。結果，王妃什麼也沒問出來，只能懷疑自己的女兒做了蠢事。

王子等了半晌，遂向母親問道：「愛妻發生了什麼事嗎？她去果園溜鞦韆，卻到現在還沒回來。」

王妃若無其事的假裝說道：「你說什麼？我以為她一直跟你在臥室裡。但為什麼現在才問我呢？」

王子心想：「她肯定遭遇什麼不祥之事。」

王子深陷悲傷，返回自己的房間躺著。五天、六天過去，半個月過去了，還是杳無音信，遍尋不見她的蹤影。

「該不會是那些可惡的女孩害她落入水池？還是掉進井裡？妹妹不曾喜歡過她。究竟這些蠢女孩對她做了什麼事？」

王子向父母和佣人打聽，但他們什麼話都說不出口，同樣感到擔憂害怕。厭世又絕望的王子換上苦行者的衣衫，離開王宮，走入世界。他走了又走，毫不在乎自己正在走往何處。

同時，現在變成「物體」的她，歷經幾番周折，來到了王子姊姊生活的城市。王子的姊姊與當地國王結婚而在此居住。王宮的侍女們每天早上去汲水時，經過都會看到模樣像是「物體」的她，她們經常彼此說道：「那名女子的面容就像國王的女兒一樣耀眼。」

終於，其中一人告訴王妃：「王妃殿下，她與您的弟妹長得一模一樣，請用望遠鏡看一下。」

按照侍女說的，王妃用望遠鏡細看，覺得她的臉龐異常眼熟。

侍女問道：「我把她帶來王宮嗎？」

但王妃一副興趣缺缺的樣子：「帶回王宮的話，我們還得侍候她，餵她吃東西，還是算了吧。」

第二天，侍女又自言自語嘟囔道：「她的臉蛋真的又漂亮又討人喜愛。她就像王宮的燈火一樣明亮。真的不能帶她來這裡嗎？」

王妃只好命令道：「好吧，想帶她來也行。但是，妳們得照顧她，王宮的工作也不能怠慢。」

侍女們答應做到，就把那個「物體」帶到王宮內。她們用香料為她沐浴，讓她坐在宮內門旁，然後每天幫她身上的傷口敷藥。不過，她們沒有辦法給她完整的身體。她依然是一半樹根，一半女人軀體。

此時，漂泊多國的王子來到親姊姊居住的王宮前。他看起來像個瘋人，鬍鬚和頭髮全都蓬亂不堪。出來汲水的侍女們發現他後，回宮裡立即告訴王妃：「王妃殿下，有個人坐在王宮前，長得非常像您的弟弟，請用望遠鏡看一下。」

王妃漫不經心的走向陽臺，用望遠鏡一看，她嚇了一大跳：「沒錯，他長得好像我的弟弟。到底發生了什麼事？弟弟成為流浪苦行僧嗎？這不可能。」

王妃派侍女把他帶進宮裡。

侍女們走向他說道：「王妃殿下想見您。」

他對她們不理不睬，有如充耳不聞。

「王妃怎麼會想見我？」

「是真的，王妃殿下真的想見您，請務必入宮來。」

不敵侍女們的執拗，他最後進入宮中。王妃仔細看他，認出他真是自己的弟弟。她請侍女們準備香料和熱水給他洗澡，然後親自照料守候他，每天餵他吃新食物，幫他穿新衣。但是，不管怎麼做，他還是對姊姊一言不發，甚至也不問：「妳是誰？我在哪裡？」王子也知道她是自己的姊姊。

王妃無法理解，儘管她事事悉心照料，王子卻毫無反應。

「我這樣盡心盡力侍候，為什麼弟弟不跟我說話？究竟是什麼原因？他被魔女下了咒嗎？」

終於，侍女們得以為坐在宮內門旁的「物體」穿上漂亮的衣裳。且在王妃不以為然的許可之下，把「那東西」放到王子的床上。他對「那東西」不瞧一眼，也不發一語。但到了晚上，「那東西」用短粗的胳膊按壓他的腿，開始搓揉。「那東西」發出奇怪的呻吟聲，坐在他的腳底下。王子望了「那東西」一會兒，認出「那東西」是自己失去的妻子。

王子驚訝的摟住她，問她這段時間去了哪裡，發生了什麼事。過去幾個月裡失去語言的她，突然開始滔滔不絕的說話。自己是誰的女兒、是誰的妻子、發生了什麼事，她全部向他傾訴。

王子問道：「現在我們該怎麼辦？」她說道：「我們能做的事情並不多，只能嘗試看看而已。請盛來兩壺水，不過，務必小心別讓手指甲浸到水裡。」

那天晚上，王子偷偷盛了兩壺水。她向水念誦加持神的名字，然後指示他：「這壺水澆到我身上的話，我會變成花樹。如果有折斷的樹枝，請幫我扶正。如果有撕裂的葉子，請重新貼好。然後再把第二壺水均勻澆在樹上。」

之後，她閉上眼睛進入冥想。

王子全心全意的向她澆下一壺水。她變成了樹，但樹枝折斷，樹葉撕裂。他精心綁正每一根樹枝，貼齊每一片葉子，恢復樹木原貌後，溫柔的把第二壺水澆在樹上。

這時候，她才重新變回一個完整的人。她拂了拂頭上的水，從位子站起身來。她向丈夫的腳行禮，以示感謝，然後，她再到大姑王妃面前，向她行禮，把這段期間發生的事一五一十的講給她聽。

王妃驚訝萬分，流著淚擁抱她。然後，她讓兩人像新郎新娘一樣坐在王宮中央，舉行慶祝儀式。如此款待他們留在王宮一個月後，再送他們載著滿車禮物一起回到父親的王宮。

失去的兒子與媳婦即將回來，國王喜不自勝。他甚至到城門入口處迎接兩人，用象轎載他們，以華麗的陣仗引導他們入宮。回到王宮的兩人，向國王與王妃一一述說所有發生在自己身上的事。

國王對做出惡行的小公主施以重罰，任何人見此皆喃喃說道：「一切錯事終於獲得匡正。」

在印度眾多的寓言傳說中，這是一篇極具文學與美感的故事，裡頭蘊含豐富的象徵。任何女性都能將自己變成花樹，而且樹上的花擁有獨特的香氣。不過，花樹必須好好珍惜。故事中，每次女人變成花樹時，都請對方溫柔對待自己，除了摘取必要的花之外，不要傷害枝葉。因此，該傳說被解讀為將女性與自然緊密連結的「生態女性主義」（ecofeminism）故事，內含將自然和女性等同看待、不應隨便對待兩個存在的訊息。

女性不是「物體」或「那東西」，而是美麗的存在。在口耳相傳這個傳說的坎納達語（Kannada）裡，有句俗諺是「想摸女人，必須先洗手」。如果粗心大意的對待女性和花樹，造成的傷害可能達到難以恢復的程度。

而且，這個故事的主人翁是少見的女性。幾乎世界各國的傳說裡頭，女性只是扮演附屬、次要的角色。男性是主動追求的主人翁，女性是被動的、犧牲的，只不過是伴隨半個王國贈與的商品，或是在主人翁男性化身英雄的過程中，扮演提供協助的角色而已，最後以結婚作結。但在這個故事裡，女性是主人翁，她擁有把自己變成花樹的創造力，突破逆境，凜然為己發聲，擊退了惡勢力。

04 不說故事之罪

印度西南部的卡納塔克邦（Karnataka）以坎納達語為官方語言。坎納達語與西元前一千三百年左右亞利安人進入印度之前，數百年間綻放燦爛印度文明的達羅毗荼人（Dravidian）[51]所使用的語言同一體系。詩人兼民俗學者拉馬努金（A. K. Ramanujan）收集的坎納達語口傳民間故事中，有以下這篇故事。

一個女人有自己生活經歷的故事，她以故事為基礎創作歌謠。但是，這些她只獨自珍藏，沒有向任何人說過故事，也沒有向任何人唱過歌謠。

被禁錮在她心裡，不曾說給任何人聽的故事，還有不曾唱給任何人聽的歌謠，它們覺得悶得喘不過氣，想要外出在人群間自由的繞一繞，因此，故事和歌謠下定決心

51 印度大陸的原住民。

逃跑。

一天傍晚，趁女子張口小睡一會兒，故事跑出來變成一雙鞋，坐在玄關。歌謠也趕緊跟過去，變成一件男人外套，掛在牆壁的釘子上。

女人的丈夫回到家後，看見陌生的外套和鞋子，向妻子問道：「誰來了？」女人說道：「沒有人來。」

「那這外套和鞋子是誰的？」她答道：「我也不知道。」

丈夫對於她的解釋無法滿意，向她投以懷疑的目光，對話越來越不愉快，不悅逐漸演變成激烈的爭吵。氣憤的丈夫拿起毛毯，到附近的寺院睡覺。

女人根本無法理解發生了什麼事。她獨自坐在房間裡，向自己提出了相同的問題，直到深夜。

「這外套和鞋子到底是誰的？」

陷入混亂與不幸的她，夜深才熄燈入睡。

坎納達語族人相信，燈火熄滅之後，火花不會就這樣消失，而是會跑去寺院，徹夜與其他火花聊天，然後第二天傍晚再返回各自家中的燈火。當天晚上，各家的火花都聚在寺院，只有一個深夜熄燈的火花遲遲才抵達。

其他火花向晚來的火花問道：「今天怎麼這麼晚來？」那火花說道：「今晚我家夫妻吵架。」

「為什麼吵架？」

晚來的火花說明整起事件：「丈夫回到家時，發現屋外玄關放著陌生的鞋子，牆上釘子掛著男人外套。丈夫問妻子是誰的，妻子回答說不知道，所以就開始吵架。」

「那外套和鞋子是哪裡來的？」

「我家女人有自己珍藏的故事和歌謠。她沒有向任何人說過她的故事，也不曾向任何人唱過她的歌謠。故事和歌謠在她的內心悶得喘不過氣，所以趁她張口小睡一會兒時，跑出來變成外套和鞋子。反正，它們像是想向囚禁自己的女人洩憤。不過，女人完全不知道這個真相。」

在寺院裡，蒙上毛毯躺著的丈夫，側耳傾聽自家火花的說明。消除疑慮之後，他凌晨回到家，向妻子問道：「給我聽聽妳藏起來的故事和歌謠。」

女人一頭霧水，說道：「什麼故事？什麼歌謠？」

可悲的是，她已經失去自己的故事和歌謠。

所有的故事和歌謠都想從一顆心傳到另一顆心，從一個靈魂旅行到另一個靈魂。

為的是訴說生命、傳達真實、療癒傷口。我們就是自己的故事和歌謠。沒有說出的故事和沒有唱出的歌謠，在我們的心裡喘不過氣，我們的存在也隨之黯淡。當我們把自己的故事和歌謠分享給其他心靈時，我們的心靈也變得自由。

結語
我只負責說故事，意義在你的心裡

拉妮．曼加姆爾（Rani Mangammal）女王是南印度馬杜賴（Madurai）地區的著名女王，一名外國人俘虜被拖到她的面前屈膝跪下。女王憤怒的命令：「立即處決！」在此之前一語不發的俘虜，雖然已經預想到這種情況，但在確定死刑而放棄一切希望之際，他用自己母語中最粗鄙的話語，大聲詛咒與辱罵女王。他口水四射，大吼大叫，宛如貓在與眼前的狗吵架一樣。

女王完全不懂該語言，所以不明白俘虜在尖叫什麼。但是，她知道其實大臣中有一、兩人熟諳俘虜使用的語言，因此向他們問道：「他在說什麼？」

大臣們支支吾吾，面面相覷。然後秉性善良的一名大臣答道：

「女王，他引用神聖的《古蘭經》。」

「真的嗎？」

女王問道：「哪一章節？」

大臣說道：「該章節是講述神愛心地善良的人，能夠平息自身憤怒且寬恕的人得以上天堂。」

「這樣啊。」

女王想了一會兒之後，她轉身朝向現在閉上嘴的俘虜，說道：「你做得很好，提醒我這件事。我會平息我的憤怒，並且欣然寬赦你。我會釋放你。」

此時，另一名大臣，身為回答女王問題之第一位大臣的競爭對手，他夾帶不滿的情緒說道：「這真是令人羞愧的事。我們這般地位的人必須說出真相，尤其是在女王面前。」

這些話連女王也聽到了。女王問道：「這是什麼意思？」

第二位大臣趨前一步說道：「女王陛下！誠惶誠恐向您稟報，這位大臣對女王撒謊。俘虜根本沒有引用《古蘭經》的經文，他用侮蔑的穢言惡語向女王破口大罵，這才是真相！」

女王聽到之後，皺了皺眉頭，然後說道：「那麼，我喜歡他的謊言勝於你的真相。我的感覺是，你的真相出自壞心。但是，他的謊言出自善心。而且，正如所見，結果成為好事一樁。」

我在本書收集的印度寓言與故事中，有的可能是某人虛構編造的，有的可能與事實不符，還有，有的結尾可能與原始版本不同，生命的終結並非總是正面又浪漫的。有些故事聽起來不切實際，有些內容被認為是只屬於神祇、英雄和傳說聖人的真理。

不過，作為本書作者，我相信善良的心最終會取得勝利，同時也相信我們每個人都是在解決生活問題的過程中，朝向真實與真理旅行的英雄。

作家是說故事的人，是接近薩滿[52]的存在；作家是講述津津有味故事的人，同時也是撫慰受傷靈魂的治療師。希望你能像在恆河或喜馬拉雅山聆聽印度賢者說這些故事一樣，放慢生活的速度，徐徐品味，細細琢磨，充分領略。

希望你在閱讀這些故事時，會露出會心的微笑，**每個故事都能喚醒你的善意與智慧，使你感到幸福快樂**。希望故事的主人翁皆能化身為你。

啊，我差點遺漏一個故事。

弟子向一位著名的上師問道：「您每次都能找到切合主題的舉例，我很好奇您的

52 薩滿信仰中的薩滿被視為有能力進入人神狀態，並有旅行到屬靈世界之能力。

祕訣是什麼。」

上師說道：「你想知道嗎？那麼我用一個故事來舉例說明。」

此時，他說了下面的例子：一名青年進入軍校學習步槍射擊。四年後，青年嫻熟所有的射擊理論與實際技術，以優異的成績畢業。他帶著畢業證書和優等獎狀返鄉回老家時，路上發現某個舊倉庫的牆壁上用粉筆繪製的多個小圓圈。走近一看，每個圓圈都有打穿正中央的痕跡。

青年用驚奇的目光望著這些圓圈。到底是誰擁有如此出色的射擊實力？每一發都正中靶心，無一偏離。究竟是在哪間軍事學校學習，以何等成績畢業，才能達到如此驚人的實力？

打聽了一陣子，他終於找到神射手。出乎意料的是，他是一個光著赤腳、衣著骯髒的鄉村男孩。

青年軍人向男孩問道：「你是從誰那裡學到這麼優秀的射擊技術？」男孩說道：「我沒有向任何人學習。」

青年更加驚訝：「那你怎麼會擁有如此出色的射擊實力？」男孩解釋道：「祕訣很簡單。首先，您先朝牆壁射彈弓。然後，再用粉筆在彈痕周圍畫圓圈。」

講完故事後，上師微笑說道：「這也是我的祕訣。我沒有尋找切合特定主題的例子，而是只要發現好故事或軼事，就把它們好好保管，放在心中。不久之後，適合的主題自然會出現。」

我們在生活中發現的「意義」也是如此。我們沒有尋找意義，而是在一切事物中發現意義。如同作家不是從特定地方的素材尋找寫作主題，而是從所有的事物與遭遇中發現寫作的題材。

你也不會天生就完美，從出生就擊中所有標的。但是，與其等待使我們變得更完美的禮物，不如從生活給予的一切中發現禮物，畫下肯定的圓圈，使自己成為更完整的自我。時時刻刻都像小男孩一樣畫出屬於自己的標的。

附帶一提，雖然說故事是作家的本分，但是，從本書收錄的所有故事（包括正中靶心的男孩軼事在內）裡重新發現主題，則是你的工作。

國家圖書館出版品預行編目（CIP）資料

神加了逗號的地方，別忙著改成句點：印度寓言集，比伊索寓言引人頓悟、比1001夜欲罷不能的「惑」然開朗處方。
／柳時和著；賴姵瑜譯.
-- 初版. -- 臺北市：大是文化，2021.05
384面；14.8×21公分. --（Style；048）
譯自：신이 쉼표를 넣은 곳에 마침표를 찍지 말라 인도 우화집
ISBN 978-986-5548-52-0（平裝）

862.58 110000786

Style 048

神加了逗號的地方，別忙著改成句點

印度寓言集，比伊索寓言引人頓悟、比1001夜欲罷不能的「惑」然開朗處方。

作　　者／柳時和
繪　　者／歐拉夫・哈杰克（Olaf Hajek）
譯　　者／賴姵瑜
責任編輯／江育瑄
校對編輯／李芊芊
副 主 編／馬祥芬
副總編輯／顏惠君
總 編 輯／吳依瑋
發 行 人／徐仲秋
會　　計／許鳳雪
版權經理／郝麗珍
行銷企劃／徐千晴
業務助理／李秀蕙
業務專員／馬絮盈、留婉茹
業務經理／林裕安
總 經 理／陳絜吾

出 版 者／大是文化有限公司
臺北市 100 衡陽路 7 號 8 樓
編輯部電話：（02）2375-7911
購書相關資訊請洽：（02）2375-7911 分機122
24小時讀者服務傳真：（02）2375-6999
讀者服務E-mail：haom@ms28.hinet.net
郵政劃撥帳號 19983366　戶名／大是文化有限公司

法律顧問／永然聯合法律事務所
香港發行／豐達出版發行有限公司 Rich Publishing & Distribution Ltd
香港柴灣永泰道 70 號柴灣工業城第 2 期 1805 室
Unit 1805, Ph. 2, Chai Wan Ind City, 70 Wing Tai Rd, Chai Wan, Hong Kong
電話：（852）2172-6513　傳真：（852）2172-4355
E-mail：cary@subseasy.com.hk

封面設計／尚宜設計有限公司　內頁排版／思思
印　　刷／鴻霖印刷傳媒股份有限公司

出版日期／2021 年 5 月初版　Printed in Taiwan
I S B N／978-986-5548-52-0（缺頁或裝訂錯誤的書，請寄回更換）　定價／新臺幣 380 元

This book is published with the support of Publication Industry Promotion Agency of Korea(KPIPA)